W0057812

KULTUR NIEDERÖSTERREICH

Gedruckt mit freundlicher Unterstützung durch
die Abteilung Kunst und Kultur der
Niederösterreichischen Landesregierung.

MIX
Papier aus verantwor-
tungsvollen Quellen
FSC® C083411

Auflage:
4   3   2   1
2021   2020   2019   2018

HAYMON tb 256

Originalausgabe
© Haymon Taschenbuch, Innsbruck-Wien 2018
www.haymonverlag.at

ISBN 978-3-7099-7900-6

Umschlag- und Buchgestaltung nach Entwürfen von
hœretzeder grafische gestaltung, Scheffau/Tirol
Umschlag: Eisele Grafik · Design, München
Umschlagabbildungen: mauritius images / imageBROKER /
Dr. Wilfried Bahnmüller (Weinflaschen),
bigstockphoto.com / Val_Iva (Trauben), bigstockphoto.com /
Socas (Etikett)
Satz: Da-TeX Gerd Blumenstein, Leipzig
Autorenfoto: Christine Huber

Gedruckt auf umweltfreundlichem,
chlor- und säurefrei gebleichtem Papier.

Peter C. Huber
Blutroter Veltliner

Ein Weinviertel-Krimi

Peter C. Huber
Blutroter Veltliner

Prolog: Das erste Mal

„Oh what a beautiful mornin', oh what a beautiful day ..."
Hell und laut erklang die Stimme Marija Nemcovas aus
der dampfenden Dusche. Rodgers und Hammersteins
fröhlicher Schlager aus dem alten Oklahoma Musical
war gerade recht für diesen herrlichen Tag! Als sie sich
mit der duftenden Kräuterseife einrieb, war ihr gan-
zer Körper in Schaum gehüllt. Genüsslich drehte sie
sich ganz langsam unter dem Duschstrahl und wusch
sich die Seife ab, die in weißen Strömen an den feinen
Konturen ihres Körpers hinunterfloss. Ein kleiner Berg
aus Schaum drehte sich wie ein Ringelspiel über dem
Abfluss.

Marija stieg aus der Dusche und begann sich mit
einem Handtuch kräftig abzutrocknen. Ihre Haut war
ganz rot vom warmen Wasser geworden und errötete
noch stärker beim Abreiben mit dem Frotteetuch, das
auch die letzten Tropfen Nässe auf ihrer Haut aufsog.
Vor dem Waschbecken stehend nahm sie den Föhn in
die eine und die Bürste in die andere Hand, begann die
Haare auszubürsten und zu trocknen. Bei der Länge
ihrer dichten kastanienbraunen Haare war das eine
Prozedur. Doch „wer schön sein will, muss leiden" und
„von nichts kommt nichts"! Gut dreißig Minuten später
waren die Haare trocken und sie ging leise vor sich hin
summend zum großen Wandspiegel. Marija ließ das
Handtuch, das sie um sich gewickelt hatte, auf den
Boden fallen. Zufrieden studierte sie ihr Spiegelbild.
Prachtvolle einhundertzweiundsiebzig Zentimeter
perfekt geformter Weiblichkeit schauten ihr entgegen.
Heute wollte sie wunderschön sein! Nicht, dass es ein
großer Aufwand war. Im Abschlussjahr ihrer Schule
war sie zur Miss Záhorie gewählt worden. Und auch

jetzt, fünfzehn Jahre später war sie stolz auf ihre Figur. Sie war inzwischen etwas fraulicher, gleichwohl schlank. Durch ihre Arbeit als Physiotherapeutin war sie auch etwas muskulöser geworden, aber das hob nur die sanften Formen ihres Körpers mehr hervor. Und dann ihre Haare, voluminös, braun glänzend und lockig hingen sie bis zu ihren Brüsten herunter, die fest und voll zwischen den Haarsträhnen hervorkamen. Marija drehte sich etwas, damit sie auf ihren Po schauen konnte. Auch perfekt! Übermütig und glücklich lachte sie auf und warf ihren Kopf nach hinten, sodass ihre Haare in großem Bogen flogen.

Heute sollte der große Tag sein! Seit Wochen war sie verliebt wie ein Teenager – wollte gerade heute die Versuchung in Person sein. Normalerweise begann sie keine Affäre mit einem Patienten, aber dieser eine war anders.

Sie hatte ihn vor drei Monaten bei einem ihrer burgenländischen Patienten, bei dem er auf Kundenbesuch war, kennengelernt. Einmal in der Woche fuhr sie über die Grenze nach Österreich und behandelte dort privat einige Patienten im Grenzgebiet zwischen dem Burgenland und Niederösterreich. Sie nahm die etwas längere Fahrt über Bratislava auf sich, weil dort der einzige hochwassersichere Grenzübergang zu Österreich war. Die beiden anderen Grenzübergänge, die Brücke bei Hohenau und die Fähre bei Záhorská Ves, wurden bei Hochwasser rasch geschlossen. Immer wieder ärgerte sie sich, dass es fast dreißig Jahre nach der Öffnung der Slowakei noch immer keine anständigen Verkehrsverbindungen zwischen den beiden Nachbarländern gab. Und so war ihr die etwas umständlichere Anreise lieber, als eventuell über Wochen entweder auszufallen oder ein Mehrfaches der Wegstrecke zurücklegen zu müssen. Finanziell gesehen war die Österreich-Tour für sie immer eine kleine Goldgrube. In Österreich verlangten Physiotherapeuten etwa siebzig Euro die Stunde, sie war mit fünfundzwanzig glücklich. Für slowakische Verhältnisse war das eine fürstliche Entlohnung.

Er war gleich interessiert, und da er in der Nähe von Hohenau zu Hause war, bot er an, zu ihr zu kommen. Sie hatte eine kleine Praxis in dem alten Haus eingerichtet, das sie von ihren Eltern geerbt hatte. Das Haus lag zwar sehr entlegen im Nordostteil der Záhorie in der Borská Nížina mitten im Wald, doch waren es kaum zwanzig Kilometer von Hohenau – vorausgesetzt es gab kein Hochwasser.

Als Kind hasste es Marija, hier leben zu müssen. Der Schulweg war beschwerlich, Freunde kamen selten. Doch nach ein paar Jahren in Bratislava war sie nun glücklich, wieder hier zu sein. Die Stadt war ihr zu laut und sie konnte dort keine richtigen Kontakte knüpfen. Zwar wurde sie immer begehrt und auch umworben, aber sie empfand die meisten Avancen als oberflächlich und wehrte sie ab. Schließlich zog sie sich mehr und mehr aus dem Gesellschaftsleben zurück, verbrachte die meiste Zeit alleine in ihrer kleinen Wohnung. Als ihre Eltern bei einem Autounfall gestorben waren, hatte sie nicht lange überlegt und war wieder in das Haus ihrer Kindheit zurückgekehrt.

Záhorie bedeutet übersetzt ins Deutsche „Land hinter den Bergen". Die Bergkette der Kleinen Karpaten begann wenige Kilometer weiter östlich. Die Berge waren auch für die Besonderheit dieses nördlichen Teils der Záhorie, der Borská Nížina, verantwortlich. Dieses Gebiet bestand vornehmlich aus angewehtem Sand und Sanddünen. Genau wie in der Sahara vor dem

Atlasgebirge entlud der Wind mitgeführten Sand, bevor er über die Berge aufstieg. Es ist für Mitteleuropa ein einzigartiges Phänomen, eine riesige Sandkiste. Um die natürlichen Verwehungen des Sandes zu stoppen, wurden hier seit dem siebzehnten Jahrhundert Kiefern angepflanzt. Marija liebte es, barfuß ihre morgendlichen Waldläufe zu absolvieren, sie liebte das Gefühl des weichen Sandes, der sich ihren Füßen anpasste.

Allein durch die Lage blieb die Praxis klein, nur wenige Patienten nahmen den Weg dorthin auf sich. Doch Marija war geschickt in ihrem Beruf, alle ihre Patienten entwickelten sich mit der Zeit zu Stammkunden. Sie hatte auch keinen hohen finanziellen Bedarf. Das Haus war günstig im Erhalt, ein großer Gemüsegarten versorgte sie mit den nötigen Vitaminen. Als einzigen Luxus leistete sie sich einen kleinen Škoda. Die wenigen Patienten hier und die Einnahmen aus der wöchentlichen Österreich-Tour genügten ihr vollkommen.

Als er dann vor drei Monaten begann, nach seiner Arbeit zu ihr zu kommen, um sich massieren und wegen einer früheren Verletzung behandeln zu lassen, fühlte sie von Beginn an, dass es mit ihm etwas Besonderes war. Sie liebte seine offene, warme Art, und doch war er zurückhaltend, nicht forsch, fast schüchtern. Sie mochte seinen Körper sehr, genoss es, ihn zu massieren, seine Muskeln unter ihren Händen zu spüren. Seit jeher saßen sie nach der Behandlung noch bei einem Kaffee oder Tee zusammen, plauderten und lachten. So waren rasch Gefühle aufgekommen, die Marija schon lange nicht mehr zugelassen hatte. Und auch wenn es schon regelrecht knisterte vor Spannung, war er nie fordernd, er ließ sich und ihr Zeit. Doch nach seiner letzten Behandlung, als sie sich vor seinem Auto verabschiedet hatten, war es wie ein Dammbruch passiert.

Plötzlich hatten sie sich umarmt und festgehalten, ein ums andere Mal geküsst. Er hatte immer wieder nur ihren Namen genannt.

„Marija, ich kann es kaum erwarten, wieder zu dir zu kommen!", waren seine Abschiedsworte, bevor er, nach einem letzten zärtlichen Kuss, zurückgefahren war.

„Heute krieg ich dich, mein Schatz, heut will ich dich endlich für mich haben", sprach sie laut zu sich selbst und lachte fröhlich auf. Schon beim Gedanken spürte sie ein leichtes Anspannen im Unterleib, ihr Gesicht wurde warm und die Wangen leicht rot.

„Heute sorge ich dafür, dass du mir nicht mehr widerstehen kannst!", verschwörerisch zwinkerte sie ihrem Spiegelbild zu und begann mit den Vorbereitungen.

Ein bisschen Rosenwasser, etwas Lippenstift, das genügte. Marija trug nie Make-up. Sie hatte sich ein Höschen zurechtgelegt, eines mit einem Tangaschnitt. Rot. Leicht durchsichtig. Kein BH heute. Ihre Brüste waren fest und sollten sich durch den Stoff abheben. Sie nahm ihr weißes Arbeitskleid und schlüpfte hinein. Es hatte vorne Druckknöpfe zum Verschließen. Oben ließ sie es offen, sodass ein Blick ins Dekolleté möglich war, sie wollte jedoch nicht zu offenherzig oder gar billig erscheinen, schließlich sollte ja lediglich seine Phantasie angeheizt werden.

Marija schaute sich noch schnell im Bad um: Alles sah nett und aufgeräumt aus. Wahrscheinlich kamen sie später gemeinsam hierher, dann sollte auch alles passen. Noch schnell zwei Hübe aus dem Inhalator, verdammte Pollenallergie. Aber das Letzte, das sie wollte, war ein Asthmaanfall heute Nachmittag. So, ihrerseits war alles bereit, jetzt konnte er kommen. Gemütlich ging sie Richtung Eingang und trat aus dem

Haus hinaus auf die Veranda. Dort setzte sie sich auf die Bank und genoss die ungetrübten Sonnenstrahlen des Nachmittags.

Lange brauchte sie nicht zu warten, da hörte sie schon das Geräusch eines näherkommenden Autos. Marijas Herzschlag stieg an. Rasch griff sie sich noch an die Brust und massierte ihre Brustwarzen. Sie wollte, dass sie sich deutlich unter dem Stoff abheben. Unglaublich, sie fühlte sich wie ein Teenager, so verliebt, so aufgeregt. Langsam ging sie dem herannahenden Auto entgegen, wartete, bis er es geparkt hatte und stellte sich neben die Fahrertüre. Kaum war er ausgestiegen, umarmte sie ihn, kuschelte sich an ihn heran, drückte ihren Körper fest gegen seinen. Sie spürte, wie ein Ruck durch seinen Körper ging, wie er auf sie reagierte, seine plötzlich einsetzende Erregung. Lachend stieß sie ihn sanft weg.

„Ach, ist das schön, dass du da bist! Aber erst kommt die Arbeit. Ich will ja, dass du wieder fit und gelenkig bist und nicht bei jeder Bewegung wie ein alter Mann jammerst!"

Sie nahm ihn an der Hand und ging zum Haus. Sie merkte, wie fasziniert er sie anschaute, wie sein Blick über ihren Körper glitt. Zufrieden beschleunigte sie ihren Schritt, zog ihn fast hinter sich her. Im Haus, bei der Massagebank angekommen, half sie ihm, die Knöpfe am Hemd aufzumachen. Ihre Hände strichen über seine Brust, glücklich strahlte sie ihn an. „Jetzt aber rasch auf die Bank, damit ich mit meiner Arbeit beginnen kann." Nur mit einer Unterhose bekleidet lag er nun auf der Massagebank. Sanft begann sie mit ihrer Arbeit an seinem Rücken. Sie fing an, vom Nacken her über seinen Rücken zu streichen und die Muskeln an den Schultern zu kneten. Hier war eine seiner Problemzonen. Die harten Muskelknoten waren deutlich spürbar. Fest drückte sie auf einen Punkt im Schulterbereich und hielt den Druck eine Weile. Von ihm kam ein leises Stöhnen, tja, das tat erst einmal weh, aber dann wurde es besser. Er hatte den Kopf auf die Seite gelegt und seine Augen folgten ihren Beinen. Seine zweite Problemzone war im Lendenwirbelbereich, hier mussten auch die Oberschenkelmuskeln gedehnt werden, die zur Hohlkreuzbildung beitrugen. Sie schob den Bund der Unterhose nach unten und drückte am oberen Bereich des Pos auf die Punkte, die den Ischiasnerv betrafen. Wieder stöhnte er leicht, bis der Schmerz langsam nachließ. Nun folgten die Innenseiten der Oberschenkel. Marija ließ ihren Handrücken dabei über seine Hoden streichen, während sie den Muskel knetete. So, genug der Arbeit, jetzt fängt das Vergnügen an, dachte sie sich.

Sie stellte sich wieder an das Kopfende der Bank, trat etwas zurück und beugte sich über ihn. Jetzt war ihr Busen recht nahe an seinem Kopf. Sie merkte, dass er schneller atmete, die wohlige Wärme ihrer Brüste zeigte Wirkung. Zart glitten ihre Hände über seine Schultern und seinen Rücken. Langsam ging sie an die Seite der Liege und ließ ihre Hände zum Bund seiner noch heruntergezogenen Unterhose wandern. Ihre Fingerspitzen schoben ihn in die Höhe und sie fühlte seinen festen Po unter ihren Händen.

Sie spürte seine Hand an der Innenseite ihrer Schenkel. Marija nahm den Bund seiner Unterhose und zog sie ihm aus. Dann griff sie an ihren Arbeitsmantel, mit einem Ruck öffnete sie die Druckverschlüsse und ließ ihn hinter sich auf den Boden fallen. Er folgte jeder ihrer Bewegungen mit seinen Augen.

„Komm, mein Lieber, komm mit mir, in meinem Bett ist es bequemer."

Sie half ihm auf und umarmte ihn, genoss das Gefühl seines Körpers an ihrer nackten Haut, den Druck seiner Arme um sie. Glücklich sahen sie einander an und küssten sich lang und intensiv. Engumschlungen gingen sie zum Schlafzimmer. Dort zog er ihr den Tanga aus. Jetzt wurde er aktiv. Er küsste ihren Körper, erkundete ihn. Er legte sie ins Bett, legte sich zu ihr, umarmte sie, küsste sie. Innig verschmolzen liebten sie sich im Bett. Marija war glücklich, diesen Moment hatte sie sich so sehr gewünscht. Beide kamen rasch, fast gleichzeitig, für Marija in einer Intensität, die sie noch nicht erlebt hatte. Als sie danach dicht aneinander gekuschelt im Bett lagen, wusste sie mit jeder Faser ihres Körpers:

„Das ist mein Mann fürs Leben ...“

Kapitel 1: Wenn der Tag schon so beginnt ...

Langsam verblassten die Sterne am morgendlichen Himmel. Über der Silhouette der nahen Kleinen Karpaten stieg ein zartblauer Lichtkegel im Nordosten höher. Andi Mück liebte diese Phase des Morgengrauens, in der die Landschaft fast unendlich sanft aus dem Dunkel auftauchte, diesen Wandel von Nacht zu Tag.

Es war eine sternenklare Nacht gewesen, als Andi im Finstern von seinem Hof im Ort über den Marchdamm in die Nähe seines Hochsitzes gefahren war. Jetzt im Sommer war er um diese Zeit nicht als Einziger unterwegs. Am Weg aus dem Ort sah er auf zwei Feldern bereits Traktoren im Einsatz. Viele Bauern zogen es vor, in der Nacht zu arbeiten, um so der brennenden Hitze untertags zu entgehen. Seit Tagen zeigte das Thermometer in Hohenau fast vierzig Grad Celsius – wieder einmal Hitzepol Österreichs!

Aber jetzt, nach der klaren Nacht, war die Luft frisch und geprägt von den Gerüchen der taufeuchten Au. Etwa zweihundert Meter von seinem im Schutz einer Pappel gebauten Hochstand entfernt floss die March. Fast drei Meter tief brach das Ufer steil zum Fluss und seinem dunklen Wasser ab. Nicht einmal fünfunddreißig Kubikmeter führte die March gegenwärtig. Immer wieder traten nun die Sandbänke hervor. Zu Fuß konnte man derzeit durchwaten. Es war so schwer, sich jetzt vorzustellen, wie sehr und wie schnell der Fluss sich ändern konnte: 2006, beim großen Hochwasser nach der Schneeschmelze, führte die March über eintausendvierhundert Kubikmeter in der Sekunde! Dann war es hier wie an einem Binnenmeer. Damals hatte es Norbert im Ort schwer getroffen. Sein Hof lag an der nächsten und tiefsten Stelle zum Hochwasserdamm, der an mehreren Stellen gebrochen war. Aber in Jedenspeigen hatte es noch mehr Leute erwischt. Danach wurde der Damm saniert. Immer muss erst ein Unglück passieren, bevor etwas unternommen wird! Den Slowaken ging es damals besser, dort wurde rechtzeitig vorgesorgt. In den Jahren mit starken Überschwemmungen entwickelten sich danach Gelsenschwärme in biblischem Ausmaß. In dunkle Wolken geformt legten sie sich flächendeckend auf Tier und Mensch. Wer hier in der schattigen Au oder gar in der Dämmerung unterwegs war, wurde zum wehrlosen Opfer der Abermillionen von kleinen Blutsaugern. Ihr schrilles Summen war dann wie ein Tinnitus der Aulandschaft. Aber nun, im fahlen Licht des beginnenden Tages, bot die March ein Bild des Friedens. In trockenen Jahren waren nur wenige Gelsen unterwegs, was das Leben erträglicher machte. Zarte Nebelfetzen stiegen vom dunklen Wasser auf, und auch die Wiese, die sich zwischen der March und dem Bahndamm ausbreitete, dampfte im Schein des heller werdenden Himmels.

Andi war stolz auf seinen Hochstand, der Platz dafür war gut gewählt. Der Stand war an eine hohe Pappel gebaut, von unten durch einen großen Holunderstrauch geschützt. Vor Blicken verborgen und trotzdem ungehinderte Sicht in fast alle Richtungen! Andi schmunzelte in sich hinein. Hier in seinem Revier war er ein Voyeur der Landschaft und ihrer Bewohner. Das war sein privates Königreich. Er war jetzt Ende vierzig und durchaus zufrieden mit seinem Leben. Mit seiner Rosi verbanden ihn bereits fünfundzwanzig Ehejahre und die beiden waren privat wie beruflich ein eingespieltes Team. Jeder hatte auch seine persönlichen Interessen, denen er nachgehen konnte. Ihre Beziehung zueinander war lebendig und gefestigt. Bei der Arbeit im gemeinsamen Winzer- und Heurigenbetrieb waren sie unschlagbar, dort konnte sich jeder gemäß seinen Stärken betätigen.

Ihr Sohn Heinrich, genannt Heini, war jetzt einundzwanzig und in allen Belangen ihr gemeinsamer Stolz. Er hatte höchst erfolgreich die Weinbauschule in Klosterneuburg besucht und brachte sich in den elterlichen Betrieb durch eigene, durchaus überzeugende Ideen ein. Die Jagdprüfung hatte er schon längst positiv absolviert und half daher verlässlich mit, das Schwarzwild zu jagen. Für Andi war die Vorstellung, seinen Betrieb und alles damit Verbundene einmal an ihn zu übergeben, sehr wohltuend, insbesondere in Anbetracht der schon in jungen Jahren gezeigten Kompetenz und Einsatzbereitschaft seines Sohnes.

Andi riss sich aus seinen Gedanken, denn gerade war seine Rolle als Voyeur der Au wieder aktuell geworden. Im matten Licht des beginnenden Tages konnte er eine Bewegung am Fluss wahrnehmen. Langsam griff er nach seinem Feldstecher. Rasch aufeinanderfolgende, dumpfe Geräusche drangen zu ihm, das laute Knacken eines Astes. Plötzlich war der Umriss eines mächtigen Au-Hirschen als schwarzer Schatten am Rand des Ufers unter den Bäumen zu sehen. Da half es auch nicht, dass sein Feldstecher von einem namhaften Hersteller war, noch konnte Andi keine Details durch das Astwerk erkennen. Doch nach einer kurzen Pause, in der der Hirsch sorgfältig die Lage auf der Au-Wiese erkundet hatte, trat er vorsichtig aus dem Schutz des Uferholzes auf die taufeuchte Lichtung hinaus. Ein zufriedenes, stolzes Lächeln machte sich auf Andis Gesicht breit: Ja, das war er, sein Achtzehnender! Der Hirsch trat wenige Schritte auf die Wiese hinaus, blieb wieder stehen und prüfte sorgfältig seine Umgebung. Für Andi war es ein Moment der Meditation, der ihn mit Glück und innerer Ausgeglichenheit erfüllte. Der Hirsch ging nochmals einige Schritte vor und begann zu äsen. Durch sein Glas beobachtete Andi, wie er mit kräftigen Bissen das Gras ausriss und es rhythmisch zerkaute. Das Tier blieb wachsam, prüfte immer wieder die Lage und äste weiter. Er war für Andi wie ein Freund, er war stolz auf den prächtigen Kerl in seinem Revier, einen der größten seiner Art in Mitteleuropa. Schießen war kein Thema. Für heute war wieder einmal ein Wildschwein an oberster Stelle der Abschuss-Wunschliste.

Am ehesten hielten sich die Viecher ohnehin weiter drüben an den Abhängen oberhalb der March-Altarme auf. Drüben im Schilf war eine beliebte Schlammsuhle, dort waren sie fast jeden Tag anzutreffen.

Inzwischen war das Schwarzwild zur Plage geworden und Dauergesprächsthema am Kellerberg und im Wirtshaus. Auch in seinem Heurigen konnte er sich darauf verlassen, dass die Gäste mit eigenen Landwirtschaften ihre Buffet- oder Weinbestellung mit einer Beschwerde übers Schwarzwild kombinierten. Dafür kamen die vom Fleischhauer verarbeiteten Wildschwein-Wurstwaren sehr gut bei den Gästen an. Rache für den erlittenen Flurschaden quasi. Es gab wirklich zu viele Schwarzkittel inzwischen, da war es schon seine Aufgabe, sich um die Abschüsse zu kümmern.

Der Hirsch äste noch immer auf der Wiese. Über den Kleinen Karpaten hatte sich der Himmel hellrot und orange gefärbt. Am Abbruch oberhalb des Bahndammes leuchteten die Bäume im ersten Licht des Tages. Nur Minuten später brachen die ersten Sonnenstrahlen wie eine Feuergarbe über den Horizont. Die vom Tau benetzte Wiese leuchtete im flachen ersten Licht des Tages, als sei sie von unzähligen Kristallen bedeckt. Der Hirsch hob den Kopf und drehte ihn in Richtung des Flusses. Dann fiel er in einen leichten Lauf und kam direkt auf Andi zu. Still und gespannt freute sich Andi über die nahende Begegnung, als der Hirsch nur wenige Meter neben ihm im lichten Auwald verschwand.

Andi gab sich innerlich einen Ruck. Hier waren keine Schwarzkittel zu erwarten, Zeit für einen Standortwechsel. Wahrscheinlich war eine Rotte gerade am Weg zurück von einem nächtlichen Gelage im Kukuruzfeld vom Steininger. Selber schuld, wenn er so nah am Rückzugsgebiet der Viecher Kukuruz anbaut. Da gab es regelmäßig Schadensersatzforderungen. Langsam stieg Andi vom Hochstand hinunter und ging die wenigen Meter zum Damm hinüber. Oben hatte er sein Auto, einen alten Lada Geländewagen, abgestellt. Von dort hatte er freie Sicht auf die andere Seite, wo mehrere Altarme sich in das Hügelland des Weinviertels eingeschnitten hatten. Wie eine fast senkrechte Wand aus Urwald bot sich dieser Abschluss des Augebietes dar. Und trotz der Steilheit führten viele Wildwechsel vom Kulturland oberhalb in die darunterliegende ursprüngliche, wilde Auenlandschaft. Hier am hufeisenförmigen Teich, da war er sich sicher, sollten die Viecher gleich von ihrem nächtlichen Beutezug heimkehren. Die Suhle am Rand des Schilfgürtels war einer ihrer Lieblingsplätze. Andi musste nur den Moment abpassen, in dem sie aus dem Wald herauskamen. Da würde er kurz freie Sicht und eine gute, sichere Schussmöglichkeit haben. Am Wagen angelehnt wartete er.

Ein paar Graureiher flogen heran und landeten elegant im flachen Uferbereich. Andi glaubte eine Unruhe im oberen Teil der grünen Wand vor ihm bemerkt zu haben. Vorsichtig entsicherte er seine Waffe und machte sich bereit. Durch das Zielfernrohr beobachtete er den Waldrand. Immer noch drangen Geräusche aus dem Steilabbruch zu ihm. Jetzt wurde es still. Andi rückte sich zurecht und wartete voller Konzentration auf den nächsten Moment. Schon sah er eine Bewegung im Dunkeln des Waldrandes und die ersten Tiere traten in das flache Licht des Morgens, das jetzt noch bis ins Unterholz schien. Aus der Rotte kam eine kräftige Bache heraus, blieb stehen und musterte den Bereich vor dem Waldrand. Super! Andi visierte die Bache an, zielte genau und zog sanft am Abzug. Ein kräftiger Knall zerriss die Stille des Morgens. Von der Halbinsel links von ihm kamen die simultanen Schreie zweier menschlicher Stimmen. Vor ihm stob die Rotte in wilder Flucht und mit lautem Gequietschte wieder in den Wald hinein. Die getroffene Bache lag still am Waldrand.

Hoppla, nicht ganz ohne Schadenfreude schmunzelte Andi in sich hinein.

Hom do zwa auf da Hoibinsl ibernocht? Naujo, jetzt sans munta!

Andi stieg vom Damm hinunter, überquerte die Bahngleise und ging zum Altarm vor.

„Hallo da drüben! Habe ich euch erschreckt?", rief er hinüber. Ein bärtiger Mann in Badehose stieg vom Spitz ins seichte Wasser und watete vor, bis sich die beiden gut sehen konnten.

„Morgen, Andi, du bists! Du ja, da hat es uns ganz schön gerissen! Ich habe gerade versucht, einen Eisvogel zu fotografieren, aber er war eh zu weit weg. Was hast denn gschossen?"

„Ah so, de Weaner Summafrischla ..."

Vor ein paar Jahren hatten die beiden, Michl und Helga Metzger, zwei nebeneinanderliegende kleine Presshäuser in der Kellergasse gekauft und in der Folge Zug um Zug saniert. Er, der Michl, war gerade etwas über fünfzig, von kräftiger Statur und mit einem Hang zum Wohlstandsbauch. Er war von einem unkontrollierbaren Bewegungsdrang besessen. Immer arbeitete er am Haus, am Keller oder an der Gestaltung der Wiesenfläche davor. Ansonsten traf man ihn oft mit seinem Fahrrad und der Kamera in den Weingärten, im Wald oder in der Au. Sie hatten sich rasch am Kellerberg eingelebt und auch ihre Kellertüre stand Gästen immer offen. Es war dann im Ort aber eine Überraschung, als seine Bilder in Büchern und Magazinen prominent auftauchten, es gar eine Doppelseite im großen Boulevardblatt gab, hauptsächlich mit Motiven aus der Gegend. Das lenkte positive Aufmerksamkeit auf die Region, die von den offiziellen Stellen ohnehin recht stiefmütterlich behandelt wurde. Schließlich war die Region eines der wenigen „roten" Gebiete in dem ansonsten „schwarzen" Niederösterreich. Das machte es den Gemeinden hier manchmal etwas schwerer.

Ein wenig waren die beiden wie Rosi und er: auch schon ein länger verbundenes Paar, das gemeinsam eine kleine Agentur in Wien betrieb. Sie boten Marketing-Dienstleistungen an, Textierungen und Grafikleistungen. Kurzum, eine kleine Allroundagentur. Im Sommer schliefen sie öfters im Presshaus, ein besseres Camping halt, um der Hitze der Stadt zu entgehen. Das Morgenbad im Altarm ersetzte das fehlende Badezimmer in der Kellergasse.

„Servas Michl, seids es heit scho so frua do? I hob grod a Wüdsau gschossen, se liegt duat unten. I muass se eh no aufbrecha und zum Auto bringa. Wüst mit? Host jo gsogt, dass du amoi zum Fotografian dabei sei wüst."

„Gerne Andi, wenns dich nicht stört, dass ich nur in der Badehose unterwegs bin. Ich geb die Kamera und Sandalen in die Transportbox und schwimm damit hinüber – da bin ich schneller, als wenn ich außen herum gehe. Treffen wir uns vis-à-vis, wo der Weg nach hinten geht!"

„Passt!"

Andi war zufrieden: Das waren zwei Fliegen mit einer Klappe. Der Michl konnte ein paar gute Fotos von seinem Jagderfolg machen und das bei hervorragendem Wetter und Lichtbedingungen. Die konnte er dann auch im Heurigen aufhängen. Und außerdem würde Michl helfen, die Sau zum Auto zu bringen.

Der Tag versprach perfekt zu werden.

Andi verstaute zuerst das Gewehr im nahen Auto und machte sich dann auf den Weg, der rasch als schluchtartiger Gang im gut drei Meter hohen Schilf verschwand. Der Weg wurde von den Fischern offengehalten, die auch im Abstand von circa einhundert Metern am Ufer Angelplätze freihielten. Trotzdem kam hier nur selten jemand vorbei. Vor dem Damm fiel das Wasser gleich etwas tiefer ab und dort war der bevorzugte Platz der Fischer – wenige Meter vom Auto entfernt. Nur nicht gehen müssen! Wenige schleppten ihr Kramuri den engen Weg bis nach hinten. Und wenn, waren es häufig Pärchen, denen es weniger ums Fischen ging ...

Nach ein paar Minuten kam Andi zum Angelplatz gegenüber der Halbinsel. Michl stand schon dort, fast wieder trocken, die kompakte wasserdichte Plastikbox in der Hand, ein breites Lächeln im Gesicht.

„Servus Andi! Jetzt freu ich mich, wenn ich dabei sein kann. Wieder ein paar neue Bilder für mein Weinviertelarchiv. Aber irgendwann nimmst mich auch zum Ansitzen mit. Ich weiß schon, das sind sicher besondere Momente für dich, aber ich möchte so gerne einmal diese Stimmung einfangen und es auch besser verstehen lernen."

Andi lächelte leicht gequält als Antwort. Tja, da hatte er nicht ganz Unrecht, der Michl. Gerne teilte er seine Pirschgänge nicht mit anderen. Das war seine persönliche Zeit der Reflexion und des Kräfteschöpfens. Aber Michl zeigte immer wieder viel Einfühlungsvermögen und Andi hatte ihn schon oft in der Au beim Fotografieren getroffen. Einen guten Blick hatte er schon und einen Riecher für besondere Stellen, der Michl.

„Jo, jo, moch ma scho."

Steter Tropfen höhlt den Stein, dachte er sich. Irgendwann nehme ich ihn schon mit.

„Oba jetzt schau ma amoi noch da Sau, gemma?"

„Allzeit bereit, als alter Pfadfinder! Aber du gehst vor, und bitte tritt die Brennnesseln ordentlich nieder – siehst ja, ich habe die Socken vergessen ..."

Andi schmunzelte und zog los. Die paar Meter zurück aus dem Schilfgürtel waren normal noch dichter verwachsen, hier kamen fast nur noch Tiere durch, um am Teich zu trinken. Heute ging es aber recht gut und der Weg, so man hier von einem sprechen konnte, ging halbwegs gut weiter. Nach etwa fünfundzwanzig Metern öffnete sich das Schilf und sie standen vor einem der imposantesten Bäume der Gegend: einer uralten Weide mit einem meterdicken Stamm.

„Ich kann mich an dem Baum nicht sattsehen", meinte Michl.

„Das Ding ist schon fast wie ein amerikanischer Mammutbaum vom Stamm her!"

Auch Andi sog den Anblick des gewaltigen Stammes und seiner mächtigen Äste in sich auf. Doch war es jetzt Zeit für die Sau. Vor ihm lag nun die Suhle. Sein Blick ging nach vorne, prüfte den Weg dahinter zum Waldrand, wo er bereits die Sau liegen sah. Energisch zog er los, Michl gleich wieder hinter ihm.

„ANDI!!!!"

Der Schrei ging ihm durch Mark und Bein, trotzdem war sein erster Gedanke: Die Retourkutsche für den Schuss von vorhin.

Er drehte sich um und folgte mit dem Blick Michls ausgestreckter Hand zur mächtigen Weide. Dort, an der Rückseite, saß eine Frau in einem farbenfrohen Kleid. Der Kopf mit den langen braunen Haaren war herabgesunken, die Arme hingen wie hingeworfen herunter. Die Beine waren ausgestreckt und wirkten wie aneinandergelegte Soletti. Die Gesichtsfarbe sagte alles: Hier war nichts mehr zu machen, da saß eine Tote.

Michl war schon wieder am Weg zurück. Ein paar Schritte vor dem Baum blieb er stehen und musterte die Lage. Andi trat neben ihn. Still standen die Männer und nahmen die Situation in sich auf.

„Andi, die ist nicht hier gestorben ..."

„Hmmmm"

„Schau, das Kleid ist trocken, aber die Haare kleben noch feucht zusammen. Die hat jemand hierhergesetzt, so mit dem Rücken zum Baum. Und schau, die Augen sind zu, ich glaube, da hat ihr jemand noch die Augen geschlossen. Ob sie ertrunken ist, oder hat sie jemand erwürgt? Am Hals sehe ich nichts. Blut ist auch nirgends ..."

Auch Andi versuchte sich das Bild und die Umgebung präzise einzuprägen.

„Daher woa da Weg noch hinten so frei. Wohr-scheinli hot ma se vom Teich her gschleppt. Schwa is se sicha ned, do wiad mei Sau do hinten schwara sei."

„Pass auf, Andi, ich sag der Helga, sie soll die Polizei rufen. Sie ist eh am Spitz und liest dort noch."

Michl ging wieder den Weg zurück durch das Schilf zum Angelplatz. Am Ufer gegenüber stand schon Helga und schaute neugierig herüber:

„Was ist? Wieso hast du so geschrien?"

„Helga, stell dir vor, drüben am großen Baum, da sitzt eine tote Frau. Du musst die Polizei rufen. Ich glaube, die ist umgebracht worden!"

„Jessas, nein, wirklich? Ja, mach ich gleich. Ich gehe auf den Damm, dort ist der Empfang besser. Soll ich zu euch kommen?"

„Nein, musst nicht. Bleib dort und zeig der Polizei, wo wir sind. Ich denke, aus unserer geplanten Fahrrad-tour wird damit nix. Ich gehe wieder zum Andi! Bussi!"

Zurück am Baum schauten die beiden Männer stumm auf das Bild, das sich ihnen bot. Die Frau war noch nicht alt, vielleicht gute dreißig. Sie hatte lange braune Haare, die jetzt strähnig an ihr klebten. Das Gesicht hatte feingeschnittene Züge, der Hals war lang. Sie war schlank, aber mit deutlich muskulösen Ansätzen. Ihr Kleid war ein fröhliches, luftiges Sommerkleid, gelb in der Grundfarbe, mit vielen bunten Blumen überall. Es hörte fast zwei Handbreit über dem Knie auf und zeigte schöngeformte Beine, auch wenn diese jetzt etwas unnatürlich gerade lagen. Ihre Lebenslust sah man ihr auch im Tod noch an.

„Schod um se ..." murmelte Andi.

„Ja, wirklich ... Was tun wir jetzt?"

„Nojo, do soit ma nix mocha, sunst wiad uns de Po-lizei granti. Kumm, de Sau miass ma no fertig mocha.

De kon do ned liegen bleim. Und a wengerl dauerts eh no, bis de Polizei do ist. Swo hoit schod drum ..."

Es ist eine Eigenheit dieses Landstriches, nichts verkommen zu lassen. Als Jäger kannte Andi den Tod. Und bevor er jetzt bis zum Eintreffen der Polizei still eine Leiche anstarren sollte, dachte er lieber praktisch. Die beiden gingen nach hinten zum Waldrand, wo die geschossene Bache lag. Andi hatte einen Prachtschuss abgegeben. Zwischen den Augen war das Einschussloch. Die Bache war tot, bevor sie umfiel.

„Supa, de hot leicht ihre siebzig Kilo. Schau, Michl, des passt a. Duat drüm is glei a Oacha mit an stoakn niedern Ost. Duat brech ma se auf."

Andi ging zur Eiche und holte aus seinem Rucksack zwei Seile mit Schlingen am Ende. Die warf er über den Ast und hängte je einen mitgebrachten Haken in die Schlinge ein.

„Kumm Michl, Fotopause, jetzt konnst gach höfn ..."

Zu zweit zogen sie die Bache das kurze Stück unter die Eiche. Dort nahm Andi sein Messer und schnitt damit bei den Hinterläufen zwischen Knöchel und Achillessehne hinein. Jetzt hängte er die Haken in die Schnitte und zu zweit zogen sie an den Seilen die Bache in die Höhe, bis sie frei hing. Die anderen Seilenden wurden an Bäumen dahinter befestigt.

„So hängend und kopfüber aufbrechen nennt man Ringeln." Förmlich wie ein Lehrer begann Andi zu erklären:

„Diese Methode ist die sauberste Aufbrechart. Schau, ich öffne jetzt mit feinen Schnitten die Bauchdecke und ziehe den Schnitt anschließend bis zum Schlund. Das Brustbein muss ich mit dem Messer oder wenn ich sie dabei hätte, mit einer Säge öffnen. Jetzt wirds für Außenstehende grauslich. Schau, ich greife mit der

Hand in den Wildkörper in das Gescheide und ziehe den Darm von innen durch den Beckenknochen heraus. Wart, da muss ich noch leicht mit dem Messer nachhelfen. Därme, Pansen beziehungsweise Waidsack werden so nach unten herausgezogen; allein durch die Schwerkraft fällt der Aufbruch relativ leicht hinunter. Außerdem geht der Aufbruch und Schweiß nicht unnötig über die Lenden und Keulen, sondern fließt ab und fällt zu Boden."

Michl stand vor dem aufgehängten Wildschwein und dokumentierte jeden Handgriff von Andi mit der Kamera.

„Na", schmunzelte Andi, „host, glaub i, an guadn Mogn!"

„Kein Problem, ich habe ein paar Jahre in der Medizintechnik gearbeitet. War eine interessante Zeit. Da war ich auch fast alle Tage im Operationssaal und habe dort die Geräte bedient. So was stört mich nicht."

„Na, donn bist jo fost a Fochmau! Soi eh ka großa Untaschied sei zwischen Mensch und Sau. Ongebli nua a hoibats Gen. Waßt eh, wos des bewirkt? Na? Dass si der Schwonz ned kringlt, beim Mau ...!"

In das gelöste Lachen der beiden Männer mischten sich ferne Sirenentöne.

„Do schau au, do kumman se scho. Jetzt woans eh schnö, wos weans gwesen sei, zwanzg Minuten?"

Lachend deutete Michl an sich hinunter, schließlich hatte er nur die Badeshorts und Sandalen an: „Tut mir leid, aber mir fehlt die Uhr!"

Andi deutete auf das ausgeweidete Tier: „Des muass i jetzt rosch zum Beschauen und Vaorbeiten bringa, ibahaupt heit, wonn es wieda so woam wiad. Jetzt is bled, weu do untn weans uns wos dazön, wonn ma d' Sau bringan. Oba i drog se jetzt vo da weg und ibas Föd firi. Do passiat nix. Is zwor länga, oba bessa. Pass auf. I geh jetzt glei, bleib du do. I red mit eana aum Damm und kum donn wida zruck, wonns sei muass. Passt des fia di?"

Michl nickte bestätigend. Andi stellte sich zum Ast und schulterte das ausgeweidete Schwein, während Michl die Seile löste.

„Kruzitirkn", fluchte Andi in sich hinein, „imma no wira Sock Zement und jetzt do ka Zweiter zum Schleppen!"

Während Andi loszog, schaute Michl hinüber zum Damm. Dort kamen gerade mehrere Polizeifahrzeuge heran. Michl konnte sehen, wie Helga mit einem Polizisten sprach und in seine Richtung deutete. Einige Fahrzeuge fuhren kurz darauf wieder zurück.

Aha, dachte sich Michl. Die nehmen jetzt die Zufahrt auf dieser Seite und parken dann vorne am Fischerplatz. Das dauert auch wieder zehn Minuten.

Immerhin war der Platz hier in der Morgensonne durchaus angenehm. Die Temperatur stieg rasch, es würde wieder ein sehr heißer Tag werden. Michl beobachtete, wie eine Gruppe von vier Polizisten sich vom Damm her auf den Weg machte. Deutlich konnte er ihren Fortschritt im hohen Schilf erkennen. Als sie bei dem Angelplatz angekommen waren, stieg Michl langsam hinunter zur Suhle und wartete dort. Schon trennte sich das Schilf und die Polizisten kamen heraus. Noch fröhlich und im Gespräch miteinander, von dort sahen sie die Leiche ja nicht. Michl schaute erfreut: Den stämmigen, untersetzten Herren da kannte er! Das war der Erich Zillinger, der hiesige Polizeipostenkommandant. Mit ihm war er schon öfters im Nachbarskeller gesessen.

Erich schaute mit einem Schmunzeln im Gesicht zum Michl und rief ihm im Näherkommen barsch entgegen:

„Ausweiskontrolle! Bei deiner Figur ist das Erregung öffentlichen Ärgernisses! Was hast du da? Eine tote Leich? Wo soll die denn sein?"

„Na dann drehts euch um – da sitzt sie!"

Das Schmunzeln gefror Erich im Gesicht. Still schauten die Fünf auf die tote Frau, die an die Rückseite des dicken Baumstammes angelehnt saß.

„Ich sags euch gleich, Andi und ich sind gar nicht näher hin. Wir sind hier vorne geblieben."

„Was, habt ihr gar nicht gschaut, ob sie wirklich tot ist? .... Na, hast Recht, die ist tot."

Wieder still standen die Männer zusammen und schauten weiterhin auf die tote Frau.

Erich räusperte sich: „Ja, schad ists schon um sie ..."

Von den anderen kam ein bestätigendes Murmeln.

Erich nahm Haltung an: „Michl, du und der Andi habt sie gefunden? Habt ihr was gesehen? Wo ist der Andi jetzt?"

„Der Andi und ich wollten zur Wildsau, die er dort geschossen hat. Als wir am Baum vorbei sind, habe ich mich umgedreht und sie dann gesehen. Wir glauben, sie ist vom Teich hergezogen worden. Sonst haben wir nichts gesehen und es war sicher niemand da, als wir gekommen sind, das hätten wir vom Spitz aus bemerkt. Nachdem Helga euch gerufen hat, haben wir die Sau fertiggemacht und der Andi hat sie jetzt gerade weggebracht. Wahrscheinlich seid ihr aneinander vorbei, aber eure Kollegen vorne werden ihn schon noch gesehen haben. Er muss die Sau bei dem Wetter recht rasch wegbringen, bevors zu warm wird."

„Stimmt, Recht hot a, wa schod um de Sau ..."

„Und jetzt?"

„Naja, das wird eine größere Sache, da brauchen wir die Tatortgruppe und die Techniker und das ganze Drumherum. Wir sichern jetzt einmal alles hier ab, einen Arzt müssen wir rufen, auch wenns schon zspät ist, und dann dokumentieren wir alles fotografisch. Wenn die Tatortgruppe da ist, machen sie weiter. Die sind für größere Sachen die Zuständigen, wir übernehmen nur, wenn die Sachlage ganz klar ist. Im Prinzip entscheiden dann die Kollegen beim Landeskriminalamt, wer für den Fall zuständig ist. Aber ich werde dich und den Andi noch brauchen. Trotzdem wäre es blöd, wenn du jetzt herumhängen würdest den halben Tag. So ein schöner Anblick bist wirklich nimmer ... Bist am Nachmittag beim Keller?"

„Ja, ich werd dort sein."

„Gib mir deine Nummer, dann rufe ich dich an, wenn etwas ist oder ich eine Frage habe. Ist zwar nicht ganz nach ‚Vurschrift', aber viel einfacher. Und wahrscheinlich wird es den Kollegen vom Landeskriminalamt eh recht sein, wenn wir hier die hiesigen Erhebungen machen. Außerdem ist der Andi am Nachmittag auch am Kellerberg, weil er ja seinen Heurigen aufmacht. Ich hol dich ab und wir gehen zum Andi. Und jetzt ab mit dir. Und am Nachmittag bist salonfähig angezogen!"

„Gut, wird gemacht! Kann ich jetzt wieder zurückschwimmen?"

„Nein, keine gute Idee: wenn die hübsche Maid dort im Wasser war, haben die Taucher was zum Tun. Und jetzt schau, dass du weiterkommst!"

Während Erich begann, die Ermittlungsarbeiten zu organisieren, verabschiedete sich Michl und machte sich auf den Weg durch das hohe Schilf zurück zur Halbinsel. Vorne am Damm herrschte inzwischen hektische Betriebsamkeit. Michl ging an allen vorbei über den schmalen Pfad zur Spitze der Halbinsel. Dort auf der Holzbank lag Helga, ein Buch in der Hand.

„Hallo Schatz! Bin wieder da!"

„Und?"

„Ist eine lange Geschichte. Ich will jetzt weg hier. Komm, gehen wir zurück zum Keller. Ich will endlich ein Frühstück! Dann erzähle ich dir alles."

Helga lächelte ihren Mann an, umarmte ihn fest und hielt ihn an sich gedrückt. Nach einer kleinen Weile gaben sich die beiden einen sanften Kuss und ließen einander los. Ihre Fahrräder standen an einem Baum angelehnt. Michl und Helga nahmen die Räder und schoben sie den Pfad nach vorne. Am Bahndamm schulterten sie sie, um über den steilen und steinigen Abhang zu steigen. Oben angekommen radelten sie gemütlich zurück zur Kellergasse.

Kapitel 2: Dann endet der Tag wie so oft

Nachdenklich bog Erich von der Hauptstraße kommend in den Ort ein. Der Tag war lang und heiß gewesen. Die Tatortgruppe hatte den Fundort gründlich abgesucht, aber die bisherigen Ergebnisse waren mager. Der Leichnam der unbekannten Schönen war nach Wien zur Obduktion abtransportiert worden. Der Tod einer jungen, hübschen Person nagte mehr am Gemüt, als wenn es jemand Älteres, Hässlicheres gewesen wäre ... Swo hoit schod drum ... Der Gedanke war den Tag über omnipräsent. Erich bog mit Schwung in die anfangs steile Kellergasse ein und parkte sein Auto im Schatten einer ausladenden Kastanie am Beginn der kleinen Presshäuserzeile.

Helga und Michl saßen unter einem großen Sonnenschirm vor ihrem Presshaus bei einem Espresso und einer Melange, als er die paar Meter vom Auto zu ihnen ging.

„Na, Herr Postenkommandant, ganz frisch schaust nicht mehr aus," rief ihm Michl zum Gruß entgegen. „Willst auch einen Kaffee? Weißt eh, ich habe drinnen eine Espressomaschine. Ohne die läuft bei mir nichts!"

„Nein danke, aber ein G'spritzter wär jetzt fein. Das war heute elendig heiß unten in der Au. Und bis alle fertig waren, hat es bis vorhin gedauert. Schon gut, dass so was bei uns selten vorkommt."

„Gerne, was ist dir lieber für den G'spritzten: der Welsche vom Fritzl oder ein Grüner vom Norbert?"

„Der vom Norbert, der ist rescher, das brauch ich heute. Dem Fritzl sein Welscher hat noch ein bisserl Restzucker, nach dem Tag brauch ich eine frische Säure!"

„Passt! Setz dich schon her, ich hole dir alles."

Erich setzte sich auf einen Sessel im Schatten und schaute kurz der Helga zu, die konzentriert an einem bunten Stück Stoff nähte.

„Na, du bist aber auch immer beim Handarbeiten, wenn ich dich sehe. Was wird das überhaupt? Schaut aus wie ein Flickwerk!"

„Das wird ein Quilt", fing Helga an.

„Ein Kilt?!? Ich habe gedacht, nur Schotten machen so etwas ..."

Aus Helga platzte schallendes Gelächter heraus, sie konnte sich gar nicht fangen. Michl kam mit Wein, Soda und Gläsern zu ihnen.

„Na, was gibt es hier so zum Lachen?"

„Erich meint einen Kilt, einen Schottenrock ..." und lachte weiter.

Auch Michl lachte kurz auf und wandte sich weiter schmunzelnd Erich zu.

„Ah so, ja das muss ich dir erklären. Helga nimmt schöne und teure Stoffe und zerschneidet sie in kleine Teile."

Erich zog die Brauen fragend hoch.

„Dann näht sie die bunten Fetzerl wieder zu einem Stück zusammen. Das nennt man dann Patchwork. Jetzt wird das Fetzerlwerk mit einer Füllmasse, einem Vlies, hinterlegt und bekommt eine Rückseite aus Stoff. Die drei Lagen werden vernäht, dabei werden Muster eingearbeitet. Das ist dann der Quilt – auf Deutsch a Fleckerlsteppdecken! Und unter der darf dann ich großer Depp stecken ..."

„Jetzt weiß ichs genau! Nix is mit einem Schottenrock fürn Michl. Wobei, bei den Beinen ..."

Schmunzelnd nahm Erich sein Glas, das vom kühlen G'spritzten angelaufen war, schaute es in Vorfreude an und prostete den beiden zu:

„Auf euch und danke schön! Hmmmm – das habe ich jetzt gebraucht – herrlich!

Aber jetzt zur Sache. Ich muss deine Aussage aufnehmen, habe mir gedacht, das machen wir jetzt gleich hier. Erzähle einmal und ich schreibe mit."

„Wirst nicht viel zum Schreiben haben. Helga und ich sind gleich in der Früh mit den Rädern in die Au, eh wie immer, wenn wir hier sind. Die Räder nehmen wir mit nach vorne zur Spitze. Dort schaue ich erst vorsichtig herum und bin still, weil fast immer irgendein Tier oder Vogel dort ist und ich gute Fotomotive brauche. Heut war ein Eisvogel am Teich, ich habe die Kamera und das Tele ausgepackt und still gewartet. Wir haben dann die Wildschweine kommen hören, aber sonst war nichts. Den Andi haben wir nicht gehört und es hat uns ganz schön gerissen, als er geschossen hat. Der Andi hat dann gemeint, ich kann mit ihm mit zur Sau und ich bin mit der Kamerabox hinübergeschwommen. Vom Angelplatz an ist er vorgegangen, auch um das Gras runter zu treten, aber es war nicht so hoch wie sonst. Am Baum sind wir stehengeblieben und haben kurz geschaut, dann sind wir weiter. Andi hat sich auf die Sau am Waldrand konzentriert und ich schaue immer um mich herum. Und wie ich mich etwas umdrehe, da habe ich sie an der Rückseite vom Baum gesehen. Irgendwie wars ein Mordsschreck. Das wars. Wir haben kurz noch geschaut, haben aber nichts angegriffen, sind auch gar nicht ganz hin. Hast ja gesehen, dass sie tot war. Dann habe ich der Helga gesagt, sie soll die Polizei rufen."

„Und sonst, bist sicher, hast du nichts gesehen?"

„Ja, absolut, wir waren vielleicht schon fünfzehn Minuten da, als der Andi geschossen hat. Da war vorher nichts, ganz sicher nichts."

„Okay, danke. Ich schreibe das im Büro ordentlich auf, kommst dann bitte am Montag zum Unterschreiben, so ab dem späten Vormittag, passt das? Aber wie ists? Kommt ihr beiden mit zum Andi? Ich habe langsam Hunger und er hat ja heut offen."

„Sicher, war ja so vereinbart. Wir verräumen nur schnell die Gläser, dann kanns losgehen."

Wenig später spazierten die drei gemeinsam den Weg hinauf zum Heurigen von Andi. Der Platz davor war schon gut besucht. Sie setzten sich an einen freien Tisch und studierten gleich die Weinkarte. „Na, der Andi ist wirklich kein schlechter Winzer. Bei der Auswahl weißt du nicht, womit du beginnen sollst!", zeigte sich Erich erstaunt.

Gabi, die Kellnerin, war an den Tisch gekommen, lächelte und meinte: „Na, braucht ihr noch etwas Zeit oder wisst ihr schon, was ihr wollt?"

„Passt schon, auf jeden Fall zwei Liter Soda – das brauchen wir heute. Ich fang mit einem Achterl Riesling vom Sauberg an. Helga, du?"

„Erst ein Achterl vom Hausveltliner, den mag ich hier mehr als den DAC."

„Und ich bleibe bei einem G'spritzten. Der Andi, ist der drinnen?"

„Sicher, Erich, wo sonst?"

„Geht schon, wir müssen eh hinein zum Buffet."

Die drei lehnten sich auf den Sitzbänken zurück und begannen die Umgebung zu mustern. Andis Heuriger stand am Ort seines ursprünglichen Presshauses, schon recht weit oben am Kellerberg. Er war einer der Winzer, die schon vor Jahren auf eine hohe Qualität geachtet hatten. Und als naturverbundener Mensch war er auch einer der Ersten, der auf eine biologische Produktion umgestellt hatte. Der Erfolg gab ihm Recht und bald war er kein Geheimtipp mehr. Das ursprüngliche Presshaus wurde umgebaut und war jetzt ein gemütlicher Heuriger mit mehreren Räumen, die in einer Kombination aus modernen und traditionellen Elementen eingerichtet waren. So gab es zwar viel Edelstahl, aber auch massive Eichentischplatten. Zusammen mit einer guten, nicht blendenden Beleuchtung war es hier richtig nett und Andi konnte auch im Winter den Heurigenbetrieb weiterführen.

Es war aber der Garten, der den Heurigen im Sommer in eine Oase für die Seele verwandelte. Eine von Bäumen bestandene, schattige, ebene Wiesenfläche mit Blick über den Ort und die untere Kellergasse hinüber über die weitläufige Au bis hin zu den Kleinen Karpaten. Hier wurden die Heurigenbänke aufgestellt und fast immer waren sie besetzt. So auch heute. Die drei grüßten zum Ehepaar Minkowitsch hinüber. Die beiden Pensionisten waren recht aktiv in der Umgebung unterwegs. Sie besuchten regelmäßig Pensionistentreffen, örtliche Festivitäten und die offenen Heurigen in den Winzerwochen. Er war der frühere Elektriker im Ort und auch jetzt, mit knapp achtzig, hatte er noch immer ein offenes Ohr für die elektrischen Probleme der Dorfgemeinde. Mehr noch, war das Problem leicht lösbar, wurde es gleich an Ort und Stelle behoben. Der Werkzeugkoffer stand stets im Auto bereit.

An einem anderen Tisch saßen Mitglieder der Freiwilligen Feuerwehr. Erich stand auf und ging die Männer begrüßen. Er kannte sie gut und schmunzelte in sich hinein. Diese Arbeitssitzung würde wohl noch lange dauern! Unter den Gästen fanden sich einige, die Erich als Alteingesessener nicht erkannte, wahrscheinlich Weinkunden und Zufallsgäste. Helga war auch aufgestanden und plauderte mit Maria, der Frau eines

Pfarrgemeinderates, quasi Nachbarn am Kellerberg. Beide Damen liebten ihre Handarbeiten und Helga hoffte insgeheim, mit Maria hier im Weinviertel eine kleine Quiltgruppe zu begründen.

Am Nachbarstisch saß eine Familie, die Michl schon öfters aufgefallen war, die er aber nur vom Sehen kannte. Sie, etwa Mitte dreißig und sehr attraktiv, war an den Rollstuhl gebunden. Es gab zwei Töchter, etwa zehn und dreizehn, wobei die ältere eine deutliche Narbe von der Stirn bis über die Wange hatte. Der Mann, auch ungefähr Mitte dreißig, mit einem buschigen Schnurrbart und dichtem Haar, war rührend um seine Familie bemüht. Für seine Töchter war er immer da, sie bekamen seine volle Aufmerksamkeit, wenn sie ihn brauchten. Er spielte mit ihnen Fangen, brachte sich aber auch mit ein, wenn die Puppen zum Einsatz kamen, machte mit ihnen Hausaufgaben, was halt gerade anstand. Besonders fiel die Verbundenheit zu seiner Frau auf. So wie heute: Wenn er sie ansah, erhellte sich seine Miene. Als er kurz ihre Beine im Rollstuhl zurechtrückte, streichelte er sie erst an der Wange, um sie dann zärtlich zu küssen. Auch sie strahlte, wenn er ihr eine liebe Geste zukommen ließ oder wenn sie ihm mit den Töchtern zusah.

Michl hatte schon früher diese augenscheinlich sehr glückliche Familie bewundert, die trotz eines offensichtlich traumatischen Erlebnisses so einen Zusammenhalt zeigte. Er nickte grüßend zum Mann hinüber und bekam gleich einen freundlichen Gruß zurück.

In diesem Moment kam Andi mit den Getränken zum Tisch und die beiden anderen, Helga und Erich, fanden sich ebenso wieder hier ein.

„Servas, es drei! I hob ma denkt, i schau söba schnö hea. Gö Erich, du wiast mit mia no redn woin?"

„Na sicher. Bist ja mein Hauptverdächtiger! Nachge-
wiesenermaßen am Tatort und dann ausgebüxt, bevor
die Polizei kommt. Willst gleich oder später verhaftet
werden?"

Andi lächelte gequält und wischte sich rasch den
Schweiß von der Stirn.

„Vastehst eh, de Sau und de Hitz heit. War schod
gwesn, hot sei miassn."

Erich lachte heraus: „Na, werd nicht nervös, war
nur Spaß. Ist zwar nicht nach der Norm, aber geht
schon. Michl hat eh schon alles erzählt. Du musst aber
auch aussagen. Kannst morgen in Gänserndorf oder
ab Montag bei uns machen. Gibt es was, das dir noch
aufgefallen ist?"

Andi überlegte kurz und nickte dann langsam verneinend. „Na, i glaub hoit, duat gstuam is se net. Oba
wos gseng, etwas aufgfoin – na, nix. Wissts es scho
wos?"

„Nein, gar nichts. Habts aber schon Recht, auch für
die Profis hat es wenig gegeben. Einen Haufen Kippen
am Angelplatz halt, aber die meisten schon alt. Sind
schon Spezialisten, die Fischer, dass sie ihre Tschick
nicht wieder mitnehmen können. Aber ansonsten
nichts Wirkliches. So wie ihr sagt, dort gestorben ist
sie sicher nicht. Ertrunken, vielleicht ertränkt, nichts
Genaues weiß man nicht. Warten wir einmal die Obduktion ab. Wer sie ist, wissen wir auch nicht und als
abgängig ist uns niemand derzeit gemeldet. Alles in
allem recht wenig zurzeit."

Andi nickte nachdenklich, die Information auf-
nehmend. Für einen Moment war es still am Tisch.
Er schaute sich im Garten um und bemerkte, dass die
meisten Hiesigen ihre Gespräche unterbrochen hatten
und aufmerksam herschauten.

Aha, die Buschtrommeln funktionieren alleweil perfekt, dachte sich Andi, als er freundlich in die Runde grüßte. „Na gut, ich mach jetzt wieder drinnen weiter. Siehst ja, wie es heute wieder zugeht. Ihr kommt eh zum Buffet herein."

Helga schenkte Michl und sich Wasser in die extra Gläser, dann nahmen die drei ihre Weingläser in die Hand und stießen an. „Prost!"

Während Erich genussvoll einen Schluck von seinem G'spritzten nahm, hielten Helga und Michl ihre Gläser erst gegen das Licht, prüften die Farbe, rochen am Wein und nahmen erst dann einen Schluck.

Helga strahlte: „Ich weiß ja, wieso ich den Veltliner vom Haus so mag. Pfeffrig ist auch der DAC, aber der hier ist für mich gehaltvoller. Ich mag ihn einfach mehr."

Auch Michl wirkte zutiefst zufrieden: „Das ist einfach ein wunderbarer Riesling, richtig rassig, ein ganz leichter Duft nach Pfirsich. Klare Säure, nur ein Hauch an Restsüße. So habe ich es gerne!"

„Na, ihr seid ja zwei besondere Genießer – redet daher, wie die Jungen aus der Weinbauschule! Bei dem Wetter bleibe ich am liebsten beim G'spritzten. Punkt! Aber jetzt will ich etwas zum Essen. Auf zum Buffet!"

Zehn Minuten später saßen sie wieder am Tisch und genossen Kümmelbraten mit Kren, Käse- und Liptauerbrote – möglichst durcheinander. Es wurde ein netter Ausklang. Erich verabschiedete sich nach einiger Zeit mit dem Hinweis, auch er hätte irgendwo eine Familie und sollte sich dort wieder einmal sehen lassen, bevor er in Vergessenheit gerät. Helga hatte noch einen Gusto auf etwas Süßes, Michl ging dafür nochmals zum Buffet und stellte sich an. Vor ihm in der Reihe stand der Mann vom Nachbarstisch, der gleich freundlich zur Begrüßung nickte.

„Hallo, ich glaub, wir haben uns schon öfters gesehen. Ich bin der Martin Moser, wir sind eigentlich aus Palterndorf, aber meine Frau, die Barbara, hat ihre Schwester in Ollersdorf."

„Freut mich, ich bin der Michl Metzger, einfach Michl, und meine Frau heißt Helga. Wir haben da unten in der Kellergasse ein Presshaus. Ich habe euch schon öfters gesehen, ihr seid ja eine wirklich nette Familie. Sieht man selten, so eine offensichtliche Verbundenheit, find ich toll."

Martin antwortete sichtlich stolz: „Danke, sehr nett. Ja, ich habe wirklich eine liebe Familie. Bin auch recht stolz auf meine drei Damen! Aber habe ich das richtig mitbekommen? Ihr habt heute eine Tote in der Au gefunden?"

„Tja, scheint sich ja rasch herumzusprechen, stimmt schon. Aber da ist nicht viel zum Erzählen. War eine hübsche junge Frau. Was passiert ist, muss die Polizei herausfinden."

Martin wirkte nachdenklich und für einen Moment war so etwas wie Trauer bemerkbar. Klar, dachte sich Michl, wer wie Martin ständig in der Familie so gefordert wurde, musste ein Mensch mit ausgeprägten empathischen Kompetenzen sein. Martins Alltag forderte diese sozialen Fähigkeiten andauernd. Martin war Michl sympathisch und er lächelte ihm verständnisvoll zu: „Ja, ich weiß, ich bekomme das Bild ebenfalls nicht aus dem Kopf, auch wenn ich sie noch nie zuvor gesehen habe, es macht traurig, nur daran zu denken."

Martin blickte Michl ernst an und nickte bestätigend.

„Was darfs denn sein?" Rosi, Andis Frau, stand hinter dem Buffet und schaute abwartend zu den beiden Männern. Martin schüttelte kurz den Kopf, als wolle er sich die Gedanken herausbeuteln, und fing mit seiner Bestellung an. Michl wählte mehrere Tortenstücke aus und ließ sich gleich ein paar fürs Frühstück am nächsten Tag einpacken. Hier gab es echte Hausbäckereien. Einige Frauen aus dem Ort hatten sich auf die Erzeugung von Kuchen spezialisiert und belieferten die Heurigen mit ihren Köstlichkeiten.

Am Weg zurück zu den Tischen fragte Martin, ob Michl und Helga sich nicht zu ihnen setzten wollten. Gerne nahmen die beiden das Angebot an. Es wurde noch ein netter Abend mit der Familie Moser, die Mädchen, Felicitas und Rebecca, waren aufgeweckte Kinder.

Gegen einundzwanzig Uhr machten sich die Metzgers auf den Weg zurück zum Presshaus. Vor dem Keller ihres Nachbarn Norbert Döltl saß eine kleine „Köllapartie" am Tisch unter dem großen Lindenbaum. Es war eine klassische Weinviertler „Köllastund", bei der Weinhauer und ihre Freunde und Bekannten sich zum Weinverkosten und Gedankenaustausch in und vor den Kellern und Presshäusern treffen. Wobei die Dauer freilich zumeist eine Stunde um ein Vielfaches überschritt. Schon von weitem wurden sie lautstark begrüßt: „Griaß eich, es zwa! Do kummts her, setzts eich no a wengal zu uns!"

Die fröhlich gestimmte Person, die hier so herzlich einlud, war Fritzl Hahn, das Faktotum vom Ort. Er war ein Weinviertler, nach dem der Archetypus beschrieben werden konnte. Sein Auftreten war wie aus dem Bilderbuch, an ihm konnte die wahre Weinviertler Tracht definiert werden: eine eher dunkle Arbeitshose (fast immer etwas kurz), ein kariertes Hemd, eine ärmellose Weste, in deren Tasche an einer Kette die Taschenuhr hing. Unverzichtbar war das Fiata, die blaue oder grüne

Schürze des Weinhauers, die als Standeszeichen gilt. Darüber ein grobgewebtes Sakko, hier Janker genannt, und der unverzichtbare Strohhut am Kopf.

„Wia is? Trinkts no wos?"

Michl liebte diese – eher rhetorisch gemeinte – Frage! Für ihn drückte sie den lebendigen Geist aus, in dem die Philosophie des Weinviertlers, seine Mentalität, sein Leben mit der Arbeit auf den Feldern und in den Weingärten und seine tiefe Verflechtung in der Gemeinsamkeit im vollen Umfang zum Ausdruck kam. Wie kein anderer Satz prägte das schlichte „Trink ma wos?" das Herz und die Seele gelebter Weinviertler Volkskultur.

Im Weinviertel geht es beim „Trink ma wos?" nicht um gemeinsamen Alkoholkonsum. Dieser Satz steht diametral zu einem Tiroler „Trink ma no a Schnapserl?" Hier in diesem so typischen Satz des Weinviertels zeigt sich die Basis, auf welcher der außergewöhnliche Charme des weiten Landes aufbaut. Es geht darum, sich Zeit zu nehmen, sich etwas aus dem Alltag zu entfernen, Muße zu haben, um Zwischenmenschlichem eine höhere Bedeutung beizumessen. Es ist ein Ritual, ein einzigartiger Brauch. Eine bewusste und verdiente Pause nach der Arbeit, die man gemeinsam mit Nachbarn, Freunden oder auch Fremden erlebt. Das Menschliche steht im Mittelpunkt, und in der Atmosphäre der Kellergassen lässt man seine Seele baumeln. Diese Weinviertler Mentalität ist Brauchtum und Volkskultur in einem und wird von Alt und Jung gelebt! In dieser gelebten Gastlichkeit fühlte sich Michl wohl, er und auch Helga hatten darin eine seelische Beheimatung gefunden.

Norbert Döltl war, als die beiden näherkamen, still aufgestanden und in seinem Keller verschwunden. Nun, als sie sich auf die Bank setzten, kam er aus seinem Keller gestiegen, einen golden gefüllten, mundgeblasenen alten Weinheber und zwei Gläser in der Hand. Mit einem breiten Lächeln schenkte er still die beiden leeren Gläser ein und füllte Fritzls und sein Glas nach. Die Menge im Weinheber war genau auf den Bedarf der vier Gläser berechnet, die nun alle voll waren. Noch immer schweigend hob er sein Glas, schwenkte es leicht und sprach erst jetzt seine ersten Worte:

„A Greana vum Vuajoa. Griaß eich! Zum Woi!"

Wie kleine Glocken erklangen die Gläser, als sie miteinander anstießen.

„Na, dazöts amoi: Wia gehts eich jetzt noch so an Tog? Wor ja, scheints, net gonz de Norm ...“

Norbert nickte Helga und Michl auffordernd zu.

„Ja, hast schon Recht. Der Tag war lang und hängt uns nach. Die junge Frau geht mir nicht aus dem Kopf, Leid tuts mir für sie. Aber viel erzählen können wir nicht, sicher habt ihr beiden schon das meiste gehört. Der Andi und ich haben sie unten am großen Baum hinterm Hufeisenteich gefunden. Dort hat sie ganz sicher einer so hingesetzt. Aber viel mehr kann ich euch auch nicht erzählen. Bin neugierig, was der Erich herausfindet über sie."

„Host scho Recht, woat mas o. Und heit woas fia uns olle a longa Tog. I woa a scho uma viere aum Föd und hob gorwat. De Hitz untertogs is afach zum Orbeiten zvül. Da Fritzl hot ma donn untatogs ghoifa, mia hom im Weingad gorwat und de Summatrieb zruckgschnitten. Mia hom a de klan Trauben ausdünnt, jetzt kennan de ondan guat aun Qualität gwinna. Oba haaß wors scho! Donk da no amoi, Fritzl, fia de Hüf!"

„Ja, waßt eh, i hüf da imma gean. I hob ja söba nua a poa Kreftn fia an Eigenvabrauch. Oba jetzt is Zeit fia an netten Ausklaung noch an Tog. Dei Greana is grod recht heut: frisch und jung, a guade Seire. Auf des steß ma no amai au!"

Nochmals klangen die Gläser zusammen und die Runde ging zu allgemeinen Gesprächsthemen über. Vom Ort her kam ein Auto die Kellergasse herauf und hielt am Platz unter dem Lindenbaum. Andrea, Norberts Frau, stieg aus und kam zur Gruppe am Tisch.

„Griaß eich, mitanonda! Jetzt setz i mi a no a bissl dazua!"

Andrea setzte sich neben Helga, während ihr Mann Norbert schon dabei war, im Keller wieder eine Runde Wein zu holen.

„I sogs eich, i waas wirkli ned, wos in de Kepf vo de Leit vuageht. Richti zuanig bin i heit. Mia homs de Untawäsch von Leinl gstoin. Grod hob i mia a neiche kauft und se vua dem Trogn amol gwoschn. Eh nix Ausgfollanes, oba a nette Wäsch hoit, wos Passendes ... Aum Vurmittag häng i se auf und nochn Essen is se weg. Ollas ondare is do. Jo, san s' scho gaunz varrückt wuan? Wer tuat denn so wos? I bin wiakli augfressn!"

Norbert war inzwischen mit dem Weinheber wieder am Tisch und schaute mit gerunzelter Stirn zu seiner Frau, während er ihr und den anderen einschenkte.

„Na, das sind ja G'schichten, kein Wunder, dass da wütend bist!" Norbert beugte sich zu Andrea hinunter und gab ihr ein Begrüßungsbusserl.

Helga schien angestrengt zu grübeln: „Jetzt, wo du es sagst, ich glaube, ich habe heute am Nebentisch beim Andi was Ähnliches gehört. Ich habe es nur am Rand mitbekommen, aber da hat sich heute noch jemand über verschwundene Wäsche aufgeregt. Ich habe nicht richtig hingehört, aber ja, die eine Frau am Tisch gegenüber hat sich auch einmal aufgeregt."

„Jo, wos is denn do mit unsan Dorf heit!" Fritzl konnte seinen Unmut über den offenbar gestörten Dorffrieden nicht zurückhalten. „Erst a Tote und donn fladert ana de Untawäsch von unseren Damen! Na, so wos brauch ma ned bei uns do!"

Die Runde lachte über Fritzls heiligen Zorn, der gerade dabei war, von einem kräftigen Schluck Veltliner gelöscht zu werden.

Michl rieb sich nachdenklich seinen Bart: „Wer fladert wirklich Unterwäsche? Aber ich glaube nicht, dass da das eine mit dem anderen zu tun hat, wieso auch?"

„Es is jo ned wiakli a großa Schoden, es ärgat hoit. No dazua, wonn de Wäsch gonz neich woa. Oba wos sois, heit ändan mias a nimma ..." Andrea schüttelte ihren Kopf, als wollte sie die ärgerlichen Gedanken zerstreuen, und wandte sich Helga zu.

Die Gespräche drehten sich um den Wein, die Ernte auf den Feldern und die Hitze. Es wurde gelacht, Fritzl war auch in der Stimmung, ein launiges Lied zum Besten zu geben.

Es war eine gelungene „Köllapartie", ein gemütlicher Abend am Kellerberg halt.

Der Mann blieb an der Abzweigung der Kellergasse stehen. Von vorne kamen Stimmen, dort unterm Lindenbaum saßen Leute bei Kerzenschein am Tisch. Egal! Hier gingen immer welche und außerdem war oben der Heurige noch offen. Er hatte ein dunkles kariertes Hemd und eine dunkle Hose an. Er wusste aus langjähriger Erfahrung, hier würde ihn keiner bemerken.

Gemächlich ging er die Kellergasse hinauf. Als er an der Gruppe am Tisch vorbeiging, blickte nur einer kurz in seine Richtung und nickte leicht grüßend hinüber. Der Mann nickte zurück und ging, ohne das Tempo zu verändern, weiter. Nach ein paar Metern schaute er kurz zurück. Die Gruppe war wieder ganz mit sich selbst beschäftigt. Er folgte der Straße hinauf in Richtung der Kirche. Oben standen mehrere prächtige Villen, Relikte der „Sommerfrische-Zeit". Am obersten Ende der Kellergasse bog er rechts ein. Beim dritten Haus blieb er stehen und sah sich um. Alles war finster, auch die Nachbarshäuser. Jetzt saßen alle noch beim Heurigen oder waren unterwegs.

Der Mann stieg durch die lose Hecke, die den Garten umgab. Er ging einmal um das Haus herum. In zwei Zimmern brannte Licht. Er wusste, es war trotzdem keiner der Hausbewohner da. Vor einer dreiviertel Stunde hatte er die beiden beobachtet, wie sie sich auf den Weg zum Heurigen machten. Das Licht hatten sie angelassen. Er war ihnen mit einigem Abstand gefolgt, hatte sich versichert, dass sie dort bleiben würden, bevor er sich wieder auf den Weg zurück gemacht hatte.

Jetzt ging er zu einem Fenster im Erdgeschoß. Bei der Hitze waren alle Fenster offen. Wirklich Angst vor einem Einbruch hatte in dieser Gegend niemand. Man schimpfte zwar immer auf die Slowaken und sprach davon, wie leicht etwas verschwindet, wenn sie herüberkommen. Sie kamen aber nie herüber, es war wie eine alte Redewendung, deren Ursprung über die Generationen verloren gegangen war. Und wie sollten sie auch kommen? Durch den Fluss ging kaum noch jemand, die Fähre funktionierte die halbe Zeit nicht und sonst gab es zwischen den Ländern keinen Grenzübergang weit und breit. Vor dem Krieg hatte es noch sechzehn Brücken über den Fluss gegeben, heute existierte nur mehr die hochwassergefährdete Brücke bei Hohenau! Entlang der March waren während und nach dem letzten Krieg Dinge passiert, die auch nach Generationen noch nicht aufgearbeitet waren. Hier galt in den Köpfen: „Was der Herrgott durch einen Fluss getrennt hat, soll der Mensch nicht mit Brücken verbinden ...“

Er zog sich am Fensterrahmen hoch, stieg vorsichtig auf das Fensterbrett ins Zimmer. Aus seinem Hosenbund zog er eine kleine Taschenlampe und richtete sie auf den Boden. Das schien wohl das Esszimmer zu sein. Es war geschmackvoll mit Jugendstilmöbeln eingerichtet. Er kramte einen Notizblock aus seiner Hemdtasche und fing an, eine kleine Skizze des Zimmers zu machen. Diese Vorgehensweise wiederholte er zügig in jedem Zimmer des Erdgeschoßes. Dann näherte er sich der Stiege. Langsam ging er die Treppenstufen hinauf. Die vierte gab ein deutliches Knarren von sich, als er sie belastete. Er notierte es sich in seinem Notizblock. Sonst blieben alle Stufen still. Oben befanden sich ein Büro, das Bad und zwei Schlafzimmer. Das eine war offenbar ein Gästezimmer und wirkte unpersönlich. Das andere war eindeutig das Schlafzimmer des Paares, das hier wohnte. Auf den Nachtkästen lagen Bücher, Kosmetikartikel, eine Lesebrille. Der Mann ging zu einem der Nachtkästen hin und zog vorsichtig eine Schublade heraus. Darin lag zuoberst eine Pistole. Zufrieden, dass die Schublade sich völlig leise öffnen ließ, machte er sie wieder zu. Konzentriert zeichnete er einen Plan des Schlafzimmers. Mit Schritten maß er die Entfernungen zwischen Türe und Bett, die Länge des Bettes, die Breite zur Wand. Vorsichtig ging er zum Fenster und horchte hinaus: Es war ruhig, leichtes Lachen drang vom Kellerberg her. Unten im Ort bellte ein Hund. Im Nachbarhaus fiel ihm jetzt, da es schon ganz finster war, auf, dass in einem Zimmer ein bläuliches Flackern zu sehen war. Ein Fernseher oder Computer wahrscheinlich. Sorgfältig ging er wieder durch das Haus zurück und notierte dabei die Anzahl der Schritte in seinem angefertigten Plan des Hauses. Auf der Stiege probierte er mehrmals die vierte Stufe zu übersteigen. Es gelang ihm, ohne dass dabei ein Geräusch entstand. Unten überprüfte er nochmals die Eingangstüre. Ein Festnetztelefon schien es nicht mehr zu geben. Im Esszimmer befand sich eine Türe, die in den Garten führte. Von innen ließ sie sich öffnen, von außen nicht. Praktisch, dann muss ich nicht über die Fensterbank, dachte sich der Mann und drückte die Tür langsam auf. Noch einmal schaute er zurück, prägte sich die Bilder der Zimmer ein. Er hatte nichts mitgenommen, er hatte nichts zurückgelassen. Es war, als wäre er nie da gewesen ...

Langsam trat er in den Garten hinaus, alles war ruhig. Als er sich dem Gartenzaun näherte, ging plötzlich im Nachbarhaus das Licht an. Sofort drückte sich der Mann an den dort stehenden Baum, blieb regungslos stehen. Er konnte einen Schatten am Gras erkennen, der von jemandem stammte, der am Fenster des Nachbarhauses aufgetaucht war und von dort Ausschau hielt. Der Mann bewegte sich nicht. Er konnte nicht entdeckt werden, war nicht weiter beunruhigt. Er kannte solche Situationen eben. Das Licht am Fenster ging aus. Sofort sprintete er die paar Schritte zur Hecke, huschte durch sie hindurch und war auch schon wieder am Weg. Langsam und vor allem leise ging er weiter. Für heute hatte er alles erledigt. Er war mit sich zufrieden.

Thomas Glatz stand am Fenster und starrte in die Finsternis. Es wird ein Reh gewesen sein, was sonst, dachte er sich. Nur einen dunklen Schatten, der rasch durch die Hecke verschwunden war, hatte er gesehen. Seine Augen waren noch vom Licht geblendet. Rehe, Füchse, Dachse waren hier am Berg regelmäßige Besucher. Thomas freute sich über das abwechslungsreiche Tierleben. Er hatte sich fest vorgenommen, eine Wildkamera zu kaufen. Inzwischen waren die Dinger ja richtig billig geworden. Sogar der Hofer hatte regelmäßig welche im Angebot. Wie verbreitet sie schon waren, hatte man an der Geschichte in der Zeitung gesehen. Da gab es in Kärnten einen Mordswirbel, weil ein Politiker mit seinem Gspusi beim Schnackseln im Wald gründlich fotografisch dokumentiert worden war. Es geht doch nichts über Kärntner Politiker, wenn man irrwitzige G'schichten für die Boulevardpresse braucht. Scheint ein Landesspezifikum zu sein.

Aber eine Wildkamera am Hufeisenteich hätte auch ihren Reiz. Da kämen sicher bald interessante Bilder zutage! Andererseits ... Thomas träumte verliebt vor sich hin. Ganz intensiv erlebte er nun nochmals den Nachmittag vor etwa zwei Monaten, als Sabine und er genau dort endlich zueinandergefunden hatten.

Thomas war selig. Er war jetzt zweiundzwanzig Jahre alt, hatte Matura und Zivildienst absolviert und sein Studium an der Wiener Wirtschaftsuniversität begonnen. Sabine hatte er schon immer angehimmelt, aber nur aus der Entfernung und wie es halt so war bei den Dorffesten. Als Jugendleiter bei der Freiwilligen Feuerwehr war seine Freizeit recht verplant. Aber es machte ihm Spaß, mit den Jungen zusammen zu sein und am Land war die Zugehörigkeit zur Freiwilligen Feuerwehr fast eine Selbstverständlichkeit. Für Thomas bedeutete es regelmäßige Gruppenstunden, diverse Treffen und die Mitarbeit bei unterschiedlichen Übungen und Einsätzen. Der Großteil seines sozialen Lebens spielte sich in diesem Milieu ab.

Umso weniger spielte sich jedoch bisher mit Frauen ab.

Klar, in der Schule früher halt, aber da war das Angebot bald ausgereizt.

Nur Sabine gab es für ihn schon immer.

Sie war aus dem Nachbardorf, das eigentlich zu seinem Ort gehörte wie ein siamesischer Zwilling. Sie hatte dunkle, sehr lockige Haare, die sie meistens mittellang und buschig trug, eine zierliche Gestalt und die schönsten rehbraunen Augen, die Thomas sich vorstellen konnte. Durch ihr lebhaftes, quirliges Temperament konnte sie sich mit großem Idealismus für gewisse Themen begeistern, allen voran regionale Anliegen und Umweltfragen. Die beiden Orte teilten sich eine gemeinsame Kirche und so waren sie schon bei der Erstkommunion zusammen, dann später bei der Firmung. Sie ging nach Zistersdorf ins Gymnasium, er nach Gänserndorf. Während der gemeinsamen Zeit in der Tanzschule fanden einige der schönsten Momente seines Teenagerlebens statt. Da hatte er oft mit ihr getanzt, hatte ihren Körper an seinem gespürt. Er war so aufgeregt gewesen, so aufgewühlt. Aber damals hat er den Mund nicht aufgebracht. Immer nur genickt, einsilbig geantwortet. Ein richtiger „Muramauz" halt.

Dann kam die Matura und bald danach der Zivildienst. In dieser Zeit war er oft weg, hatte kaum mehr für etwas oder jemanden Zeit. Nach dem Zivildienst begann er im Herbst an der Wirtschaftsuniversität mit dem Betriebswirtschaftsstudium.

Zu seiner Überraschung traf er Sabine am Campus der Wirtschaftsuniversität wieder. Ganz begeistert hatte sie ihn begrüßt. Er hatte dabei so gestrahlt, da wäre die finsterste Nacht fast zum Tag geworden! Sie hatte nach der Matura für ein Jahr freiwillig in einem Kinderheim in Südafrika gearbeitet. So kam es, dass beide zeitgleich ihr Studium begannen. Hier in der großen Stadt waren sie von Beginn an Verbündete, wurden rasch ein Team im gemeinsamen Studium. Thomas war glücklich, Sabine so oft in seiner Nähe zu haben. Für ihn war die gemeinsam verbrachte Zeit und die Vertrautheit mit ihr etwas, das ihn aufleben ließ. Dabei war es ihm aber immer bang, er könnte das derzeit Erreichte wieder verlieren. Wochen, ja die Wintermonate verstrichen, ohne dass Thomas sich traute, einen Schritt in Richtung „echte Beziehung" zu machen. Dabei spürte er, wie sich in ihm der Wunsch nach mehr aufbaute, die Sehnsucht, das Verlangen wuchs. In ihm keimte das Bild eines verblockten Wildbaches, der fest an eine Absperrung drückte. Er hatte das Gefühl, dass alles jeden Moment niederbrechen könnte. Wie eine wilde Sturzflut. Er hatte Angst, dass das, was er derzeit hatte, damit zerstört würde. Thomas fühlte sich von seinem inneren Konflikt zerrissen, war verwirrt und unausgeglichen.

Dann, vor etwa zwei Monaten, waren die beiden an einem schon heißen Frühsommertag zum Hufeisenteich gegangen, um dort zu lernen. Die Marketing-

Handbücher im Rucksack (warum „Handbücher" immer gleich ein paar Kilogramm wiegen?), die Mitschriften aus dem Seminar, etwas zum Trinken und Essen, Badekleidung und Handtücher.

Wie immer konnten die beiden konzentriert zusammenarbeiten. Jeder machte ein Kapitel und fasste die wichtigsten Punkte zusammen. Dann erklärten sie sich gegenseitig ihre erarbeiteten Teile. Darin hatten sie große Routine, waren ein Spitzenteam. Nach drei Stunden war es zu heiß geworden. Die beiden liefen übermütig ins Wasser zum Abkühlen und schwammen einmal über den Teich und zurück. Thomas stieg dann als Erster heraus und reichte Sabine seine Hand, damit sie leichter über die steile Stufe am Ufer heraufkam. Er zog an und Sabine flog regelrecht aus dem seichten Wasser zu ihm hinauf und kam dicht an ihn geschmiegt zum Stehen. Thomas blieb die Luft weg, Sabines wunderbarer Körper, nur im Bikini, so dicht, so fest an seinem. Sie sah ihn still fragend mit ihren rehbraunen Augen an. Thomas fühlte, dass er sich innerlich kaum mehr halten konnte. Verwirrt ging er etwas zurück, Sabine folgte ihm und sie setzten sich schweigend auf die Bank unter der mächtigen Pappel. Thomas spürte, es war etwas geschehen. Er hatte furchtbare Angst, er wäre Sabine zu nahe gekommen. Sabine wirkte jetzt auch ganz bedrückt, fast traurig.

Ruhig saßen die beiden auf der Bank nebeneinander und schauten auf den Teich hinaus. Jetzt, am Nachmittag, war es hier so still. Fischer kamen unter der Woche an einem heißen Tag nicht zum Teich und ansonsten waren es nur die Geräusche der Natur, die in der Luft schwebten: Libellen, die übers Wasser flogen, ein gelegentlich springender Fisch, das Trällern einer Lerche vom Steilhang gegenüber.

Thomas wurde bang, als Sabine ganz langsam seine Hand nahm und leicht hielt. Sabine versuchte etwas zu sagen, aber ihre Stimme versagte. Sie räusperte sich und Thomas spürte die Trauer in ihrer Stimme, als sie begann:

„Ich weiß, ich bin deine beste Freundin. Und es war immer schön, deine beste Freundin zu sein. Aber ich will nicht mehr, nein Thomas, ich kann nicht mehr …" Sabine begann zu weinen.

Thomas spürte, wie sich der Boden unter ihm auf-tat, es wurde ihm schwindlig. Er wusste nicht, wohin er schauen sollte, es schnürte ihm den Hals zu. Sabine schluchzte laut auf, ihre Augen waren voller Tränen. Sie drehte sich zu Thomas, schaute ihn verzweifelt an und warf ihre Arme um ihn, hielt ihn fest, vergrub ihren Kopf an seiner Brust. Thomas saß noch ganz steif, der Schock ging durch und durch, seine Gedan-ken rasten. Was war jetzt passiert, was hatte er getan, wieso …?

„Ist das wirklich alles, was ich für dich sein kann, Thomas, deine beste Freundin? Ich will nicht mehr nur deine beste Freundin sein! Spürst du gar nicht mehr für mich?" Hemmungslos schluchzend brach Sabine ab.

Ganz langsam drangen ihre Worte in Thomas' Be-wusstsein: nicht mehr nur … gar nicht mehr … das war nicht aus, Schluss – nicht, nicht mehr …

Und dann brach die so lange aufgestaute und zu-rückgehaltene Emotion aus ihm heraus. Ein Ruck ging durch seinen Körper, riss ihn aus seiner Lethargie. In diesem Moment fielen die Jahre seines Teenager-Da-seins endgültig von ihm ab. Es war wie der Moment der Erleuchtung, ein überwältigendes Gefühl, er verstand auf einmal, wusste schlagartig, was gerade noch für ihn ein Rätsel, ein Geheimnis gewesen war.

Mit einem Ausruf, der aus seinem Innersten kam, fiel die Starre von ihm ab. Er drehte sich zu Sabine, nahm sie in seine Arme, ganz ohne seine bisherige Scheu und voll innerem Vertrauen und Sicherheit fing er an, ihr Gesicht zu küssen. Ganz viele Küsse, die Tränen küsste er weg, streichelte ihr Gesicht, ihre Haare. Sie hörte sofort mit dem Schluchzen auf, blieb einen Moment still und mit: „Thomas? Thomas!" fing sie an, seine Küsse zu erwidern.

„Sabine, ich war so lange so dumm! Es tut mir so leid, ich habe immer Angst gehabt, dich zu verlieren, wenn ich mehr von dir gewollt hätte. Ich liebe dich doch, liebe dich doch schon só lange. Ich kann das gar nicht glauben ..."

„Ich dich doch auch ..."

An jenem Nachmittag wurde aus den beiden ein Liebespaar. Ihre Beziehung fußte auf der Basis ihrer tiefen Freundschaft, von Anfang an war da ein Grad der Vertrautheit und Verbundenheit, der Thomas und auch Sabine überraschte und über alles glücklich machte.

Den geänderten Beziehungsstatus hielten die beiden anfangs noch geheim, kosteten die Zweisamkeit aus. Sie mussten sich erst selbst an die neue Situation gewöhnen. Doch kann so viel Glück nicht lange im Verborgenen bleiben. Ihre Familien und die engsten Freunde merkten, dass hier etwas anders war und so hatten die beiden das Geheimnis bald verraten.

Das Gros der Freunde durfte es über Facebook erfahren:

von „Single" zu „In einer Beziehung" – nicht einmal über „es ist kompliziert ..."

Thomas schmunzelte, als er wieder zu seinem Computer ging. Eine wahre Flut an „Gefällt mir" war hereingekommen. Auch viele Emails und Nachrichten. Jetzt war die Katze aus dem Sack und alle waren neugierig. Die vielen Interessensbekundungen machten ihm Spaß. Er antwortete gerne, war aber recht zurückhaltend. Überwiegend nur: Ja, es stimmt, Sabine und ich sind zusammen und freuen uns sehr darüber. Thomas machte dann am Computer Schluss und fuhr ihn herunter.

Sabine war heute mit Freundinnen ausgegangen. Er schickte ihr noch eine kurze Nachricht mit der Info er wäre „daheim im Bett, aber leider alleine :-(...“ und lachte schallend, als zwei Minuten später die Antwort kam, das wäre auch besser so!

Damit zog er sich für den Tag zurück und freute sich auf den nächsten, an dem Sabine und er einige Pläne hatten.

Ta ta ta tamm ..., Ta ta ta tamm ...

Die neue Soundanlage mit dem mächtigen Subwoofer konnte schon was! Martina Lorenz, unter Freunden kurz die Tina, schloss die Augen und stellte sich einmal kurz vor, Sir Simon Rattle zu sein. Mit dem noch verpackten Skalpell als Taktstock dirigierte sie die Wiener Philharmoniker, genoss es, die kurzen prägnanten Terzmotive in ihrer spannenden Abfolge aufzunehmen.

Ta ta ta tamm ..., Ta ta ta tamm ...

Beethovens Schicksalsmotiv war für diesen Sonntagvormittag die richtige Hintergrundmusik. Martina liebte laute klassische Musik bei ihrer Arbeit und es war ihr kleines Steckenpferd, passende Musik für die jeweilige Arbeit auszuwählen. Beethovens Fünfte war schon fast pathetisch. Hinter ihr am freistehenden Edelstahltisch lag der bleiche Körper einer hübschen jungen Frau.

Blödes Schicksal ...

Martina senkte den Taktstock, äh Skalpell, und unbeirrt von der Inaktivität des Ersatzdirigenten setzten die Wiener Philharmoniker (ohnehin die ganze Zeit unter Sir Simon Rattle) die Symphonie fort.

In der vergangenen Nacht, eben außerhalb der regulären Betriebszeiten, war die Leiche in die neue Siemens Computer-Tomographen-Röhre geschoben worden. Martina betrachtete nun am Bildschirm konzentriert die Aufnahmen und ließ sie in der 3D-Funktion durchlaufen. Die Lunge würde sie sich da genauer ansehen. Sonst waren keine Auffälligkeiten zu erkennen, die eine Pathologin erschütterten. Naja, dann halt an die Arbeit ...

Der Prosekturdiener hatte alles vorbereitet. Beim Gedanken an diesen durchtrainierten Burschen mit

Vollbart und Karohemd lächelte Martina in sich hinein. Er stellte die klassische Verkörperung des lumbersexuellen Mannes dar. Echt urig. Martina hatte sich schon ein paar Mal vorgestellt, wie es wohl mit ihm so wäre ...

Jetzt, am Wochenende, war allerdings die Belegschaft reduziert und er wurde an anderer Stelle eingesetzt. Macht nichts, selbst ist die Frau, dachte sich Martina. Sie hatte eine ausgeprägte Hands-on-Mentalität und machte sich nichts daraus, auch bei Wochenenddiensten alleine und selbständig zu arbeiten. Sie ging zum Seziertisch, legte ihre Unterlagen und Materialien ab und sah sich den Leichnam in dem bunten Sommerkleid an. Die langen braunen Haare waren auf dem Edelstahltisch ausgebreitet und die junge Frau sah aufgrund des geringen Kontrasts zum hellen Metall so blass aus. Das Gesicht wirkte friedlich, ohne die Spuren eines erschreckenden Todes, wenn auch der Mund durch die Totenstarre leicht geöffnet war. Das gelbe Sommerkleid mit den vielen bunten Blumen war tief ausgeschnitten und hatte eine dichte Knopfreihe über die gesamte Länge vorne. Es war viel Bein zu sehen und Martina konnte auch so schon erkennen, dass die unbekannte Tote keine Unterwäsche trug. Sorgfältig prüfte sie das Kleid nochmals auf mögliche Beschädigungen, konnte aber nichts entdecken. Martina begann die Knöpfe des Kleides zu öffnen, zog dem Leichnam vorsichtig das Kleid aus und legte es in einen Behälter auf dem Tisch hinter ihr.

Zurück am Seziertisch nahm sie sich nun die Zeit, den jetzt nackten Körper näher anzuschauen. Neidisch könnte man sein, dachte sie sich, als sie das Bild in sich aufnahm. So ein schöner Körper, auch jetzt im Tod. Das kastanienbraune Haar umrahmte das ebenmäßige

Gesicht, der Körper war schlank, gut geformt und der Busen einfach perfekt. Martina schüttelte kurz ihren Kopf und verscheuchte ihre Gedanken – Vamos, meine Liebe, gemmas an!

Sie beugte sich über den Körper und begann genau die Haut zu überprüfen. Nirgends war eine gröbere Verletzung erkennbar, auch Druckstellen oder Hämatome fehlten. Sie drehte den Leichnam halb um und betrachtete die Totenflecken im Bereich des Hinterns und der Oberschenkel. Ach ja, sie wurde ja gegen einen Baum gelehnt sitzend gefunden. Offenbar hatte sie dort doch etwas länger „gesessen". Die Totenstarre hatte sich schon weitgehend gelöst. Martina überprüfte nochmals den Zeitpunkt der Auffindung des Leichnams, etwa 6:15 Uhr in der Früh. Ausgehend vom Grad der Lösung der Totenstarre ging Martina davon aus, dass der Tod vor etwa vierzig Stunden eingetreten sein musste. Damit lag der Zeitpunkt des Todes wohl irgendwann zwischen siebzehn und zwanzig Uhr am Freitagabend. Am Oberschenkel war eine kleine, etwa drei Zentimeter lange, gut verheilte Narbe, zu erkennen, nichts Besonderes. Am rechten Arm und am rechten Oberschenkel waren frische Kratzer. Martina nahm sich die Lupe und fand dort in den Kratzern Holzschiefer, die sie sorgfältig mit der Pinzette aus der Haut zog und in einen Behälter legte. Ansonsten kein Schmuck, kein Piercing, keine Tätowierung. Martina öffnete den Mund, sah hinein. Das Gebiss war makellos, nicht eine Plombe. Das war selten und schlecht. Damit war es wahrscheinlich noch schwerer, die unbekannte Tote zu identifizieren. Martina machte einen Abdruck vom Gebiss. Ihre Beobachtungen diktierte sie immer gleich in das Mikrofon über dem Seziertisch, das sie über einen Fußschalter aktivieren konnte.

Weiter ging es mit der Nase. Hier fand sie ein kleines Stück einer Pflanze in den Ostien zu den Nebenhöhlen. Auch dieses Stück wanderte in einen Behälter. Es folgten Augen, Ohren, die Achselhöhlen, der Nabel. Schritt für Schritt, wie die Punkte einer Checkliste. Dann ging sie zur Tischmitte und begann den Intimbereich zu untersuchen. Eine Teilrasur am Schamhügel und im Bikinibereich. Vorsichtig untersuchte sie die äußeren Genitalien, nahm Abstriche und fotografierte. Dann führte sie ein Spekulum in die Vagina ein. Noch etwas Flüssigkeit sickerte heraus. Sie machte davon ebenfalls mehrere Abstriche. Martina schaute genau, konnte aber keine Verletzungen, auch keine kleinen Einrisse in der Scheidenhaut erkennen. Sex vor dem Tod schien ihr aufgrund des vorgefundenen Sekrets wahrscheinlich, Näheres würde die Untersuchung der Abstriche ergeben. Und mangels irgendwelcher sonstiger Verletzungen war der Geschlechtsverkehr sehr wahrscheinlich einvernehmlich. Sie sicherte die Proben und untersuchte noch den Analbereich, aber auch hier war nichts Auffälliges zu erkennen.

Soeben erklangen wieder die Hörner im Scherzo des dritten Satzes. Gemäßigt, wie das Schreiten eines Trauerzuges. Zeit für eine Pause! Sie stand da, hörte zu, bewegte die Hände dirigierend im Takt. Jetzt die Streicher mit der eingeschobenen Fuge. Die Musiker arbeiteten sich von den Basstönen hinauf zu Fortissimo-Höhen. Gleich danach die zauberhafte pianissimo Pizzicato-Passage. Leise begannen die Streicher die Überleitung, die Pauken trieben pianissimo das Geschehen voran. Die Spannung stieg und stieg und im Fortissimo ging es nahtlos – majestätisch – in den vierten Satz über.

Per aspera ad astra – durch Nacht zum Licht, die aufgehende Sonne, der Sieg über das Schicksal, die Erlösung – das waren die Worte, die für diese Musik gefunden wurden. Martina atmete tief durch, schloss die Augen und ließ die Musik wirken. Diese Musik hatte Würde, entschleunigte den Moment.

Passend zum nächsten Schritt, besser gesagt Schnitt, der inneren Besichtigung. Martina ging zurück zum Arbeitstisch und nahm von dort ein Skalpell in die Hand. Nachdenklich schaute sie auf den Leichnam vor ihr. Ästhetisch und wohlgeformt, aber halt tot. Für Martina stellte es eine Form des Überganges dar. Der Mensch war tot, doch war sein Körper unversehrt. Der Tod hatte eine Würde, die es, auch aus Rücksicht auf Hinterbliebene, zu bewahren galt. Dazu war es aber auch notwendig, Klarheit zu schaffen, das war ihre Verantwortung der Toten gegenüber. Antworten auf Fragen wie diese zu finden:

Was hat dazu geführt, dass sie jetzt hier liegt? Wer ist sie? Wurde sie ermordet? Wer ist ihr Mörder?

Die Täter- oder Ursachensuche auf dem Seziertisch begann ...

Ruhig ging sie einen Schritt näher und setzte das Skalpell im Bereich der linken Schulter an. Mit etwas Druck drang die Spitze des Seziermessers in die Haut ein und mit einer geübten Bewegung zog Martina den Schnitt zur Brustmitte. Dann das Gleiche von der rechten Schulter her. Am Vereinigungspunkt der beiden Schnitte setzte Martina das Skalpell wieder an und zog einen weiteren Schnitt hinunter bis zum Schambein. Sie zog mit beiden Händen die Schnittränder auseinander und nahm eine Zange, brach damit die Ansätze der Rippen am Brustbein durch und zwickte die Rippen auch tiefer an der Seite am Brustkorb durch. Sie entfernte Brustbein und Rippen, hatte nun die Brust- und Bauchhöhle vor sich.

Die Symphonie war gerade zu Ende gegangen. Martina musste wie immer schmunzeln, weil Beethoven kein Ende finden konnte und immer wieder noch etwas anhängte. Der Schlussteil war der längste Teil des Satzes und ein großartiger Ausklang. Aber jetzt war erst einmal vorbei mit der lauten Musik, nun brauchte Martina auch ihr Gehör für die Arbeit.

Vorsichtig griff sie in den Körper und begann die einzelnen Organe herauszutrennen: zuerst das Herz, dann die Lunge und so weiter. Jedes Organ wurde nach Größe, Form, Farbe, Konsistenz und Kohärenz beurteilt.

Wer den Tod als Beruf hat, muss sorgfältig sein. Nur der Pathologe hat die Möglichkeit, wirklich alles zu erfahren – wenn auch zu spät für das Leben ... Um zu den Wissenden unter der Ärzteschaft zu gehören, musste sie sich den kleinsten Spuren widmen, ihnen mit allen Sinnen und mit der zur Verfügung stehenden Technik folgen. Erst dann gelang es, die Toten zum Reden zu bringen.

Beim Herz war die rechte Herzkammer leicht erweitert. Das konnte ein Indiz für den Tod durch klassisches Ertrinken sein. Martina untersuchte nochmals die Bilder aus dem Computertomographen. Ihr fielen wieder die Veränderungen des Lungengewebes auf: Die Bronchuswände waren verdickt, es zeigten sich Zonen mit mukoider Verdichtung, auch Air Trapping – Lufteinschlüsse – war erkennbar.

Als sie die Lungen entfernte, hörte sie schon das leichte Knistern, ein typisches Zeichen einer Lungenüberblähung. Sie legte die beiden Lungenflügel in einen Behälter und begann mit der systematischen Untersuchung. Nachdem die Lungen abgewogen und äußerlich untersucht worden waren, öffnete sie Martina erst entlang der Trachea. Sofort fiel ihr der Schaumpilz in der Luftröhre auf. Das war bereits ein sicheres Zeichen für den Tod im Wasser mit bestehenden Vitalfunktionen. Das heißt, dass Kreislauf et cetera funktioniert haben beim Ertrinken. Damit konnte auch ein gewaltsames Ertränken ausgeschlossen werden. Aber wieso ist sie ertrunken?

Martina waren auf den CT-Bildern schon weitere Hinweise aufgefallen. Als sie nun mit der Untersuchung fortfuhr, fand sie die Bestätigung für eine fortgeschrittene Asthmaerkrankung: Schleimiges Material im Bronchial-Lumen, Entzündungen, Verdickungen und andere Veränderungen.

Im Magen war noch reichlich Wasser, doch gab es sonst nirgendwo einen deutlichen Anhaltspunkt für die Todesursache, der auffällig gewesen wäre. Wohl gab es aber bereits erste Hinweise: Die Milz wirkte schlaff und etwas kleiner, Leber und Nieren dagegen hyperämisch, mit einem leichten Blutstau. Das Zwerchfell lag tief und auch die Lungen wiesen eine Überlagerung auf. Martina ging gründlich vor, diktierte immer wieder die Beobachtungen gleich in das Mikrofon.

Langsam zeichnete sich die dem Tod vorangegangene Geschichte ab. Die unbekannte Tote war im Wasser und hatte dort vermutlich einen Asthmaanfall bekommen. Der Auslöser konnte der Temperaturunterschied sein, eine Stresssituation, eine hohe Pollenbelastung. Wahrscheinlich brachten die chemischen Laboruntersuchungen da noch weitere Erkenntnisse.

Es musste eine zweite Person gegeben haben, schließlich konnte die Ertrunkene nicht aus dem Wasser herausgegangen sein. Doch da keine Gewalteinwirkung soweit feststellbar war, war es möglich, dass die zweite Person erst nach Eintritt des Todes auf das

Geschehene aufmerksam wurde. In vielen Fällen von Ertrinken ist der Vorgang selbst völlig unspektakulär, eher ruhig und mit wenig Dramatik, zumindest für Beobachter. Ertrinken ist häufig die Folge eines anderen, zum Ertrinken führenden Mechanismus, in diesem Fall wahrscheinlich des Asthmaanfalls im Wasser.

Für die Verstorbene war das Ertrinken dramatisch genug. Wenn sie bereits an Atemnot durch den Asthmaanfall gelitten hatte, kam es dort im Wasser bei noch vollem Bewusstsein zu einer Panikreaktion, verbunden mit heftigsten, automatisch einsetzenden Schwimmbewegungen. Während des vollständigen Untertauchens erfolgt ein reflektorisches Atemanhalten, wobei durch den Asthmaanfall ohnehin bereits die Sauerstoffversorgung schlecht war. Dann die Aspiration von eher kleinen Flüssigkeitsmengen, das Verschlucken von Wasser. Der zunehmende Sauerstoffmangel mündet in einer Bewusstlosigkeit. Dann ging es rasch dem Erstickungstod entgegen. Der Körper sank zu Boden, in diesem Fall, wie aus den frischen Kratzern mit Schiefern zu schließen war, in versunkenes Holz. Als der Begleiter nach einiger Zeit nachsah, war niemand mehr im See zu sehen. Vermutlich konnte er den Leichnam rasch orten, dort wo er sie zuletzt gesehen hatte. Beim Herausziehen entstanden die Kratzer vom versunkenen Holz. Und ein „Er" war es sehr wahrscheinlich. Zum einen die Hinweise auf Geschlechtsverkehr kurz vor ihrem Tode. Zum anderen bedurfte es schon einer gewissen Kraft, den Leichnam zu bergen und zum Fundort zu bringen. Und herauszufinden, warum derjenige ihr dann das Kleid überzog und das Ertrinken nicht meldete, war dann die Aufgabe von anderen.

Doch Martinas Job war damit noch nicht erledigt. Trotzdem war es wieder Zeit für etwas Ablenkung. Sie ging zum Computer und stellte sich eine Playlist mit ein paar Titeln zusammen. Highlights aus der Traviata-Aufnahme der Wiener Philharmoniker bei den Salzburger Festspielen 2005 mit Anna Netrebko als Violetta, Rolando Villazón als Alfredo und Thomas Hampson als Giorgio. OMG, war das eine wunderbare Aufführung! Sie erinnerte sich noch an die Spannung der damaligen Fernsehübertragung. Bleiben wir doch gleich bei den Lungenkranken, dachte sie und fügte auch noch die Highlights aus La Bohème bei. Und die Sänger sind auch die gleichen in der Aufnahme des Symphonieorchesters des Bayerischen Rundfunks unter Bertrand de Billy. Der Rodolfo war Rolando Villazón und die Mimì Anna Netrebko. Martina startete die Musik und freute sich über die spritzige Melodie aus der Traviata. Die passende Musik zum passenden Tod. Ein wenig stolz war Martina schon auf ihr Hobby, immer eine passende Musik zu kennen. Sie freute sich, aus dem reichen Erfahrungsschatz ihrer Festplatte mit fünfundachtzigtausend Titeln schöpfen zu können.

Martina musste noch die Schädelhöhle öffnen. Mit der kleinen elektrischen Kenwood Oszillationssäge schnitt sie durch die Schädelkalotte. Sie hob das Gehirn heraus und untersuchte es. Auch hier waren keine Besonderheiten erkennbar.

Langsam konnte sie sich an die Nachsorge machen. Die Organe, die nicht für weitere Untersuchungen benötigt wurden, legte sie wieder zurück in die Körperhöhlen. Dann begann sie mit weiten Stichen die Hautschnitte wieder zu vernähen und als sie fertig war, den Leichnam zu waschen. Martina trat vom Tisch zurück und ließ noch einmal das Bild auf sich wirken. Die „Schöne Leich" war jetzt nicht mehr so perfekt wie vor gut zwei Stunden: die Brust etwas eingesunken, da Teile der Lunge zur Dokumentation konserviert wurden, und dann die seltsam künstlich wirkende Naht über den ganzen Körper. Aber auch diese unbekannte Maid im Sommerkleid hatte einen Teil ihrer Geschichte preisgegeben.

O Mimì, tu più non torni („Oh Mimì, du kehrst nie wieder"), sang Rodolfo/Villazón gerade. Stimmt, dachte sich Martina und nochmals, schad ists schon ...

Die gewonnenen Proben, die noch mikroskopisch und mikrobiologisch untersucht werden sollten, waren gesammelt eingepackt und standen für die weiteren Untersuchungen bereit. Auch die Vaginalproben richtete sie für die DNA-Analysen her. Dann begann sie den Obduktionsbericht weiterzuschreiben.

Jetzt war der Prosekturdiener wieder gefragt. Martina hatte schon nachgesehen, Raphael Rummelsdorfer hieß der Typ. Sie piepste ihn an und wenige Minuten später kam er mit einem Lächeln und kurzem Kopfnicken herein, ging gleich zum Tisch und brachte die Leiche wieder in die Kühlhalle. Wieder zurück, begann er wortlos den Arbeitsplatz zu reinigen. Als er den Raum verließ, um die vorbereiteten Proben ins Labor zu bringen, lächelte er mit einem Augenzwinkern Martina zu. Martina spürte dieses Zwinkern fast körperlich und war selbst überrascht, welche Wirkung dieses Prachtexemplar von Mann auf sie hatte.

„Na servus, Tante Jolesch, da bist gfehlt, der Kerl ist schwerer Luxus ..." sprach sie in sich hinein, in Anlehnung an das berühmte Torberg Zitat, dass alles, was ein Mann schöner ist als ein Aff – eben Luxus ist ...

Ein Blick auf die Uhr zeigte Martina, dass schon fast der halbe Tag dahin war. Was lag noch an für heute? Sie sah sich am Computer kurz die Daten des nächsten Falles an: ein Zimmerbrand und eine teilverkohlte Leiche im Bett. Oje, das würde schwer werden! Händels Feuerwerksmusik war da wohl zu feierlich, eventuell Strawinsky und der Feuervogel? Oder vielleicht doch „Der fliegende Holländer"? In der Fassung der Wiener Staatsoper springt die Senta hier nicht ins Meer, sondern zündet sich an und stirbt den Feuertod. Na, da waren gleich wieder ein paar Ideen zusammen für später. Auf jeden Fall war es jetzt erst einmal Zeit für eine ordentliche Mittagspause!

Als sie sich umdrehte, stand der Prosekturdiener angelehnt in der Türe und lächelte ihr still zu. Martina merkte, wie ihr einen Moment lang die Luft wegblieb.

„Frau Dr. Lorenz, darf ich Sie zum Mittagessen einladen? Ich kenne ein nettes Beisel nur fünf Minuten von hier entfernt. Da ist sonntags zu Mittag immer Jazzbrunch. Ist vielleicht ein netter Kontrast zu Netrebko & Co. Und der Kohlehaufen, der gleich drankommt, kann ruhig etwas länger warten ..."

Raphael genoss sichtlich die völlig überraschte Reaktion von Martina.

Mit einem fröhlichen Lachen riss sich diese aus ihrer momentanen Erstarrung:

„OK, gewonnen – das klingt nach einem unwiderstehlichen Angebot. Aber nur unter einer Bedingung. Dr. Lorenz ist gestrichen, ich heiße Martina, kurz Tina. Das ‚Sie' ist bei einem kernigen Typen wie dir eindeutig fehl am Platz!"

Damit hängte sie sich in seinen Arm ein und die beiden ließen die sterilen Räume hinter sich.

Kapitel 5: Der Alltag hat uns wieder

Erich Zillinger, mit vollem Titel Polizeiinspektions-kommandant in Angern, saß am Montagvormittag in seinem Büro und studierte die Meldungen, die übers Wochenende hereingekommen waren.

Auf der Straße nach Prottes war Samstagnacht eine Verkehrskontrolle durchgeführt worden. Das Ergebnis war, aus seiner Sicht, zufriedenstellend. Ein Einziger war mit mehr als 0,5 Promille unterwegs gewesen. Von den Jungen, die das Gros der Nachteulen darstellten, war keiner dabei. Da hatte es sich eingebürgert, dass einer oder eine die Chauffeur-Rolle übernahm und ge-wissenhaft die Null-Promille-Grenze einhielt. Da hat-ten wohl einige schlimme Unfälle der Vergangenheit und die einschlägigen Werbekampagnen das Ihre zur Bewusstseinsbildung beigetragen.

Beim Penny wurde ein Kunde beobachtet, wie er sich Gegenstände unter die Jacke steckte. Als er an der Kassa aufgefordert wurde, das Diebesgut herzugeben, schlug er nach der Hand der Verkäuferin. Ihre Hand prallte unglücklich gegen eine Kante und schon war ein Mittelhandknochen gebrochen. Der Ladendieb konnte entfliehen. Eine Beschreibung war ausgeschickt wor-den, aber hier im Grenzgebiet war es wohl nur der Kom-missar Zufall, der in diesem Fall erfolgreich sein konnte.

Abgesehen von einem Fahrraddiebstahl vor dem Sportplatz war das Wochenende ansonsten eher ruhig verlaufen. Naja, der Samstag, mit der Toten vom Teich. Aber so etwas kam, Gott sei Dank, sehr selten vor.

Als Erich nach dem langen Samstag nach Hause gekommen war, hatte seine Frau, die Birgit, gleich ge-merkt, dass der Tag ein besonders belastender gewesen war. Geduldig hörte sie ihm zu, als er sich den Ballast des Tages von der Seele lud. In seinem Beruf als Polizist konnte Erich sich abgrenzen und sachlich bleiben. Er hatte auch schon gelernt, seine Arbeit nicht mit nach Hause zu nehmen. Aber immer war es nicht möglich. Manchmal, bei einem schweren Unfall beispielsweise, oder jetzt beim Tod der jungen Frau, blieben Bilder zurück, die sich störend auf die Seele legten. Für die Jungen im Polizeidienst gab es da den Polizeipsychologen. Aber Erich war vom Land, war hier aufgewachsen. Er wusste nur zu gut, wie sich manche Leute heute noch das Maul zerrissen: „Sog, host gheart ... Dea woa do imma scho ned normal ..."

Birgit hörte zu, zeigte durch ihre Fragen auf, wo die wesentlichen Punkte waren, schaffte es mit ihrer Ruhe, das Emotionale vom Sachlichen zu trennen. War das geschehen, dann blieb der Ballast der Arbeit eben an der Türschwelle zurück und schaffte es nicht in die Geborgenheit der Familie. Und seine Familie war Erich heilig, dazu gehörte auch die fünfjährige Tochter Angelika.

Es wurde noch ein nettes Restwochenende mit der Familie. Natürlich wurde bei der Hitze an einem der Teiche der Umgebung Abkühlung gesucht. Erich spielte stundenlang mit Angelika Piratenschlacht mit Luftmatratzen und wurde unzählige Male geentert und versenkt. Und klarerweise hatten beide am Abend einen Sonnenbrand ... Erich spürte die wunde Haut unter seinem Diensthemd und lächelte. Das war ein kleiner Preis für so viel Familienspaß!

Erich war ein von der Statur her eher untersetzt, also ein stämmiger Mann. Seine hohe Stirn und das bereits ausgedünnte Haar ließen erkennen, dass er vom Erscheinungsbild in ein paar Jahren dem langjährigen früheren Landeskaiser von Niederösterreich gleichen würde. Auch wenn er im Prinzip ein umgänglicher Mensch war, machten ihn Leute leicht ungeduldig, sobald sie von ihm unnötig Zeitaufwendungen verlangten. Da wurde er rasch giftig und zynisch und war zu einem barschen Ton fähig. Meist aber war er von der ausgleichenden Souveränität eines geborenen Weinviertlers geprägt und führte sein Revier und seine Bewohner mit einer Mischung aus Recht und gesundem Menschenverstand.

Er dachte zurück an seine Ausbildungszeit, die er in Wien absolviert hatte. Nach der Prüfung war er eine Weile lang in Wien eingesetzt worden. Die Stadt hatte ihm nie recht getaugt, es war nicht seines. So unpersönlich, die Massen, nirgends ein zwischenmenschlicher Kontakt. Dann die immer wieder aufkeimende, in seinen Augen grundlose Aggressivität. Unvergesslich blieb ihm auch eine der Opernballdemos, als regelrecht Straßenschlachten stattfanden. Er hatte Verständnis für die Kollegen, die in ihrer Angst auch fest zuschlugen, als Feuerwerkskörper, Steine und Mülleimer durch die Luft flogen. Aber er sah sich nie selbst in dieser Rolle, sein Verständnis von der Aufgabe, die er als Polizist erfüllen wollte, war eine andere. Sein Idealbild glich dem eines Mediators, der schlichtend und verbindend im Streitfall eingreifen konnte. Die detektivische Grundlagenarbeit machte ihm besondere Freude, doch selbst die kam in Wien zu kurz. Als er endlich nach einem Jahr die Versetzung nach Gänserndorf genehmigt bekam, hatte ihn Wien schon mit den Dingen, die er sicher nicht machen wollte, geprägt.

Seine Gänserndorfer Stelle trat er dann mit echter Freude darüber, wieder am Land und mit überwiegend Land- und eventuellen Grenzproblemen beschäftigt zu sein, an. Sein Engagement im Job war groß und seine offene, neutrale Haltung verschaffte ihm bei Einsätzen oftmals den Vertrauensvorschuss, der notwendig war, um einen hitzigen Konflikt abzukühlen. Er war im Aufklären gut, weil gründlich. Er sprach auch Slowakisch, seine Mutter stammte noch von der anderen Seite. In seiner Familie sprach die Mutter mit den Kindern Slowakisch, aber nur, wenn sonst niemand dabei war. Es war für ihn als Kind wie eine Geheimsprache und ein wohlbehütetes Geheimnis. Kein Nachbar durfte es wissen. Hier herrschte eine latent schwelende Situation der gegenseitigen Ablehnung. Da haben auch die Grenzöffnung und der Fall des Eisernen Vorhanges nur wenig geändert. Aber jetzt waren seine Sprachkenntnisse für ihn der Trumpf im Ärmel, er konnte sich mit den slowakischen Kollegen direkt austauschen. Einige Diebstähle hatten so geklärt werden können und bald wurde ihm die Beförderung zum Postenkommandanten in Angern angeboten.

Seither war er mit einer Handvoll Mitarbeitern der große Fisch im kleinen Teich und in dieser Konstellation glücklich. Ihm genügten die gelegentlich verpflichtenden Weiterbildungen, die ihn zwangen, seinen Dienstort zu verlassen. Sein Revier hatte er gut unter Kontrolle. Abgesehen von sporadischen Einbrüchen und Diebstählen war hier wenig los. Die immer wiederkehrenden nachbarschaftlichen Streitereien konnten oft leicht gelöst werden. Die einzelnen Fälle häuslicher Gewalt waren da schon unangenehmer. Da gab es den notorischen Fall der örtlichen Greißlerin Wally Walther. Sie war tüchtig, verstand es, die wichtigsten Bedürfnisse ihrer Kunden zu erfüllen, und hatte auch ein gutes Geschäft mit Sandwiches und kalten Platten für diverse Feiern. Ihr Lebensgefährte Bertl Schoiswohl war ein durch und durch erfolgloser Mann, für den das

Mittelmaß schon eine Glanzleistung darstellte. Seine Art, sich Aufmerksamkeit zu verschaffen, war Aggressivität, sowohl verbal als auch mit seinen Fäusten. „Watschen Wally" nannte man die Greißlerin heimlich im Dorf. Immer wieder gab es hier Einsätze, aber da die Wally nie gegen ihren Tyrannen aussagte, würde sich wohl auch so schnell nichts ändern.

Die letzten Jahre waren interessant verlaufen: der Wegfall der aktiven Grenze und der Abzug der bedauernswerten Grundwehrdiener durch das Schengen-Abkommen. Die damit verbundene geweissagte Tsunami-Verbrechenswelle blieb aus. Im Großen und Ganzen war er zufrieden und genoss es, hier in seinem Revier die Zügel in der Hand zu haben. Seinen Mitarbeitern gegenüber war er ein fairer Vorgesetzter. Er war durchaus fähig, sachlich Arbeitsleistungen zu fordern oder auch einmal etwas klarzustellen, es geschah aber immer wertschätzend. Und natürlich gab es den gewissen „Weinviertler Bonus", eben nicht immer alles so streng zu sehen. Nach seinem Geschmack konnte es so weitergehen mit dem Job, von ihm aus konnte alles so bleiben, bis zur noch fernen Pensionierung!

Erich riss sich aus seinen Gedanken, nahm die Papiere, die das Landeskriminalamt geschickt hatte, und begann sie zu studieren. Im Eingangs-Email hatte das Landeskriminalamt verfügt, dass die Ermittlungen bis auf weiteres von der Angerner Polizeiinspektion geführt werden sollten. Damit war es wohl kein wichtiger Fall für die Kollegen. Erich nahm sich den Obduktionsbericht zur Hand und begann die wesentlichen Passagen zu studieren. Ein eher natürlicher Tod durch Ertrinken, vermutlich durch einen Asthmaanfall ausgelöst. Keine Spuren einer Gewalteinwirkung, aber Spuren, dass die Leiche aus dem Wasser gezogen worden war. Keine sonstigen besonderen Merkmale, wahrscheinlich Geschlechtsverkehr vor dem Tod, noch immer eine nicht identifizierte Leiche.

Er lehnte sich zurück und ließ das Bild der Fundsituation nochmals vor seinem inneren Auge ablaufen. Sie waren vom Teich die paar Meter durch das hohe Schilf gegangen und hatten zuerst nichts Besonderes am Baum bemerkt. Erst als sie schon ein Stück am Baum vorbeigegangen waren, konnten sie die Leiche sehen. Erich hatte das Bild der hübschen Frau mit dem bunten Sommerkleid, wie sie mit dem Rücken angelehnt am Baum saß, genau vor sich. Wer auch immer sie dort hingesetzt hatte, muss etwas für sie empfunden haben. Immerhin war ihr das Kleid wieder angezogen worden. Das Kleid war trocken und sauber, die Haare waren noch feucht gewesen. Wieso hatte es der Unbekannte nicht gemeldet, was wollte er verbergen? Welche Rolle spielte er? Dass es ein „ER" war, stand für ihn im Grunde fest: Geschlechtsverkehr, das Bergen der Toten aus dem Teich, der Transport zum Baum. Das sprach eine deutliche Sprache.

Er studierte auch den Bericht der Kriminaltechniker vom Fundort. Auch hier fand sich so gut wie nichts Verwertbares. Die aufgesammelten Tschicks waren wohl alle von Fischern, man hatte hier eh nur die frischesten genommen. Am Weg vom Teich zum Baum waren auch keine verwertbaren Spuren. Auch nicht überraschend, schließlich war die Leiche patschnass, als sie herausgezogen wurde. Im Bereich um den Baum fanden sich einige grüne und blaue Wollfäden, wohl von einer Decke. Erich studierte die Bilder vom Fundort, betrachtete jedes Detail, um vielleicht etwas erkennen zu können. Ein Bild, auf dem das Gesicht gut dargestellt war, legte er für die Pressearbeit zur Seite.

Er las auch den Bericht über das Sommerkleid, doch war dieses ein eher preisgünstiges Modell „Made in China", sprich von überall und nirgends.

Erich führte sich nochmals die inzwischen niedergeschriebene Aussage vom Michl Metzger zu Gemüte. Vom Andi war die Aussage noch offen, aber die würde nicht von Michls Angaben abweichen. Na, wirklich viel hat die unbekannte Maid im Sommerkleid bisher nicht von sich gegeben. Resigniert seufzte Erich auf und wandte sich dem Computer zu. In einem Email an die Presseabteilung verfasste er eine kurze Notiz:

Am Samstag wurde im Naturschutzgebiet der Marchschlingen der Leichnam einer unbekannten jungen Frau entdeckt. Der Körper wurde an einem Baum gelehnt und mit einem bunten Baumwollkleid bekleidet in der Nähe des Ufers aufgefunden. Die Frau dürfte auf Grund einer Lungenerkrankung beim Baden ertrunken sein. Es besteht kein Verdacht auf Fremdeinwirkung. Zweckdienliche Hinweise zur Identität nimmt, auch anonym, die Polizeiinspektion Angern an der March entgegen.

Erich fügte noch das ausgewählte Bild dem Email bei und schickte es den Kollegen. Jetzt würde man ja sehen, ob etwas hereinkam. So war die Situation ja recht trist, er hatte gar nichts Rechtes in der Hand. Ein Gewaltverbrechen konnte mit großer Wahrscheinlichkeit ausgeschlossen werden. Aber wieso hatte der Unbekannte ihr nicht geholfen? Und nochmals, wieso nicht einfach gemeldet? Erich störte sich auch daran, dass es gar keinen Identifizierungshinweis gab. Keine Tasche, kein Geldbeutel, überhaupt keine persönlichen Gegenstände. Der Unbekannte hatte wohl alle Besitztümer der Toten mitgenommen, schließlich fehlte sogar die Unterwäsche.

Erich hörte die Türglocke läuten und die Stimme des Mitarbeiters, der in der Wachstube Dienst hatte. Gleich darauf klopfte es an seiner Tür und mit einem: „Chef, do san zwa Herrschaften für dich!", kamen auch schon Andi und Michl zur Tür herein.

„Servas, Erich!", kam es simultan von den beiden.

„Du woitest uns do fia de Untaschriften und i hob beim Vurbeifoan glei den Michl mitgnumma. Und? Wia schauts aus? Gibts wos Neichs?"

„Naja, nicht wirklich viel, setzt euch einmal. Da, Michl, ist deine Aussage, lies es einmal durch und sag mir dann, ob alles so passt oder ich noch etwas ändern soll. Und du Andi kannst auch gleich einmal erzählen."

Während Michl seine Aussage durchlas, begann Andi das Geschehen aus seiner Sicht darzulegen, was ebenfalls relativ schnell vonstattenging. Erich schrieb sofort alles ins Aufnahmeprotokoll und ließ Andi gleich unterschreiben.

„Jetzt dazö amoi, wos gibts Neichs?"

Erich holte tief Luft, lehnte sich langsam in seinem Stuhl zurück und begann mit einer kurzen Zusammenfassung für die beiden. „Viel ist das nicht, so viel hätte man sich schon Samstag in der Früh denken können", meinte Michl.

„Stimmt genau, aber das passt mir sehr gut, dass ihr beide jetzt da seid. Ich wollte ohnehin wieder zum Teich. Ich will dort für die Fischer eine Information an ihrem Anschlagbrett aufhängen und dann kann ich mit euch gleich einmal die Fundsituation durchgehen."

Die drei standen auf und machten sich auf den Weg. Beim Hinausgehen winkte Erich einem Kollegen zu, der gleich aufstand und sich der Gruppe anschloss. Erich und sein Kollege nahmen ein Dienstfahrzeug, während Michl und Andi mit dem Geländewagen von

Andi, dem alten Lada, hinterherfuhren. Wenige Minuten später waren sie am Bahndamm bei den Marchschlingen angekommen. Erich und sein Kollege fuhren etwas vor, während Andi an der Stelle stehenblieb, wo er am Samstag bereits sein Auto abgestellt hatte. Alle stiegen aus und versammelten sich beim Lada von Andi. Dieser zeigte ihnen sogleich, wo er hergekommen war und wo die Bache aus dem Wald gekommen war, Michl deutete zur Halbinsel, deren Spitze von dichtem Schilf versteckt war. Gemeinsam stiegen sie über den Bahndamm, wo Erich erst an der Mitteilungstafel des Fischereivereines einen Zettel anklebte, mit dem Bild der Toten und der Bitte um zweckdienliche Hinweise. Dann ging die kleine Gruppe den schmalen Pfad nach hinten durch das hohe Schilf. An der Stelle angekommen, wo der Pfad das Teichufer verließ, um nach hinten in Richtung des Geländeabbruches zu gehen, blieben sie stehen und schauten einmal über den Teich. An der Spitze der Halbinsel konnten sie zwei Personen sehen, die dort auf der Bank unter den Bäumen saßen. Michl zeigte hinüber: „Genau dort waren Helga und ich in der Früh. Ich war auf der Lauer nach einem Eisvogel. Die mögen die tiefhängenden Äste vis-à-vis und auch den einen Baum dort im Wasser. Helga ist einfach in der Sonne gesessen und hat gelesen. Als der Andi geschossen hat, bin ich vor ins Wasser und dann mit der Kamera in der Box das kurze Stück hier herübergeschwommen, geht ja schneller als außenherum."

Inzwischen hatten die beiden auf der Halbinsel die kleine Gruppe bemerkt und von der anderen Seite rief der junge Mann herüber: „Servus, Erich! Gibts irgendwas?"

Erich ging zum Ufer und grüßte zurück: „Grüß dich, Thomas, ihr seid es! Was treibt euch hierher? Seid ja keine Fischer! Na, vergiss es gleich wieder! Brauchst net antworten – so genau will ich es gar nicht wissen!"

Vom gegenseitigen Ufer kam Gelächter und ein Zuruf, der strenggenommen eine Beamtenbeleidigung hätte sein können, aber, auf Grund des Naheverhältnisses von Feuerwehr und Polizei am Land, auf dieser Seite des Ufers eher als Kompliment aufgefasst wurde.

Zufrieden lächelnd rief Erich hinüber: „Wir schauen uns nur die Fundstelle der Toten vom Samstag nochmals miteinander an, sonst ist eh nichts! Machs gut!"

Gemeinsam gingen die vier jetzt weiter durch das Schilf nach hinten zum Baum und zur Suhle. Als sie aus dem Schilf heraustraten, blieben sie stehen und Andi deutete zu der Stelle hin, wo die erlegte Bache zum Liegen gekommen war. Klar war auch, dass von dieser Stelle der Auffindungspunkt der Leiche nicht zu sehen war, da der Baum ihn verdeckte. Als sie einige Schritte in Richtung der Fundstelle gingen, stockten sie fast gleichzeitig: an der Rückseite des Baumes, dort wo die tote Maid gefunden worden war, lag ein frischer Strauß roter Rosen.

„Kruzitiakn no amoi!", fluchte Erich. „Des deaf jetzt ned woa sei! Jetzt können wir wieder die Tatortgruppe rufen. Da kommt dann sicher wieder nichts heraus und wir haben den Kerl verpasst. So ein Mist ... Franz, bleibst einmal jetzt da, bis die Kollegen kommen, ich verständige einmal die anderen und frage Thomas, ob er was gesehen hat."

Der Kollege Franz nickte nur, während die anderen drei sich schon wieder auf den Weg zurück machten. Am Teich rief Erich zu Thomas hinüber, dass er am Weg zu ihm sei und rief von seinem Handy aus die Einsatzzentrale an. Wenige Minuten später trafen sich alle am Spitz der Halbinsel, wo Thomas und Sabine auf sie warteten.

„Na, da schau an, ihr habt euch ja ein richtiges Büro aufgebaut! Alle Achtung!" Erich pfiff bewundernd auf. Auf einem Klapptisch vor der Holzbank waren zwei Computer mit mobilem Internet, drei Bücher und einige Collegeblöcke. „Da kann ich mich ja wirklich nur für meine Anzüglichkeit von vorhin entschuldigen, das schaut echt nach Arbeit aus. Andererseits, wenn ich euch beide so anschaue, dann brauch ich keinen weiteren Beweis, um das zu glauben, was die Spatzen vom Dach pfeifen!" Thomas und Sabine lachten nur fröhlich auf und umarmten sich. „Naja, wird schon was Wahres dran sein ...", kam es von Thomas und er strahlte dabei übers ganze Gesicht.

Michl war an den Tisch herangekommen und schaute interessiert auf die Bücher. „Da schau an, die Makroökonomie. Das habe ich vor Jahren noch während meiner Studienzeit an der WU einmal unterrichtet! Wisst ihr eh, wieso die Bewohner von Ulithi in Mikronesien keine Geldbörsen haben? Ich habe das immer als Beispiel bei der Einführung in die Geldtheorie genommen. Es hat etwas mit ihren Münzen zu tun." Sabine und Thomas schauten gleich aufmerksam auf.

„Dort liegt das Geld quasi auf der Straße, die Währung auf der Insel ist der Rai. Die Münzen sind aus Stein und stehen einfach neben den Wegen oder Häusern. Und weil sie bis zu vier Meter Durchmesser haben und fünf Tonnen wiegen, verzichten die Bewohner auf Geldbörsen! Wenn ein Rai den Besitzer wechselt, lässt der neue Eigentümer den Stein gewöhnlich dort, wo er sich gerade befindet, weil er unhandlich und schwer ist. Wem welcher Stein gehört, merkt man sich einfach. Der Wert des Steines, der als Geld sowohl

Tauschmittel als auch Zahlungsmittel ist, wird durch seinen Herstellungsprozess bestimmt. Die Steinmünzen werden nämlich auf einer vierhundert Kilometer entfernten Insel aus dem Stein geschlagen, kunstvoll bearbeitet und dann mit Flößen oder Auslegerkanus zurück zur Insel gebracht. Der Wert wird damit aus dem Aufwand der Erzeugung und des Transportes bestimmt. Als Ende des 19. Jahrhunderts ein Matrose nach einem Schiffbruch hier gestrandet ist, hat er eine Weile lang die bisherige mühsame Produktion vereinfacht, indem er mit modernen Methoden die Steine bearbeitet und transportiert hat. Als Gegenleistung hat er von den Inselbewohnern Kopra bekommen. Kopra ist das getrocknete Kernfleisch von Kokosnüssen, aus dem Kokosöl gewonnen wird. Das hat er dann nach Hongkong verkauft. Er wurde damit recht reich. Da gibt es sogar irgendeinen alten Film mit dem Burt Lancaster in der Hauptrolle zu der Geschichte. Aber der Rai, der nun ohne großen Aufwand, Gefahr und persönliche Opfer erzeugt werden konnte, bekam keine Anerkennung mehr seitens der Inselbewohner. Er verlor rasch an Wert, das nennt man Inflation – eine klassische Überproduktion! Ihr seht, dieses lustige Beispiel erklärt gleich einige Grundbegriffe der Makroökonomie!"

„Wow", kam es von Sabine. „Und ich habe mich schon geärgert, weil der Stoff so theoretisch und so gar nicht realitätsbezogen ist."

„Schluss jetzt, du G'schichtldrucker", unterbrach Erich leicht irritiert. „Ich muss euch jetzt dringend ein paar Fragen stellen. Sagt, Sabine, Thomas: Wie lange seid ihr schon da und habt ihr in der Zeit drüben am anderen Ufer jemanden gesehen?"

„Es werden jetzt so etwa drei Stunden sein, wir sind so gegen acht Uhr von zu Hause los", antwortete Sabine. Einen Moment dachten beide nach. „Nein, ich habe sonst niemanden gesehen", meinte Sabine. Thomas runzelte die Stirn: „Doch, da war jemand. Eigentlich gleich, als wir gekommen sind. Da ist einer auf der anderen Seite vorbeigegangen. Ich weiß es noch, weil ich mir gedacht habe: Fischer ist der keiner ... und mich noch gewundert habe."

„Und, wie sah er aus? Komm, sag schon!" Erich war ungeduldig angesichts einer ersten möglichen Spur.

„Kann ich wirklich nicht sagen. Schau doch selbst hinüber: So nah ist es nicht und er ist einfach vorbeigegangen, dort, wo das Schilf offen ist. Hergeschaut hat er auch nicht. Ich habe nur einen Mann mit weißem Hemd und Blue Jeans gesehen, weder besonders groß oder klein, noch irgendwie dick oder dünn. Ich erinnere mich auch, dass ich dann bald danach ein Auto gehört habe. Aber ich habe keines drüben geparkt gesehen, als wir gekommen sind. Da werfe ich immer einen Blick hinüber, weil ich gerne wissen will, ob sonst jemand hier ist. Er muss sein Auto etwas in den Wald hinein geparkt haben, sonst wäre es mir aufgefallen."

„Das heißt, er ist von der Bundesstraße heruntergekommen. Damit ist sein Auto jetzt staubig. Nutzt gar nichts: Wenn ich meinen Leutln sag: Schauts nach einem staubigen Auto mit einem Mann mit weißem Hemd, Farbe und Art des Fahrzeuges nicht bekannt, dann sitz ich die längste Zeit bei denen auf der Schaufel. So ein Schaas ..." Erich war sichtlich nicht zufrieden.

„Uns brauchst eigentlich nimma", meldete sich jetzt Andi. „Weu onsunstn tamma jetzt weida. I muass de Bache zum Metzger bringa, de hängt no im Küühaus und da Michl hüft ma dabei. Und donn is es eh scho wieda Zeit, den Heirigen herzrichten, mia haum d' Wocha no offa."

„Natürlich, ein Dankeschön für eure Zeit! Ich schau einmal, wie es ist, vielleicht komme ich nachher auch noch vorbei. Thomas und Sabine, auch euch beiden noch erfolgreiches Arbeiten, ich gehe wieder hinüber und warte auf die Kollegen!"

Und mit allgemeinen Servus-Empfehlungen löste sich die Gruppe auf.

Kapitel 6: Der Kellerberg ist der Nabel der Welt

Die Sonne strahlte golden am späteren Nachmittag über die Fläche vor Andis Heurigen, wo unter den Bäumen die Tische standen. Es waren schon einige Gäste da, doch waren die Tische noch kaum belegt. Helga und Michl saßen am Rand des Gartens. Helga war wie immer mit einer Handarbeit beschäftigt und Michl las in einem Krimi. Vor ihnen stand ein feucht beschlagener Glaskrug mit Sodawasser und je einem Achterl Weißen mit einem extra Glas für das Soda. Es war ruhig jetzt am Nachmittag, auch die Stimmen der einzelnen Heurigengäste perlten leicht dahin, höchstens von einem kurzen Auflachen unterbrochen. Andi kam aus dem Heurigen heraus, eine Stange Wurst in der Hand und ging freundlich die anderen Gäste grüßend hinüber zu den beiden Metzgerischen und setzte sich zu ihnen.

„Servas, es zwa, I hob grod gseng, dass es scho do seids! Schau Michl, do host a Hirschwurst fia de Hüf med da Bache. Donk da sche und lossts es eich schmecken!"

Michl stellte mit einem Augenzwinkern fest: „Da bist du ja fast wie der Jesus mit seinem ‚Aus-Wasser-mach-ich-Wein-Trick'! Du machst aus einer Sau einen Hirsch! Was es hier am Kellerberg alles gibt!" Alle lachten fröhlich auf.

„Jo, so schnö gehts ned med ana Sau, oba vo da Hirschwurst hob i no einiges auf Loga. Waunn d' Sau fertig is, kriagst a no wos!"

„Na, da geht es mir aber gut, dafür, dass ich eigentlich kaum was getan habe, herzlichen Dank!"

Einen Moment saßen die drei still da und genossen die Stimmung im Gastgarten.

„Sag Andi, was meinst du eigentlich zu der ganzen Geschichte? Mir geht das nicht mehr aus dem Kopf."

„Geht ma a so ... I denk, do wiü ana afoch ned, dass ma vo seina Beziehung erfoat. Wiad woi a Hiesiger sei und hot hoit a Vahötnis ghobt. Waun des aussakummt, hot ea den Scheam auf. So wiads sei ..."

„Hast sicher Recht, das denke ich auch. Wenn ich aber so überlege, wie sie an den Baum gelehnt wurde oder heute die Blumen, da steckt etwas Melodramatisches dahinter. Wer sie wohl war? Geht sie denn keinem ab?"

In dem Moment kam ein Polizeiauto herangefahren und parkte sich unter den Bäumen ein. Erich stieg aus, orientierte sich kurz und kam zum Tisch der drei hinüber.

„Servus miteinander! Ich habe mir gedacht, ich schaue noch einen Sprung vorbei nach dem langen Nachmittag in der Au."

Andi winkte Gabi, der Kellnerin, zu: „Bringst bitte an Weißen und a Wossa aufs Haus. Nau, Erich, wia is es dia heit no gonga?"

„Lang und heiß wars, was soll ich sagen. War natürlich nichts, gar nichts haben wir gefunden. Nur unnötig herumgestanden und keine Ergebnisse. Bringt uns wirklich nicht weiter. War völlig umsonst, die Tatortgruppe zu rufen und alles wieder absuchen zu lassen. Hat halt sein müssen ... Nicht einmal einen brauchbaren Reifenabdruck haben wir bekommen. Wir haben zwar gesehen, dass ein Fahrzeug noch vor dem Parkplatz der Fischer über die Wiese zum Waldrand gefahren sein muss. Der Thomas hat mit seiner Vermutung wohl Recht gehabt. Aber durch den trockenen Boden ist alles so hart, da war nichts Brauchbares zu finden. Damit wissen wir jetzt auch nicht mehr als zuvor, außer dass der Kerl irgendwo in der Gegend herumhängt. Und dass er wohl eine emotionale Bindung zu der toten Frau hat."

„Wir haben uns gerade dasselbe gedacht, als du hergefahren bist. Wenn die beiden sich heimlich getroffen haben und der Romeo der schönen Unbekannten nicht will, dass er jetzt bekannt wird, dann wird es schwer!"

Rosi Mück kam da gerade mit einem Krug Wein und einer Flasche Soda zum Tisch und stellte beides darauf ab, mit noch einigen Gläsern. Rosa war im Heurigen immer hinter dem Buffet, hatte immer ein fröhliches Lächeln für ihre Gäste. Mit ihren knapp fünfzig Jahren war sie schlank geblieben und auch die Haare waren ungefärbt noch dunkelblond. Ihre Lachfalten waren die einzig nennenswerten Falten in ihrem Gesicht und so konnte man sie leicht zehn Jahre jünger schätzen.

„Grüß euch miteinander und bedient euch, wenn ihr was wollt! Ich habe der Gabi gesagt, sie soll mich am Buffet etwas vertreten, damit ich auch etwas zu euch kann. Ist ja noch nicht viel los hier und außerdem muss ich die Gelegenheit nutzen, dir, Erich, von einer Verbrechenswelle zu erzählen! Aber erst sagst mir, wie es Birgit und der Kleinen geht."

Erichs Gesicht leuchtete beim Gedanken an seine Familie auf: „Ja, danke der Nachfrage, gut geht es ihnen. Wir hatten ein wunderschönes Restwochenende nach dem missglückten Samstag. Wir beide haben etwas viel Sonne erwischt und Angelika jammert noch ein wenig, aber ansonsten alles im grünen Bereich! Aber was meinst du denn mit einer Verbrechenswelle?" Seine Mimik offenbarte gleich eine kleine Sorgenfalte.

„Na, lass sie bitte recht lieb grüßen und erinnere sie bitte an die Vorbesprechung vom Dorferneuerungsverein für das Bernsteinfest am Donnerstag. Sie weiß dann eh. Ja, hast noch nichts gehört vom Höschen-Fladerer? Seit einigen Tagen verschwindet Frauenunterwäsche von den Wäscheleinen. Meistens nur ein Teil, aber dann eher etwas Netteres. Auch mir wurde heute eine bunte Unterwäsche stibitzt, Andrea Döltl ist recht angefressen und von der Monika Obeltzhauser habe ich gleichfalls schon gehört, dass ihr was gefladert wurde. Und bei der Sylvia ist ein Strampelanzug weg. Was sind denn das für Zustände in deinem Revier?"

Andi hatte einen erstaunt fragenden Blick, die Sache war für ihn neu. Und sogar seine eigene Frau war unter den „Opfern". Erich als Gesetzeshüter schaute ebenso ratlos überrascht drein.

„Nein, davon habe ich noch nichts gehört, da hat noch keine eine Diebstahlsanzeige aufgegeben."

„Na, natürlich nicht, du Dolm ... Zu dir werdens kommen und sagen, mir habens mein Höschen gfladert, na sicher net. Als Hiesiger hast du das zu wissen, dafür haben wir dich – so und jetzt weißt es, jetzt kannst deine Augen offen halten! So hat das hier zu funktionieren. Hast mi?"

Zerknirscht den Kopf senkend, nickte Erich als Zustimmung:

„Jawohl, zu Befehl, Frau Kommissarin, die Botschaft ist angekommen. Wird gemacht!"

„Ja, schon am Samstag habe auch ich davon gehört", meldete sich Helga. „Wie gesagt, Andrea hat sich geärgert und ich habe an einem Nachbartisch etwas in der Art gehört, aber nicht richtig aufgepasst."

„Sag Erich, die Leich aus der Au, die hat doch auch sonst nichts angehabt ...? Gibt es da irgendeinen Fetischisten oder so was?", wollte Michl wissen.

Erich überlegte. Bisher war es für ihn nichts Besonderes, dass die Tote nur ein Kleid anhatte und nichts darunter. Wenn man ihr das Kleid nachher übergezogen hatte, war es wohl aus Pietätsgründen geschehen. Da ging es nicht um „korrekt" angezogen sein. Aber es gab ja sonst keine persönlichen Gegenstände der Toten, einfach nichts. War es möglich, dass hier ein Höschen-Sammler-Fetischist mit beteiligt war?

Er konnte keinen Sinn darin erkennen. Andererseits, wer fladert schon Höschen und riskiert die Blamage, wenn er entdeckt wird? Auf jeden Fall war die Geschichte jetzt in seinem Kopf registriert. Nachdenklich schüttelte er verneinend den Kopf und bemerkte, dass die Tischgesellschaft ruhig auf ihn schaute und offenbar eine Antwort erwartete.

Auf sein: „Na, ich glaub, das ist nicht so einfach ..." fing Rosi zu schmunzeln an und stand lachend auf.

„Ich sehe schon, meine Aufgabe als Überbringerin der Botschaft unserer weiblichen Dorfhälfte an unseren obersten Rechtshüter ist erfolgreich erledigt. Jetzt ist es sicher nur noch eine Frage von Stunden, bis der freche Fladerer im Dorfkotter landet! So, die Frau Kommissarin hat ihre Schuldigkeit getan, die Frau Kommissarin kann gehen ..." Mit einer grüßenden Handbewegung ging sie wieder in Richtung des Heurigen.

Das Gelächter am Tisch bei ihrem Abgang schwankte zwischen grimmig gequält seitens Erich bis schadenfroh herzhaft von der restlichen Partie.

Michl musste noch ein Schäufelchen nachlegen: „Hast du das eh gehört, Erich, die Augen sollst aufhalten! Aber nicht, dass du jetzt auf Kontrolle gehst, ob die hiesige Damenwelt noch richtig bekleidet ist! Da gibts ein Mordsdonnerwetter z' Haus bei der Birgit!"

„Pass du nur auf, du zuagraster Weana! A wengal an Respekt vor den spezifisch dörflichen Begebenheiten bitt ich mir von einem Vertreter des Weana Wasserkopfes schon aus! Ansonsten zeig ich dir den Dorfkotter von innen ...!"

Es geht doch nichts über Abwechslung bei der Schadenfreude!

Gerade als Andi und Erich aufstanden, um wieder ihren Tätigkeiten nachzugehen, fuhr das Auto der Familie Moser vor. Martin hielt direkt vor dem Gastgarten, ging zum Kofferraum und holte den Rollstuhl heraus. Auch die beiden Mädchen stiegen aus dem Auto und als sie die Metzgers sahen, liefen sie gleich zu Michl und Helga. Martin half inzwischen Barbara aus dem Auto in den Rollstuhl. Barbara folgte gleich den Kindern, während Martin das Auto einige Meter weiter unter den Bäumen einparkte. Felicitas und Rebecca hatten sich gleich zu Helga gesetzt und schauten sich sofort die aktuelle Handarbeit neugierig an. Barbara grüßte, während sie heranrollte:

„Hallo ihr beiden! Seid ihr das Ziel eines Kinderüberfalls geworden? Stören wir euch heute oder dürfen wir uns wieder zu euch setzen?"

„Natürlich stört ihr nicht und die Kinder schon gar nicht! Unsere eigenen sind ja schon groß und Enkelkinder wird es wohl eine Weile nicht geben. Setzt euch nur her, ich räume nur meine Handarbeiten etwas auf die Seite."

Barbara rollte mit ihrem Stuhl an die Stirnseite des Tisches, während Martin schon herankam. Mit seinem buschigen Schnurrbart erinnerte er etwas an Tom Selleck. Nach der allgemeinen Begrüßungsrunde stand auch schon Gabi da, um die Bestellungen aufzunehmen. Die Mädchen bestellten Frucade und Barbara einen Sommer-G'spritzten, Martin Mineralwasser.

Michl fragte neugierig: „Gönnst du dir heute gar keinen Schluck vom guten Wein hier?"

„Wenn ich fahre, ganz sicher nicht! Das kommt bei mir nicht mehr vor – Alkohol und Fahren ist für mich ein Tabu!", kam es fast heftig zurück.

Aha, dachte sich Michl, was das wohl bedeutet? Ob das ein Teil der Familiengeschichte ist?

Aber ein Blick von Helga, in der nonverbalen Kommunikation mit ihrem oftmals impulsiven, stürmischen Göttergatten geübt, hielt ihn ab, hier weiter zu fragen.

Am Tischende der Damen begann Helga die Patchwork-Arbeit zu erklären, die sie gerade anfertigte. Es war ein Motiv für Herbst und Halloween, das im Entstehen war. Sie zeigte den Mädchen und Barbara den Aufbau der Arbeit mit unterschiedlichen Blöcken und Motiven, zeigte, wie Farben zusammenpassten und wie man oftmals die harmonischen Farben mit einem Kontrast brechen musste, um Spannung zu erzeugen. Helga war bei ihrem Quilt schon in der Phase des eigentlichen Quiltens angekommen. Der Stoff, das Füllvlies und die Rückseite wurden hier in einen Rundrahmen eingespannt und mit der Hand wurden Muster durch die drei Lagen gestickt.

„Da schaut her, Felicitas und Rebecca: Der Faden, den ich gerade benutze, leuchtet im Dunklen. Wenn ich jetzt um die Hexe auf ihrem Besen herum quilte, dann sieht man die Figur auch in der Nacht. Der Faden ist gerade neu am Markt und ich wollte es gleich einmal ausprobieren. Im Herbst ist immer die große österreichweite Ausstellung der Gilde, da möchte ich es herzeigen."

„Wow", meinte Felicitas, die Jüngere der beiden, „wenn die Hexe nicht so lustig ausschauen würde, hätte ich aber Angst in der Nacht, wenn ich das sehe!"

„Da bringst du mich gleich auf eine gute Idee für den nächsten Quilt mit Leuchtfaden: Ich denke da an einen Quilt mit Sternenhimmel, Mond und Engel. Das wäre doch etwas Schönes für junge Damen, oder? Was meinst du?"

Felicitas schmiegte sich an Helga: „Krieg ich ihn dann? Ich habe dir ja die Idee gegeben! Bitte, bitte, bitte!"

Helga lachte auf: „Vielleicht, meine Süße, aber so schnell wird das nicht gehen. Ich habe ein ganzes Regal voll mit sogenannten UFOs. Das steht hier für unfertige Objekte. Und an manchen Sachen arbeite ich jahrelang. Aber die Idee gefällt mir und ein Wandbehang geht wahrscheinlich recht schnell."

Martin kam gerade mit einem Tablett zurück vom Buffet und sofort richtete sich das Interesse der jungen Damen auf den Inhalt des Tabletts.

„Die Fütterung der Raubtiere ...", lachte Michl. „Das ist doch bei allen Kindern gleich! Die Phase kennen wir nur zu gut! Ich warte schon voller Schadenfreude auf Enkelkinder, wenn sich dann alles wiederholt und wir Beobachter und nicht Betroffene sind! Unser Sohn hat oft so viel gegessen, dass wir schon an einen Bandwurm gedacht haben! Die Haare vom Kopf hat er mir gefressen, der Kerl, deshalb ist es hier inzwischen so licht ...", wobei er sich selbst bestätigend auf den Kopf klopfte. „Da scheint es dir ja noch gut zu gehen, Martin, wenn man sich deine dichten Haare anschaut."

„Ja, das sind die guten Moser-Gene. Sogar mein Großvater hat noch dichte Haare – der Hang zur Kahlköpfigkeit ist bei uns ausgeblieben. Und brauchst gar nicht versuchen, dich auf deine Kinder auszureden. Wer mit der Rolle des ‚Möchtegern-Opas' kokettiert, muss sich auch den Begleiterscheinungen des Älterwerdens stellen!"

„Ja, ja mein Lieber, jetzt hörst du es einmal von einem anderen – kein weiterer Kommentar ...", schmunzelte Helga.

„Touché, das sitzt! Heute habe ich anscheinend den Sitz auf der Schaufel gepachtet. Vorhin habe ich auch schon von unserem Postenkommandanten Erich eine Breitseite abbekommen. Aber wenn von mir schon Selbstreflexion gefordert wird, dann kann ich ja zugeben, dass meine natürliche Breite eine gewisse Treffsicherheit garantiert!"

Alle lachten auf und Felicitas fing an, Michl mit dem Finger in die Seite zu stupsen: „Du meinst die Breite da?"

Worauf die Schadenfreude am Tisch abermals eine kleine Sternstunde erreichte, denn Kindermund tut Wahrheit kund!

„Und, gibt es was Neues im Fall der Toten vom Hufeisenteich?", wollte Martin wissen.

„Nein, nicht wirklich. Irgendwer hat Rosen am Baum hingelegt, aber er wurde nur flüchtig gesehen und man weiß noch immer nicht, wer sie ist. Klar ist inzwischen, dass sie auf Grund einer Lungenerkrankung beim Baden ertrunken sein dürfte und es keine Fremdeinwirkung war. Jetzt wird gerätselt, wieso sich der Begleiter nicht meldet. Aber das Wahrscheinlichste ist, dass er nicht mit ihr in Verbindung gebracht werden will, weil es dann in einer anderen Verbindung Krach gibt. Aber es gibt, scheint's, einen neuen Kriminalfall: Den Damen im Ort werden Höschen gfladert. Da gehen die Emotionen hoch momentan. War ganz lustig, hier Zeuge der Übermittlung der Botschaft an den Gesetzeshüter seitens einer Vertreterin der weiblichen Bevölkerung zu sein!"

Während Michl noch schmunzelte in der Erinnerung an den Teil, als Erich noch unter Beschuss war, nahm Martin den Bericht mit ernster Miene wortlos auf. Barbara ließ sich von Helga die Details der „Höschen-Affäre" erzählen und schüttelte dazu nur den Kopf.

„Also ich glaube nicht, dass da was dahintersteckt, das klingt nach einem Dorfjungen-Streich."

„Jungs können so blöd sein!", meldete sich Rebecca zu Wort. Dabei strich sie sich über ihre Narbe und massierte sie leicht. „In der Schule schieben sie so oft dumme Meldungen und andauernd machen sie Sachen, die total nervig sind."

„Das ist das Alter, wenn sie in die Pubertät kommen", erklärte Helga. „Da fahren die Hormone Achterbahn mit ihnen und da ist das ganz normal. Nach ein paar Jahren ist das dann wieder vorbei."

„Was in ein paar Jahren ist, ist mir jetzt egal! Die nerven echt übermäßig und am liebsten möchte ich in eine Mädchenschule, dann muss ich die Kerle nicht jeden Tag ertragen!"

„Ach Rebecca, ich kann dich schon verstehen, aber auch Mädchen können in dieser Zeit recht schwierig sein. Das gehört einfach zum Leben dazu. Wir haben immer gesagt, die Pubertät ist die Zeit, wo die Eltern schwierig werden. Das ist die Position der Pubertierenden. Die Kunst, einen Kaktus zu umarmen – so stellt es sich für die Eltern dar!"

„Meine Eltern werden nie schwierig, die sind ganz toll so wie sie sind!", warf Felicitas eifrig ein. Alle lachten.

„Glaube mir, Felicitas, das kommt auch bei dir bald! Das gehört einfach dazu!"

In dem Moment kamen Thomas und Sabine engumschlungen den Hang zum Heurigen hinauf. Vor dem Gastgarten blieben sie stehen und schauten sich nach freien Plätzen im inzwischen vollen Garten um. Michl sah die beiden und winkte ihnen einladend zu. Auch die Mosers waren auf das Pärchen aufmerksam geworden. Felicitas sprang auf, rannte den beiden entgegen und zog sie zurück zum Tisch.

„Servus allerseits! Dürfen wir uns zu euch setzen?"

„Nicht nur dürfen, unbedingt sollen! Nachdem es heute für euch beide nichts ist mit der trauten Zweisamkeit, die natürlich vorginge, freuen wir uns sehr, wenn ihr euch zu uns setzt!", meinte Martin. „Ihr kennt euch offensichtlich bereits, Michl und Helga?"

„Ja, ja, wir sind uns vor kurzem begegnet und die beiden studieren an der Wirtschaftsuniversität. Dort habe ich auch studiert und eine Weile lang Prüfungsvorbereitungskurse geleitet. Und ihr beide, was macht die Makroökonomie? Kommt ihr weiter?"

„Es geht", antwortete Sabine. „Ich kämpfe noch immer mit der Theorie und finde, in der Praxis stimmt das doch alles nicht. Ich habe immer das Gefühl, etwas ganz Sinnloses zu lernen, und das macht es mir nicht einfacher."

„Ich kann dich gut verstehen und deshalb habe ich selbst immer versucht, anhand von Beispielen zu zeigen, wie es im täglichen Leben zu erkennen ist."

„Also mit deiner Geschichte von Ulithi und der Währung Rai war das ja ganz toll, eine mögliche Ursache von Inflation zu erkennen und verstehen. Hast du noch mehr solche Geschichten?"

„Jede Menge, und ich kann euch anbieten, meine Unterrichtsmaterialien einmal durchzusehen. Da ist sicher viel für euch beide dabei, was ihr nutzen könnt. Wollt ihr in den nächsten Tagen einmal vorbeikommen und ich gehe mit euch den Stoff durch? Auch für die Marketingfächer habe ich gute Unterlagen. Ich muss ohnehin einen Kurs in Wirtschaftskunde für Berufsschulen vorbereiten, deshalb möchte ich den Stoff selber wieder einmal überfliegen. Wir sind diese Woche die ganze Zeit hier. Ihr müsst nur sagen, wann es euch recht ist."

„Das Angebot nehmen wir gerne an, der Stoff ist doch sehr umfangreich, und wenn wir hier rasch eine Unterstützung bekommen, hilft uns das sehr!"

„Also wie gesagt, ihr könnt jederzeit kommen. Wollen wir uns schon morgen zusammensetzen? Ist ja wieder recht heiß angesagt und bei uns geben die Weinlaube und die Bäume einen guten Schatten. Und abkühlen können wir uns immer leicht mit dem Gartenschlauch."

„Also vielen Dank, das nehmen wir gerne an! Passt dir etwa neun Uhr dreißig?"

„Perfekt, ich habe alles am Computer, das wird nett, den Stoff wieder aufzufrischen!"

Jetzt meldete sich auch Martin zu Wort:

„Wir haben schon von eurem neuen Glück gehört und freuen uns sehr für euch. Darf ich euch beide heute, quasi als Einstand, einladen? Das wäre mir ein großes Vergnügen! Widerspruch ist zwecklos!"

„Danke Martin, sehr nett, aber das musst du wirklich nicht."

„Dass ich es nicht muss, weiß ich selbst, aber ich will – und das zählt! Und wie pflegte schon mein Großvater selig zu sagen: Wenn man dir nimmt, dann schrei, aber wenn man dir gibt, dann nimm. Merk es dir! Also setzt euch her und bestellt schon einmal. Was darf ich euch vom Buffet bringen?"

„Ja, in dem Fall bitte für mich ein Käsebrot. Rosi gibt da immer auch eine Nuss- und Oliven-Mischung drauf. Einfach ein Käsebrot mit allem. Und dann noch ein Fleischbrot mit einem mageren Karree und viel Kren. Sabine, was magst du?"

„Auch ein Fleischbrot mit Kren und eine Portion Liptauer und ein Weckerl."

Gabi stand auch schon wieder da und nahm die neuen Bestellungen und die ersten Nachbestellungen gleich auf, während Martin für die beiden zum Buffet ging.

Sabine wandte sich Helga zu: „Wir sind uns noch nicht richtig begegnet. Ich bin die Sabine Leitner. Hier im Ort bin ich in der Dorferneuerung aktiv. Sie sind die Frau vom Michl, gell?"

„Stimmt, ich bin die Helga und bitte nur nicht förmlich! Bei uns in Tirol, wo ich herkomme, sagt man, dass ab zweitausend Metern Höhe alle per du sind. Ich denke, das gleiche kann man ohne eine Höhenbeschränkung auf Weinviertler Kellerberge übertragen!"

Sabine lachte auf: „Natürlich, ja gerne! Ich habe gelegentlich schon in deine Richtung geschaut, weil deine Handarbeiten oft so bunt sind. Und mir gefällt auch deine Frisur immer sehr! Aber was ist eigentlich die Grundfarbe bei dir?"

Helga hatte immer pechschwarze und silberne Streifen in ihren Haaren, nur vorne war auch eine lavendelfarbene Mèche.

„Also nicht lila! Aber in unserer Familie sind wir alle ab etwa dreißig bereits ganz silberfarben. Und weil ich nicht wie eine noble ältere Dame aussehen will, färbe ich die Streifen schwarz. Das sieht dann pfiffiger aus. Woaßt, Madele, man weat holt im Kopf nit alt", antwortete Helga, ins Tirolerische fallend. Alle lachten fröhlich mit. Am Tisch ging es in einen buntgemischten Abend über.

Ein paar Tische weiter nahm gerade ein weiteres Ehepaar Platz. Wolfgang Wiesner, seines Zeichens Filialleiter der Erste Bank in Dürnkrut und seine Frau

Susanne kamen oft zum Heurigen von Andi. Ihr Haus, eine der schönen alten Sommerfrische-Villen am oberen Ende des Kellerbergs, war nur ein paar Schritte entfernt. Freundlich grüßten sie in die Runde, viele der hiesigen Gäste waren Kunden der Bank geworden, nachdem im Ort die Filiale eines Mitbewerbers geschlossen worden war. Wolfgang Wiesners Job brachte es mit sich, dass er die Verbundenheit mit den dörflichen Strukturen im täglichen Leben pflegte. Kein Verein fragte umsonst nach Tombola-Spenden bei ihm und auch die Freiwilligen Feuerwehren, die vielleicht stärkste gesellschaftlich relevante Gruppierung im ländlichen Weinviertel, fanden bei ihm immer ein offenes Ohr für ihre Anliegen. Im Rahmen des ihm Möglichen halt, aber er empfand diese Förderungen als effektivste Marketing-Maßnahmen – gelebte Kundenbindung eben. Susanne an seiner Seite unterstützte ihn bei all seinen Tätigkeiten, beide waren auch bei den diversen Festen der Umgebung Stammgäste und begeisterte Tänzer.

Er winkte grüßend zu Thomas hinüber. Auch wenn Thomas derzeit noch immer Jugendleiter war, stand für Wolfgang schon fest, dass auch er einmal eine wichtige Ansprechperson in der Region werden würde. Seine ehrenamtliche Laufbahn war da vorgezeichnet. Während das Ehepaar Wiesner seine Wünsche bei Gabi deponierte, wurden sie von einem Mann beobachtet. Der stand im Schutz einer dichten Fliederhecke an der Kreuzung, die zur Kirche hinaufführte. Dort stand er still, als würde er auf jemanden warten. Erst als er ganz sicher war, dass der Heurigenabend der Wiesners gerade begonnen hatte, ging er langsam den Weg zur Kirche hinauf. In der beginnenden Dämmerung war er mit seiner dunklen Kleidung unauffällig. Und wie ein paar Tage zuvor, fand er ungehindert Zugang zum Haus der Wiesners und überprüfte dort abermals das Innere. Nur dass er dieses Mal auch beim Verlassen des Hauses nicht gesehen wurde.

Er war zufrieden, die Vorbereitungen liefen gut, bald würde er seinen Plan auch hier in die Tat umsetzen.

Kapitel 7: Die Geschichte dahinter

Die Morgenluft war noch frisch und die Sonne strahlte hell auf die Presshäuser der unteren Kellergasse. Vor den Presshäusern waren Lauben, die dicht mit Weinreben bewachsen waren und so Schatten boten. Während Helga das gute Licht nutzte, um in etwas Distanz zu den anderen an einem Quilt zu arbeiten, hatten Thomas und Sabine ihr mobiles Büro unter einer Laube aufgebaut und gingen zusammen mit Michl den Lehrstoff durch. Michl war gerade dabei, Grundgedanken des Marketings an Beispielen aus dem täglichen Leben zu erklären. Als Lehrer war er voll in seinem Element. Mit ganzem Körpereinsatz und weiten Handbewegungen unterstrich er seinen Vortrag.

„Marketing beschäftigt sich viel mit dem Nutzen für Kunden sowie deren Bedürfnissen und Erwartungen. All das muss ich verstehen und erfüllen können, wenn ich erfolgreich sein will. Das gilt für alle Bereiche unseres Lebens. Wir tun nichts, ohne damit ein Bedürfnis oder einen Nutzen zu erfüllen. Bei einer Spende ist es beispielsweise die Emotion, das Gefühl ein besserer Mensch zu sein. Sucht ein Arbeitgeber eine Mitarbeiterin, so hat eine Bewerberin dann die besten Chancen, wenn sie vermitteln kann, dass sie die tägliche Situation im Job versteht, fachlich und persönlich kompetent ist. Marketing kann man in allen Bereichen zielführend einsetzen. Wenn wir erfolgreich sein wollen, egal wobei, müssen wir lernen, bedürfnis- und nutzenorientiert zu denken. Die meisten Leute gehen alles von der ‚Ich-Seite' an: Ich will, ich kann, ich bin, ich weiß ... Das hilft gar nichts. Wenn ich sage, ich will Helga heute zum Essen einladen und brauche dafür fünfzig Euro – gebt ihr mir bitte das Geld dafür? Ich will das! – dann wird ein jeder nein sagen, weil kein eigener Nutzengewinn entsteht."

„Also mir passiert das immer wieder, dass ich eingeladen werde", warf Thomas schmunzelnd ein. „Erinnere dich, erst gestern hat Martin das Essen für Sabine und mich bezahlt!"

„Das ist ein interessanter Einwand, aber überlegen wir uns, was dahinter steht: Einen materiellen Nutzen hat Martin dadurch nicht, es kann jetzt ein zukünftiger Nutzen sein oder ein emotionaler. Ich tippe auf die Erfüllung eines emotionalen Nutzens, so ähnlich, wie wenn man einer gemeinnützigen Organisation etwas spendet. Quasi ein besserer Mensch sein. Mit unseren Taten erfüllen wir unsere Bedürfnisse, eben auch immaterielle."

Thomas war ernst geworden. „Du hast natürlich Recht. Martin und seine Familie hatten vor zwei Jahren einen schweren Unfall. Ich war damals bei dem Einsatz dabei und habe Erste Hilfe geleistet. Ich weiß nicht, habt ihr davon gehört?"

„Nein, wir haben uns schon gefragt, was passiert war, aber wir kennen uns erst seit kurzem und sind in der letzten Zeit erst zusammengekommen. Kannst du uns die Geschichte erzählen?"

„Ja, ich denke schon. Hier in der Gegend kennt sie eh ein jeder. Es war an einem Sommerabend und die Mosers waren zuvor beim Heurigen. Martin hatte einiges getrunken. Man hat nachher bei ihm 1,1 Promille gemessen. Am Weg Richtung Dürnkrut hat ihn eines der Kinder abgelenkt, so hat er erzählt. Er hat sich während des Fahrens umgedreht und wollte hinten etwas richten. Dabei hat er das Lenkrad verrissen. Das Auto ist von der Straße nach rechts abgekommen und hat in voller Fahrt einen Baum erwischt. Das Auto hat es praktisch in der Mitte auseinandergerissen. Barbara ist dabei mit dem Sitz und dem rechten Teil des Autos herausgerissen worden und Rebecca, die hinter ihr saß, wurde durch Metallteile verletzt. Die Passagiere der Fahrerseite waren weniger stark verletzt, aber auch Martin hat einiges abbekommen. Felicitas hat den Unfall am besten überstanden.

Der Unfall wurde sofort gemeldet. Da ich gerade im Feuerwehrhaus im Einsatz war, war ich der Erste am Unfallort. Es hat wirklich schlimm ausgesehen: überall Fahrzeugteile. Die Kinder haben panisch geschrien und immer wieder gerufen ‚Papa, Mama, wacht auf ...‘ Martin und Barbara waren beide bewusstlos. Die Kollegen haben Barbara aus dem Fahrzeugteil geborgen, während ich Rebecca versorgte. Ihre Wunde war groß, aber nicht gefährlich. Beim Einsatz wurden auch zwei Hubschrauber für Martin und Barbara eingesetzt. Die Kinder kamen mit der Rettung nach Mistelbach. Wir haben Barbaras Schwester in Ollersdorf verständigt, sie ist dann gleich ins Krankenhaus Mistelbach gekommen und dort bei den Kindern geblieben.

Barbara war am schwersten verletzt, ihr Rückgrat war im Brustbereich gebrochen, sie ist seither querschnittsgelähmt. Martin hatte auch eine Rückenverletzung, konnte aber erfolgreich operiert werden. Die Kinder waren bald wieder OK. Martin wurde natürlich verurteilt, hat aber auf Grund der familiären Situation eine angemessene, jedoch keine überzogene Strafe bekommen. Er lebt ganz für seine Familie und setzt sich voll ein. Die Familie hält auch gut zusammen. Vorwürfe hat es wohl nie gegeben. Es war passiert und es war ein bitterer Fehler mit schweren Folgen. Aber gemeinsam schaffen wir alles, ist ihr Motto. Martin kam einmal zu mir und hat sich den Einsatz erklären lassen und die

Bilder in unserem Archiv angesehen. Damals war er erst eine Weile still und hat dann zu weinen begonnen. Als er aufhören konnte, hat er sich bei mir bedankt und ist gegangen. Er ist seither ein Förderer der Freiwilligen Feuerwehr und wir kommen immer wieder bei Festen zusammen."

„Ach du lieber Himmel, das ist ja eine furchtbare Geschichte. Was für eine Belastung für alle! Da sind sie ja wirklich zu bewundern, dass sie es schaffen, den Alltag so gut zu bewältigen." Helga war sichtlich betroffen und auch Michl saß regungslos da, bis er sich die Gedanken aus dem Kopf schüttelte:

„So, ich glaube, jetzt ist es einmal Zeit für einen Kaffee. Wir haben auch noch Kuchen vom Andi von gestern. Wer will was?"

Ein paar Minuten später saßen alle am Tisch und genossen die Pause. Helga begann mit Sabine zu plaudern:

„Also, ich muss dir aber auch einmal ein Kompliment machen, deine Augen sind wirklich schön. So was sieht man selten."

„Ja, ja", lachte Sabine auf. „Meinem Augenaufschlag konnte mein Paps auch nie widerstehen, damit habe ich ihn oft um den Finger gewickelt!"

Alle lachten. „Aber erzähl uns doch etwas von dir, was machst du sonst alles, wenn du nicht studierst?"

„Hm, ich interessiere mich recht für lokale Themen und den Umweltschutz. Bin auch bei der Dorferneuerung aktiv. Nach der Matura bin ich auf ein Jahr nach Südafrika, um dort in einem Kinderheim zu arbeiten. Das war teilweise hart und lehrreich. Die Kinder kamen aus oftmals sehr schwierigen Situationen ins Heim und waren traumatisiert. Gewalt war an der Tagesordnung. Da hat es einige Momente gegeben, wo ich einfach nur wieder weg und nach Hause wollte. Aber jetzt bin ich stolz, durchgehalten zu haben. Es war eine wertvolle Zeit mit vielen neuen Erfahrungen und Erlebnissen. Dort habe ich viel gelernt und auch für mich wichtige Werte definiert."

„Ihr beide seid ja noch nicht so lange zusammen, habe ich das richtig mitbekommen? Aber offensichtlich freuen sich alle im Ort darüber!"

Sabine schmunzelte ein wenig verlegen: „Ja, das stimmt schon. Zusammen sind wir erst seit ein paar Monaten, aber eigentlich kennen wir uns fast unser ganzes Leben. Sogar die Erstkommunion haben wir schon gemeinsam gehabt. Und offenbar wussten die meisten anderen immer schon, dass wir einmal zusammenkommen würden. Zumindest tun sie jetzt alle so! Nur wir beide haben eine Weile gebraucht, um zu kapieren, dass wir füreinander bestimmt sind!" Sabine schmiegte sich an Thomas, der sie gleich umarmte und ihr ein Busserl gab.

„Ja, sagt einmal ihr beiden frisch Verliebten, wie wäre es mit einem Grillabend hier bei uns in den nächsten Tagen? Ich muss meinen neuen Webergrill einweihen, damit habe ich mir ein großes Bubengeschenk gemacht. Wir wollten auch die Mosers einmal einladen, wie sieht es bei euch am Freitag aus?"

„Ja, von mir aus gut. Samstag muss ich für das Feuerwehrfest etwas vorbereiten, aber Freitag habe ich nichts vor. Sabine?"

„Bei mir ist am Donnerstag das Treffen der Dorferneuerung, aber Freitag geht gut!"

„Fein, dann rufe ich die Mosers an und gebe Bescheid. Wir haben mit ihnen beim Heurigen den Termin schon anvisiert."

Vom Ort klang das tiefe Tuckern eines Dieselmotors herauf und wurde rasch lauter. Schon sah man einen grünen Oldtimer-Traktor den Hang heraufkommen. Am Steuer saß Fritzl Hahn, wie immer stilecht mit Strohhut, blauer Arbeitshose und grüner Schürze, der Fiata, bekleidet. Mit seinem Traktor fuhr er auf die kleine Wiese neben dem Presshaus und stellte ihn ab. Mit Schwung stieg er vom Sitz herunter und stürmte fast auf die kleine Gruppe zu.

„Griaß eich mitanond! Jetzt muass i bei eich steh bleibm, grod waunn so schene Frauen do san! Wia gehts eich denn?"

Ohne auf die Antwort zu warten, ging er gleich zur Tür des einen Presshauses und begann sie genau anzusehen. Fritzl hatte die Tür ein paar Jahre zuvor neu gezimmert und das alte Presshausschloss renoviert. Seither überwachte er regelmäßig ihren Zustand und die volle Funktionsfähigkeit des Schlosses.

„Jetzt muass i no schaun, ob do eh ois passt."

Fritzl drehte den großen verchromten Presshausschlüssel herum und mit einem lauten Klacken schob sich der mächtige Stahlriegel vor und wieder zurück. Er nickte zufrieden und begann kritisch die Türe zu studieren.

„A Lärchenholz ist das Richtige, das hoit wieda ganz laung. Wonn d' Farb obblattelt, do konnst nix mochn. Do mit der Sunn is des so. Muasst es wieda streichen, Michl. Aber sunst passt ollas mit da Tia!"

Er zog den mächtigen Schlüssel aus dem Schloss und betrachtete ihn.

„Da Köllaschließl is wos Bsunderes, wast eh! Do aum Metallblatt hab i eich MHM als Verzierung prägen lossen. Steht für: Michl und Helga Metzger. A so a schöner Schließl is ned nur zum Sperren, er ist ein Symbol. Er ist das Zepter des Presshausbesitzers, daran wirst erkannt und bewertet." Er steckte den Schlüssel wieder in das Schloss und prüfte ein letztes Mal die gute Funktion.

Michl war schmunzelnd aufgestanden, er kannte das immer wiederkehrende Ritual bestens.

„Trinkst eh was, Fritzl? Was hast lieber, deinen Welschen oder den Grünen vom Norbert?"

„Es derf gerne mein Welscher sein, den hob i auf meiner oidn Hengstpress gmocht, den trink i gean." Während Michl in den Keller stieg, um Wein und ein neues Glas zu holen, untersuchte Fritzl den alten Rebstock gründlich. Michl kam wieder aus dem Keller und schenkte im Stehen den kühlen Wein ins Glas und reichte es Fritzl.

„Vergelts Gott! Also Michl, deine Trauben san oba heia gonz besonders schee. Woa scho guat, das ma se im Frühjoa so stoak zruckgschnitten haum. Des braucht da oita Stock. Muaßt imma nua a poa Augen aun de Trieb steh lossen, ollas aondare schneidst weg."

„Ich wollte dich eh schon fragen, Fritzl, was sind das für weiße Flecken auf meinen Weinblättern, muss ich mir da Sorgen machen?" Michl riss ein Blatt vom Weinstock und zeigte es Fritzl. Das Blatt hatte auf der Oberseite blasenartige Aufwölbungen und auf der Unterseite weiße, schimmelartige Flecken. Fritzl warf nur einen kurzen Blick auf das Blatt und schüttelte verneinend den Kopf.

„Na, goa kane Soagn muaßt dia do mochn. Des is de Rebenpockenmilbe, do muaßt goa nix mochn, do is nix mit dem Stock. Du konnst de aungfollanen Bladln oreißn, aber des muaß ned sei. Waun du de Bladln oreißt, donn muaßt du sie a gonz weggeben, sunst host du de Milben nächstes Joa wieda da. Tuat aber nix! Du konnst jetzt im Hochsumma aber damit aufonga. Deine Trauben soin a a Sunn kriagn. Donn geht mea Kroft in die Weipa. In Hiabst höfn ma dia donn scho mit dem eigenen Wei. Mochst es wieder in deine Glasballon. So fünfazwanzig Liter wiad da Stock scho hergem, so wias ausschaut. A wengal an Schwefel wiast schon braucha, sunst wird dia des wiada nix. Und es derf a ned so vü Luft iban Wei sei."

Michls eigener Wein vom Vorjahr war ein erster Versuch gewesen, der etwas danebengegangen war und für Schadenfreude am Kellerberg gesorgt hatte. Anstatt einer fruchtigen Duftnote hatte sein Wein einen eher stechenden Geruch wie der Klebstoff Uhu, ein klassischer Weinfehler. Als Michl bei seinen Recherchen auf die Möglichkeit einer Filterung mit Aktivkohle zur Behebung des Fehlers stieß und das seinen Nachbarn in der Kellergasse in geselliger Runde vorschlug, war er auf sofortige Zustimmung gestoßen.

„Jo, Michl, des muaßt du mochn, den Wei fütrieren. Oba duach des Kaneugitta ..."

Worauf Michl resignierend den großen Glasballon aus dem Keller schleppte und die empfohlene Filtrierung durch das Kanalgitter in die Tat umsetzte, sehr zum allgemeinen Gaudium aller Anwesenden, die sich an diese Episode auch gerne erinnerten und sie immer wieder Revue passieren ließen.

Bevor das jetzt wieder aufgewärmt werden konnte, fragte Michl, wem er noch etwas aus seinem Keller bringen durfte, selbstverständlich aus nachbarschaftlichem Anbau! Helga und Thomas fanden, es sei an der Zeit für einen ersten G'spritzten und so machte sich Michl auf den Weg in den Keller. Inzwischen nahm Fritzl am Tisch Platz und musterte seine Umgebung.

„Na, Helga, du bist ja immer am Nähen und ihr beiden habt da die ganze Uni aufgebaut, habt es aber fein hier unter einem Dach aus Reben ..."

Und schon stimmte er ein Lied an und begann mit seiner kräftigen Stimme zu singen:

„Bringt mir Blut der edlen Reben,
bringt mir Wein!
Wie ein Frühlingsvogel leben,
in den Lüften will ich schweben
bei dem Wein, bei dem Wein!"

Bei der zweiten Strophe wandte er sich mit einem einladenden Lächeln den beiden Damen zu:

„Bringt mir Mägdlein, hold und mundlich,
zu dem Wein.
Rollt die Stunde glatt und rundlich,
greif ich mir die Lust sekundlich,
in dem Wein."

Die Damen schwankten zwischen sich geschmeichelt fühlen und „schon wieder die gleiche Leier ...". Michl war inzwischen mit Flaschen und Gläsern in einem großen Weidenkorb aus dem Keller gekommen und begann den Inhalt am Tisch aufzustellen und einzuschenken, während Fritz die nächste Strophe anstimmte:

„Heil dir, Quell der süßen Wonne
in dem Wein!
Ach, schon seh ich Frühlingssonne,
Mond und Sternlein in der Tonne,
in dem Wein."

Michl reichte Fritzl sein Glas und meinte:
„Na, ich seh schon, da kann ich gleich einmal meine Harmonika holen! Aber erst einmal allerseits Prost!"

Die weitere Lerneinheit fiel einem geselligen Beisammensein zum Opfer.

Kapitel 8: So brutal ist das Leben

Zufrieden schaute sich Mag. Rudi Rössler, Geschäfts-stellenleiter der Raika Ziersdorf, im prachtvollen Jugendstilsaal um. Alles war perfekt vorbereitet für die morgige große Castingshow, die in Zusammenarbeit mit den NÖN, den Niederösterreichischen Nachrichten, die größten Talente der Region finden sollte. Der Jugendstilsaal in Ziersdorf im westlichen Weinviertel galt als der schönste Ballsaal zwischen Wien und Prag. Schon damals – in der Zwischenkriegszeit – nahm das Wiener Publikum gerne die Anreise mit der Kaiser-Franz-Josefs-Bahn in Kauf, waren doch die glanzvollen Bälle weithin bekannt. Nach der Renovierung 2005 zeigte der Saal wieder den vollen Glanz und Zauber der Jahrhundertwende. Es war ein guter Rahmen für die morgige Veranstaltung, die aus der Sicht der Raika ein wichtiger PR- und Kundenbindungstermin war. Hier wurde die Verbundenheit mit der Bevölkerung gelebt. Die NÖN berichtete ausführlich darüber und trug zur lokalen Bekanntheit des Events bei. Aus Marketing-sicht war es eine reine Win-win-Situation.

Rudi überprüfte noch die Werbe-Dispenser, ob auch genügend Folder vorbereitet waren. Er drehte eine letzte Runde durch den Saal, rückte noch einige Stühle zurecht und ging dann zum Ausgang. Ein abschließender Blick zurück, dann drehte Rudi die Lichter aus, verschloss die Türe und ging zu seinem Auto, das gleich vor dem Gebäude stand. Er stieg ins Fahrzeug ein und fuhr ins Nachbardorf, wo er und seine Frau ein schönes Haus mit Garten hatten, mit einem prachtvollen Blick über das weitläufige Schmidatal. Mit Schwung fuhr Rudi in seine Einfahrt und blieb präzise geparkt im Carport stehen. Er stieg aus und ging entspannt zum Hauseingang durch den Garten. Das Licht der beginnenden Abendstimmung war schon leicht golden und Rudi genoss die Stimmung der weitläufigen Landschaft mit ihrem Wechsel zwischen rollenden Hügeln mit geometrischen Weinreihen und dem breiten Tal der Schmida, wo jetzt im Hochsommer prachtvolle gelbe Sonnenblumenfelder hervorstachen. Rudi bemerkte ein ihm unbekanntes Lieferauto vor dem Nachbarhaus. Das Kennzeichen war von Bruck an der Leitha. Kurz wunderte sich Rudi, wieso das Auto wohl so spät noch hier stand, aber mit einem „wird wohl ein Besucher beim Albert sein ..." war der Gedanke auch schon wieder verflogen.

Rudi sperrte die Tür auf und wurde von der Duftwolke des Abendessens umhüllt. Der Grundtenor war der Geruch nach Wein, dazu ein süßlicher Wurzelduft, aus dem der Hauch von Sellerie hervorstach, etwas leicht Rauchiges und sehr fleischlich. Sein Gesicht leuchtete auf: Seine Erika hatte wieder sein Leibgericht, einen Weinviertler Rostbraten à la Fritz, eine Spezialität des Mistelbacher Restaurants Florianihof, gekocht. Er wusste, Erika hatte Stunden mit der Vorbereitung verbracht. Zuerst hatte sie Wurzelwerk, Karotten, Sellerie, gelbe Rüben und Petersilienwurzel gewaschen und kleingeschnitten, dann den fein gehackten Zwiebel und Räucherspeck in heißem Öl angedünstet, das Wurzelwerk beigefügt und unter Rühren mitgeröstet. Dem Gemisch fügte sie einen Esslöffel Paradeisermark bei, ließ es kurz anbraten und goss es dann mit einem Achtel Rotwein, meistens der Zweigelt vom Nachbarn, sowie Bouillon auf. Das Ganze musste nun aufkochen und einige Minuten bei mittlerer Hitze einreduzieren. Als die Zutaten dann schon etwas weich waren, wurden sie von Erika durch ein Sieb passiert. Nun verfeinerte sie das Gericht mit einem Schuss Schlagobers und ein wenig Preiselbeer-Kompott. Daraufhin wurden Champignons in zerlassener Butter gebraten, bis die austretende Flüssigkeit vollständig verdampft war. Jetzt nahm sie das Beiwerk vom Herd und bereitete das Fleisch vor. Das in Scheiben geschnittene Fleisch wurde gesalzen, gepfeffert und in heißem Öl beidseitig kräftig angebraten. Den Bratrückstand goss sie mit Bouillon auf und löste ihn durch Rühren vom Pfannenboden, den Saft fügte sie nun zur Wurzel-Oberssauce bei. Zuletzt wurde das Fleisch in die Sauce eingelegt und bei geringer Hitze gedünstet. Zusammen mit Kroketten, Rösterdäpfeln, Knödeln und Gemüse war die Mahlzeit ein Gedicht. Rudi lief schon das Wasser im Mund zusammen.

„Hallo Liebling! Werde ich heute wieder verwöhnt?"

„Ja schon etwas. Ich habe einen schönen Jungrind-Rostbraten vom Bauern bekommen, da konnte ich selbst nicht widerstehen. Ist eh gleich so weit, dass wir essen können." Erika war zur Begrüßung aus der Küche gekommen und zog sich dabei die Kochschürze aus. „Servus, mein Knödel, schön dass du schon da bist. Wie war dein Tag? Ist alles fertig für morgen?"

Den Kosenamen „Knödel" hatte Rudi erst im Laufe der Jahre von seiner Holden bekommen. Allerdings steckte da auch schon ein gewisser Realitätsbezug dahinter. Durch seine überwiegend sitzende Tätigkeit und wenig Bewegung als Ausgleich, war seine Körperform etwas knödelartig auseinandergegangen. Seine Erika jedoch hatte sich, trotz dreier gemeinsamer Kinder, besser gehalten. Allerdings erledigte sie die meisten Besorgungen mit dem Fahrrad und nahm seit Jahren am Pilateskurs an der Volkshochschule Ziersdorf teil.

„Ja durchaus, alles paletti und vorbereitet. Die Show kann beginnen. Und bei dir? War heute etwas?"

„Nichts Besonderes, ich habe nach dem Einkauf mit dem Kochen begonnen. Marlies hat angerufen und wir haben etwas länger geplaudert. Sie schickt dir ein dickes Busserl und hofft, dass du am Wochenende etwas Zeit für die Buben hast. Die Kleine zahnt und sie und Herbert kriegen gerade wenig Schlaf. Die beiden Rabauken werden langsam unrund und gehören bewegt. Am Wochenende sind wieder die Rittertage in Eggenburg. Wir haben ja eh nichts vor, gell Knödel?"

Zwischen „eh nichts vor" aus der Sicht von Rudi und der Vorstellung von einem gemütlichen Wochenende mit Erika – allein – und dem „eh nichts vor" von Erika mit den Kindern der ältesten Tochter lagen eindeutig Welten. Rudi wusste aber nach über dreißig Ehejahren, dass die Entscheidung schon längst gefallen war und seine Zustimmung nur eine superfizielle war. Die Sache an sich war schon längst entschieden. Erika hatte einen Leitsatz hierfür:

Ned nur machen – auch Brutpflege betreiben ... Und unter Brutpflege fiel viel ...

Na ja, dafür gab es heute auch ein tolles Essen ...

Während sich das Ehepaar Rössler gemütlich in den abendlichen Ausklang begab, reckte sich die dunkle Gestalt im Lieferraum des Wagens vor dem Nachbarhaus. Miroslav Bodgovic war zufrieden. Alles lief nach Plan. Der Bankleiter war pünktlich, wie fast immer, zu Hause angekommen. Noch etwa drei Stunden, dann würden die Lichter ausgehen. In etwa fünf Stunden wäre es dann so weit und er könnte beginnen.

Bodgovic hatte bereits über vierzig seiner siebenundfünfzig Jahre hinter Gittern verbracht. Schon als Kind hatte er sich auf der Straße gegriffen, was er erwischen konnte. Später zog es ihn in wohlhabendere Gegenden. Die Besitzer von luxuriösen Seevillen in Südbayern wurden penibel ausgespäht. Seine Grundlagenarbeit und seine Recherchen waren außergewöhnlich. Er wusste vor einem Einbruch bereits viel vom Leben und den Gewohnheiten seiner Opfer. Oftmals war er vor der Durchführung bereits mehrfach in die Häuser eingedrungen und mit der Anlage der Häuser vertraut. Hilfsmittel wie Kabelbinder oder Klebebänder hatte er manchmal schon vorsorglich vor Ort deponiert. Und so gründlich er in der Vorbereitung war, so brutal war er auch in der Durchführung. Mehrfach hatte er in der Vergangenheit seine wehrlosen Opfer gefoltert. Dass er noch niemanden getötet hatte, war eher ein Zufall. Zuletzt wurde er für mehrere Vergehen zu insgesamt fünfundzwanzig Jahren Zuchthaus in Deutschland verurteilt. Nach seiner vorzeitigen Entlassung hatte er sich gleich nach Österreich abgesetzt und begann sofort wieder nach seinem vertrauten Schema zu agieren. Er war überrascht, wie unbekümmert der überwiegende Teil der Österreicher noch lebte. Da waren die Deutschen schon vorsichtiger, aber im Weinviertel, seinem derzeitigen Raubrevier, standen die Häuser oftmals praktisch offen und Alarmanlagen waren auch so gut wie nicht vorhanden.

Ein Schlaraffenland für einen seines Metiers ...

Bodgovic legte sich im Laderaum auf eine Matte und fiel rasch in den Schlaf. Auf seine innere Uhr konnte er sich verlassen und nach ziemlich genau fünf Stunden Schlaf wachte er wieder auf. Mit offenen Augen blieb er etwas liegen und horchte in die Nacht hinaus. Der regelmäßige Ruf eines Kauzes war das einzige Geräusch der Nacht, ansonsten war es still wie am Friedhof. Leise richtete sich Bodgovic auf, griff nach seiner vorbereiteten Tasche und öffnete langsam das Schloss der rückwärtigen Tür. Nur ein leises Knacken war zu hören, als der Riegel aufsprang. Langsam machte er die Tür auf und stieg aus. Die Tür lehnte er hinter sich nur an, so gab es kein Geräusch des Schließens und falls er nochmal ins Auto wollte, kam er so auch leichter hinein. Wenn alles nach Plan lief, brauchte er dieses Auto nicht mehr. Besorgt hatte er es sich von einem Firmenparkplatz in Horn, die Kennzeichen waren aus einem Wiener Parkhaus.

Er ging ein paar Meter vor und urinierte dort gegen die Hecke. Die wenigen Häuser in der Gasse waren alle dunkel und still, ein Nachtleben wie in der Stadt war hier unbekannt. Bodgovic zog sich eine schwarze Skimaske über, nur Augen und Mund blieben frei. Auch in seine dünnen Arbeitshandschuhe schlüpft er hinein und prüfte rasch im Licht einer kleinen LED Taschenlampe den Inhalt seiner Tasche. Er nahm eine starke LED Stirnlampe heraus und setzte sie auf. Diese modernen LED Lampen hatten bereits Stärken von bis zu fünftausend Lumen, eingeschaltet war alles in gleißend helles Licht getaucht. Dann schlich er ruhig auf sein Objekt zu, durchquerte den Garten und ging zum Wintergarten. Bei seinen Recherchen hatte er bemerkt, dass abends zwar die Eingangstüre zugesperrt wurde, aber der Zugang vom Garten offen blieb. Er drückte die Türklinke und tatsächlich war auch heute der Zugang zum Wintergarten offen. Auch die Türe ins Haus selbst stand offen, im Bestreben, die kühlere Nachtluft für die heißen Tage zu speichern. Langsam bewegte sich Bodgovic weiter, er kannte das Haus gut, wusste genau wohin. Im Lichtkegel seiner kleinen Lampe konnte er den Weg gut erkennen. Praktisch lautlos schlich er die Treppe hinauf und ging bis zum Ende des Gangs. Die Türe war nur angelehnt, er ging ins Schlafzimmer. Leichtes Schnarchen ertönte aus dem Bett und im matten Schein seiner kleinen Lampe erkannte er die beiden schlafenden Personen. Er stellte sich an den Bettrand von Rudi und zog Handschellen sowie eine Pistole aus der Tasche. Jetzt war es so weit.

Er holte mit der Pistole zum Schlag aus und mit der linken Hand, in der er die Handschellen hielt, drückte er auf den Knopf der Stirnlampe. Gleißend helles Licht blendete die beiden Schläfer.

Erschrocken, schlaftrunken versuchte sich Rudi aufzurichten, da traf ihn schon der Schlag mit dem Pistolengriff gegen die Schläfe. Wohldosiert, den Mann brauchte er noch funktionsfähig. Noch während er benommen zurückfiel, packte Bodgovic seine Hände und legte ihm mit einer Hand Handschellen an. Erika war inzwischen aus einer ersten Erstarrung erwacht und dabei, in Panik zu schreien. Bodgovic richtete die Pistole auf sie, während er ums Bett herum ging.

„Maul halten Alte, sonst puste ich dich weg ...“

Erika erstickte ihren Aufschrei und im nächsten Moment war auch sie mit Handschellen gefesselt. Aus seiner Tasche nahm er ein Klebeband, riss einen Streifen ab und klebte ihn über Erikas Mund. Einen weiteren Streifen befestigte er über ihren Augen. Dann packte er ihre Füße und klebte sie mit dem Band zusammen. Er ging wieder auf die Seite von Rudi zurück, der betäubt vom Schlag langsam wieder zu sich kam. Bodgovic drückte Rudi den Lauf seiner Pistole in den Mund.

„So, du fetter Drecksack, hör genau zu. Ich werde euch beiden sehr wehtun, wenn nicht alles so gemacht wird, wie ich es jetzt sage. Keinen Ton will ich von dir hören, außer Antworten auf meine Fragen. Wenn du

Held spielst, bist du tot, kapiert? Ich will jetzt den Schlüssel für euren schönen Wandtresor dort hinter dem Bild ... Da schaust, was ich schon alles weiß ... Ich zieh jetzt meine Puffen aus deinem Maul und du sagst es mir brav ... Jetzt!"

Er zog den Lauf der Pistole aus Rudis Mund und hielt sie ihm vor die Nase.

„Neben der Tür, oberhalb der Steckdosen, die zugedeckte Verteilerdose, dort ..."

„Brav Fettsack, so ists richtig. Und jetzt wieder Maul halten und liegen bleiben. Eine falsche Bewegung und du bist hin."

Bodgovic klebte auch Rudi den Mund zu und wickelte Klebeband um seine Füße. Dann ging er zur Tür und sah sich die Steckdosen an. Die oberste war mit einem Plastikdeckel abgedeckt. Er nahm den Plastikdeckel ab und zog den dort liegenden Schlüssel heraus. Mit ihm ging er zu dem Bild an der Wand, riss es herunter und sperrte den dahinter befindlichen Wandtresor auf. Aus seiner Tasche nahm er einen stabilen Einkaufssack und füllte den Inhalt des Tresors hinein. Da waren Schmuck und Ketten, einige Goldmünzen und kleine Barren, ein paar Sparbücher.

Er stellte die nun prall gefüllte Tasche ab und ging zu Rudis Bettseite. Rudi wurde am Arm gepackt, aus dem Bett gerissen und über den Boden ins benachbarte Badezimmer gezogen. Dort ließ er ihn los, ging zurück und verfrachtete Erika auf die gleiche Art ins Bad. Erika, die nichts sehen konnte, gab in wilder Panik erstickte Laute von sich. Nun hob er Erika auf und stellte sie in die Badewanne. Mit seinem Körper drückte er sie fest gegen die Wand. Er sperrte eine Handschelle auf und zog das offene Ende hinter der Duschstange durch, sodass Erika dann wieder gefesselt war. Wie am Pranger stand Erika jetzt an die Wand gefesselt da, hilflos schluchzend.

Bodgovic drehte sich zu Rudi um.

„Zuhören, Fettsack, wir machen gleich einen Ausflug zu deiner Bank. Du wirst brav mitmachen. Wenn du irgendwelche Mucken machst, bist du sofort hin und ich komme hierher zurück und mache deine Frau auch fertig. Schau einmal genau zu, damit du siehst, wie ernst es mir ist."

Er richtete Rudi so auf, dass er gegen die Wand gelehnt auf Erika sehen konnte. Aus seiner Tasche nahm er ein Stanley-Messer, schob die Klinge heraus und setzte die Schneide an ihrem Oberarm an. Langsam begann er den Druck zu erhöhen. Erika gab in Panik erstickte Schreie von sich. Rudi versuchte mit hysterischen Geräuschen Bodgovic dazu zu bewegen, aufzuhören. Doch der fixierte Rudi mit den Augen und begann in den Arm hineinzuschneiden. Er zog den Schnitt nicht allzu tief ein paar Zentimeter lang abwärts. Blut quoll aus der Wunde und lief langsam und tiefrot an Erikas Körper hinunter. Er schob die Klinge wieder hinein und steckte das Messer weg.

„So, Fettsack, alles klar? Wenn du auch nur den geringsten Widerstand leistest, kriegst du eine Kugel ab und darfst zuschauen, wie ich deine Alte in Schnitzelfleisch verwandle. Du machst dich jetzt fertig für unseren Ausflug. Geh auch noch brav schiffen, nicht dass du dir in die Hosen machst ... Wenn ich dir jetzt die Bänder abnehme, machst du genau das, was ich sage."

Bodgovic riss das Klebeband von Rudis Füßen und zog ihm die Pyjamahose herunter. Er richtete ihn auf, schob ihn in Richtung Klo und stieß ihn auf den Sitz. Nachdem Rudi sich erleichtert hatte, packte er ihn am Arm und zog ihn in Richtung Bett. Dort drückte er ihn auf das Bett und nahm ihm die Handschellen ab. Er richtete die Pistole auf ihn und ging ein paar Schritte zurück.

„Ordentlich anziehen für unseren Ausflug. Wir haben einen gemeinsamen Bankbesuch vor uns. Und nicht vergessen, keine Faxen, sonst wird es SEHR weh-tun, dir und vor allem deiner Frau."

Bodgovic blieb mit gezogener Pistole vor ihm ste-hen und wartete, bis sich Rudi angezogen hatte.

„So, und jetzt alles einpacken, was wir für den Bankbesuch und den Tresorraum brauchen. Den Au-toschlüssel bekomme ich. Los gehts."

Er gab Rudi einen Stoß und ließ ihn vor sich hin-unter in das Erdgeschoß gehen, wo Rudi die Schlüssel vom Schlüsselbrett nahm. Bodgovic steckte sich den Autoschlüssel ein.

„Hände her, damit du auf keine blöden Gedanken kommst."

Er legte ihm die Handschellen an und schob ihn in die Richtung der Eingangstüre. Er machte die Türe auf, packte Rudi am Arm, drückte ihm die Pistole in die Seite und ging mit ihm zu Rudis Auto. Er sperrte es auf und öffnete den Kofferraum.

„Rein mir dir, heute wird die Fahrt etwas ungemüt-lich. Dauert aber nicht lang."

Er drückte Rudi über den Rand des Kofferraumes und schob dann seine Beine nach. Leise schloss er den Kofferraumdeckel und drückte ihn zu. Er stieg ein, nahm sich die Gesichtsmaske ab und startete das Auto. Langsam und möglichst geräuscharm fuhr er los. Die Fahrt dauerte kaum zehn Minuten, dann parkte er vor dem rückwärtigen Eingang der Raika. Er zog sich die Gesichtsmaske wieder an, ging zum Kofferraum, öffne-te ihn und sperrte die Handschellen auf.

„Raus mit dir! Und, wie bequem sind die Reservesitze deiner Luxuskarosse? Ah so, du kannst nicht reden? Deine Lippen sind verschlossen? Macht nix, los gehts, du bist dran. Du machst jetzt die Türe auf und schaltest die Alarmanlage ab. Danach bekomme ich das ganze Bargeld in der Bank. Keine Farbbombe einpacken oder geheime Knöpfe drücken. Ich habe einen Kumpel, der leistet deiner Frau gerade Gesellschaft. Wenn hier was danebengeht, ist deine Frau einmal gewesen. Also brav kooperieren ...“

Rudi nahm die Schlüssel und sperrte die Türe auf. Dahinter war die Bedienbox der Alarmanlage. Er gab den Code ein und schaltete sie aus. Mit der Pistole im Rücken ging er in den Keller hinunter zum Tresor. Dort gab er den Code erneut ein und mit einem weiteren Schlüssel sperrte er ihn auf. Bodgovic hatte einige Ikea-Taschen mit. Er schob Rudi in den Tresorraum und zwang ihn mit vorgehaltener Pistole, das Bargeld in die Taschen zu räumen. Zwei Taschen wurden recht voll. Dann gingen die beiden wieder nach oben. Bevor sie ins Freie gelangten, legte Bodgovic Rudi die Handschellen wieder an. Er öffnete die Türe und stieß ihn in Richtung des Autos. Dort öffnete er den Kofferraum und drückte Rudi zusammen mit den Taschen hinein. Er schloss den Kofferraum, nahm sich die Maske ab, stieg ins Auto und fuhr los.

Sein Weg führte ihn nach Norden aus dem Ort. Etwas hinter dem Ortsende bog er links auf einen Feldweg ab, der steil nach oben zum Waldrand und über eine Hügelkuppe zu einem Feld führte. Von hier hatte man einen guten Blick über das Schmidatal und Ziersdorf. Die Morgendämmerung kündigte sich an, im Osten war der Himmel schon recht hell und begann sich bereits rötlich zu färben. Die Venus stand als Morgenstern hell leuchtend am Himmel oberhalb des Horizontes. Am Ende des Feldes stand neben einem Hochstand ein Wagen seitlich am Waldrand. Bodgovic fuhr neben den Wagen hin und hielt an. Er zog sich die Maske wieder über, stieg aus und machte den Kofferraum auf. Wortlos nahm er die Taschen, trug sie zum anderen Wagen und verstaute sie dort. Im Wagen hatte er ein Stück Seil deponiert, das er nun nahm und wieder zurück zu Rudis Auto brachte. Er öffnete den Kofferraum, zog Rudi heraus und stieß ihn in die Richtung des Hochstandes. Dort drückte er ihn fest mit seinem Körper gegen eines der Standbeine und begann, Rudi am Pfosten des Hochstandes mit dem Strick um den Hals anzubinden. Sorgfältig fixierte er den Knoten so, dass Rudi zwar atmen konnte, aber keinen Bewegungsspielraum mehr hatte. Bodgovic trat einen Schritt zurück und grinste Rudi zynisch an.

„So, Fettsack, warst zwar brav, wirst aber trotzdem nicht belohnt. Unsere Wege trennen sich jetzt. Ich denke, ich besuche noch deine Alte, etwas Spaß nach der Arbeit habe ich mir doch verdient."

Mit diesen Worten drehte er sich um, ging auf das Fluchtauto zu, stieg ein und fuhr los. Die Rücklichter verschwanden hinter der Kuppe des Feldes.

Verzweifelt versuchte Rudi sich zu befreien, aber bei der geringsten Bewegung schnürte es ihm gleich den Hals zu. Panik stieg in ihm auf, sein Herz raste. Die gerade durchgestandenen Stunden forderten ihren Tribut. Er spürte, wie es in seiner Brust eng wurde und fühlte einen Schmerz, der in den linken Arm auszustrahlen begann. Langsam wurde ihm schwindlig und er merkte, wie seine Beine langsam nachgaben. Sofort zog es den Strick um den Hals wieder fester an. Alles ging jetzt sehr schnell: Es wurde ihm schwarz vor

Augen und als ihm die Beine wegsackten, hing er mit seinem nicht unerheblichen Gewicht mit dem Hals am Strick. Unzählige Gedanken schossen durch seinen Kopf, Erika war da und er sah auf einmal eine Szene aus ihrem ersten gemeinsamen Jahr. Er spürte, wie er eine Erektion bekam. Im letzten noch wahrgenommen Moment wurde es für Rudi nochmals ganz hell. Durch seinen Körper ging ein Zucken, dann hing er schlaff am Seil.

Wenig später bog der Landrover des Revierjägers den Feldweg hinauf. Die erste Verwunderung, ein Auto neben dem Hochstand stehen zu sehen, wich dem Entsetzen, als er die schlaffe Figur am Hochstand bemerkte. Er erkannte Rudi sofort, alle kannten den Geschäftsstellenleiter der Raika hier. Sein Gesicht war aufgedunsen und eine kleine Blutspur kam aus der Nase. Der Jäger sprang aus dem Auto und lief zu Rudi hin. Die Handschellen fielen ihm auf und er sah, dass Rudi um den Hals festgebunden war. Einen Moment schrak er entsetzt zurück, als ihm bewusst wurde, dass hier ein Mord geschehen war. Er versuchte noch einen Puls zu fühlen, aber mit dem Tod kannte er sich aus. Er ging zum Auto zurück, holte sein Handy vom Beifahrersitz, rief den Notruf an und meldete gleich, um wen es sich handelte sowie die Fundsituation.

Damit wurde eine Lawine an Einsatzkräften in Bewegung gesetzt. Binnen einer Stunde war Erika, schwer traumatisiert, befreit und mit der Rettung ins Spital geführt worden. Vom Schicksal ihres „Knödels" erfuhr sie erst wesentlich später. Kriminalisten untersuchten die unterschiedlichen Tatorte und versuchten Spuren zu sichern. Rudis Leichnam wurde von einem Leichenwagen in die Gerichtsmedizin überstellt. Die Raika in Ziersdorf wurde geschlossen und der Ort glich einer belagerten Stadt. Aufregung und Entsetzen lähmten die Bewohner, als die Nachricht sich in Windeseile verbreitete. Wie kann so etwas bei uns passieren?

Die Talente-Casting-Show wurde abgesagt ...

Kapitel 9: Lamento für den Bankdirektor

Dr. Martina Lorenz wachte zu den weichen Klängen des Erroll Garner Klassikers Misty auf. Mit halbgeöffneten Augen stellte sie fest, dass der Platz am breiten Futon neben ihr leer war, nur die aufgeschlagene Decke lag noch dort. Es roch nach Kaffee und sie hörte das Sprudeln der italienischen Espressokanne am Herd. Gerade setzte eine Harmonika als Solo der Melodie ein. Martina erkannte die Nummer als die Interpretation von Herbert Pixner, dem jungen Südtiroler Volksmusikanten. Er spielte eine einzigartige Mischung aus Traditionellem und Modernem. Seine eigenen, ganz zauberhaften Kompositionen spielte er zusammen mit seiner Schwester Heidi auf der Volksharfe und Manuel Randi, dem wohl schönsten Gitarristen Italiens – nein, der Welt! Raphael hatte ihr in der kurzen Zeit seit dem netten Jazz-Brunch einige neue Musikstile gezeigt.

Bisher hatte sie Volksmusik gemieden wie der Teufel das Weihwasser. Aber die modernen Interpreten mit ihren Cross-over-Stilen hatten schon was ... Traditionell, Jazz, Klezmer, Balkan – hier verschwammen die Grenzen, entstand Neues und eindeutig nichts „Verstaubtes". Sie hörte, wie aus der Espresso-Kanne Kaffee eingeschenkt wurde. Sekunden später stieg ihr der warme Kaffeedampf kräftig in die Nase und sie schlug endgültig die Augen auf. Nackt hockte Raphael neben dem Futon und lächelte ihr zu, das gefüllte dampfende Kaffee-Häferl in der Hand. Na, an den Anblick in aller Herrgottsfrüh konnte sie sich schon gewöhnen! Raphael war durchtrainiert und einfach bärig. Sein dichter Bart war braun-rot und auch sonst war er kein Vertreter des Glattrasierens. Am Oberarm hatte er ein

Tattoo, das sich um den Arm herumzog und quasi eine Girlande aus Bären und Wildkatzen darstellte.

„Guten Morgen, Frau Doktor ... Erst einen Kaffee? Und dann mich? Oder doch lieber umgekehrt ...?"

Martina lächelte „ihren" Prachtburschen an.

„Eindeutig erst einen Kaffee! Für dich brauche ich schließlich all meine Sinne – wär ja sonst schad drum. Morgen Raphl, ich habe gar nicht gemerkt, dass du schon auf bist."

Der Prosekturdiener Raphael Rummelsdorfer war für Martina voller Überraschungen. Hinter dem stillen Mitarbeiter in der Patho verbarg sich ein Mann mit vielen Talenten und Fähigkeiten. Raphael hatte nach der HTL-Matura erst einmal einige Jahre auf diversen Bohrinseln rund um die Welt gearbeitet. Mit seiner technischen Ausbildung verdiente er an den extremen Arbeitsplätzen in der Nordsee, vor Norwegen und auch Alaska sehr gut. Der Rhythmus von vierzehn Tagen harter Arbeit und dann dreißig Tagen Erholung lag ihm und er jobbte sich fast zehn Jahre so um die Welt. Doch dann zog es ihn erst einmal selbst auf eine monatelange Reise, auf der er merkte, dass ihm soziale Kontakte fehlten. An irgendeinem Punkt wurde ihm bewusst, er wollte mit Menschen arbeiten und beschloss, Medizin zu studieren.

Wieder in Wien kaufte er sich noch günstig einen Dachboden und ließ ihn zu einer schönen Wohnung mit fünf hellen Zimmern und einer großen Dachterrasse umbauen. Für Raphael hatte der Ernst des Lebens begonnen und seine Handlungen waren als durchaus zukunftsorientiert zu bewerten. Im vierten Semester seines Studiums ergab sich die Möglichkeit einer Teilzeitstelle als Prosekturdiener. Da er einen großen Teil seiner Ersparnisse veranlagt hatte, war die Teilzeitstelle gerade das Richtige für ihn. Zwar musste er nicht jeden Cent umdrehen, aber ein regelmäßiger Verdienst und Versicherungszeiten hatten schon was für sich. Und da er zwölf- bis vierzehnstündige Arbeitstage gewöhnt war, sah er den Teilzeitjob als eine sinnvolle Ergänzung!

Martina war ihm schon lange in der Patho aufgefallen. Die zierliche brünette Pathologin mit ihrer Vorliebe für klassische Musik bei der Arbeit hatte ihm von Beginn an gefallen. Und er registrierte zufrieden seine Wirkung auf sie und die Blicke, die ihm folgten. Er war sich seiner Sache schon recht sicher, als er sie vor kurzem spontan zum Brunch eingeladen hatte. Dort waren sie sich rasch nähergekommen und zusammen fröhlich beschwingt nach einer ausgiebigen Pause zurück zur Pathologie gegangen. Raphael hatte an dem Tag bereits Dienstschluss gehabt, aber er setzte sich mit einem Lehrbuch an einen Tisch und blieb bei Martina, bis sie den „Kohlehaufen", wie er wenig respektvoll das damalige Brandopfer nannte, fertig hatte. Wieso ausgerechnet „Der fliegende Holländer" dazu gespielt wurde, erklärte ihm Martina dann danach am Weg zu seiner Wohnung. Ein Glas Wein zum Abschluss sollte es noch werden, etwas Käse und Wurst, ein netter Ausklang eines ersten gemeinsamen Tages. Beide hatten sich wie Verschwörer angelächelt: mit der verbalen Absichtserklärung, den äußeren Schein zu wahren und die insgeheimen Absichten von Herz und Kopf zu ignorieren!

Raphael genoss den Moment, als Martina dann zum ersten Mal seine Dachwohnung betrat. Völlig erstaunt stand sie in der teilweise loftartigen Wohnung mit den geschmackvollen schlichten Dekorationen. Martina wohnte seit ihren eigenen Studienjahren noch immer in der gleichen Zimmer-Kuchl-Kabinett-Wohnung. Raphael hatte damit die Erwartungshaltung an einen Prosekturdiener um Quantensprünge übertroffen! An dem Abend hatten die beiden noch stundenlang geplaudert, bei einem fruchtigen Welschriesling Episoden aus ihren Leben gegenseitig ausgetauscht. Beide waren mit knapp Mitte dreißig etwa gleich alt. Raphael spielte ihr an jenem Abend einige seiner Lieblingsalben vor. Musik, die an Martina bisher spurlos vorübergegangen war. Als Martina nach Mitternacht mit einem treuherzig gemimten Augenaufschlag fragte, ob sie jetzt – Gott bhüt – noch nach Hause müsste, war es Raphael mit allen Fasern seiner selbst klar, dass ein „Nein" im konkreten Fall gleichzeitig ein deutliches „Ja" für etwas Neues und Langfristiges war.

Und es war ihm sehr recht so.

Jetzt, nach nur ein paar Wochen, hatte Martina schon Pläne, ihre bisherige Wohnung an eine Studentin zu vermieten. Beide sahen eigentlich für die Wohnung keine echte Verwendung mehr für die nächsten Jahre. Raphael arbeitete weiterhin als Prosekturdiener und hatte es sich angewöhnt, bei Martina nach seinem Dienst am Schreibtisch zu lernen. Mit Interesse folgte er ihrer Arbeit. Martina war von Grund auf neugierig und diese Eigenschaft war die Basis ihrer Entscheidung, als Pathologin zu arbeiten. Raphael war sich ziemlich sicher, nach Abschluss seines Studiums die Ausbildung zum Kinderarzt weiterzuverfolgen. Diese Vorstellung sagte ihm sehr zu.

Während Martina die ersten Schlucke vom heißen Kaffee trank, setzte sich Raphael zu ihr auf das Bett und begann ihr sanft über die Haare zu streichen.

„Und, Frau Doktor, was sind die Pläne für heute?"

„Wie kann ich das wissen? Du uriger Waldmensch hast ja weder Fernseher noch Radio, da kann ich dir nicht sagen, welche Gräueltaten von gestern heute auf meinem Tisch landen!"

Raphael grinste: „Vor die Wahl gestellt, den zigsten Serienkrimi laufen zu lassen oder doch das eigene Alternativprogramm zu absolvieren ..."

„Alternativprogramm absolvieren! Etwas mehr Respekt vor meinem vollen körperlichen Einsatz gestern Abend erwarte ich mir schon! Aber weißt du, ich habe mich schon sehr an das Fehlen von Fernseher und Radio gewöhnt. Früher habe ich schon beim Frühstück, wenn von Unfällen oder Verbrechen berichtet wurde, an die Fälle gedacht. Ich habe mich gedanklich darauf vorbereitet. Jetzt gehe ich unvoreingenommener in den Arbeitstag. Und ganz ehrlich, mein Süßer: Der Erholungswert bei dir ist ganz ordentlich!"

„Gut so, ich will dich schließlich weiterhin für mich begeistern! Und was die Information angeht, dafür habe ich schließlich ,Die Presse' und Internetzugang. So, Tina, jetzt aber raus aus den Federn. Ich habe dir schon ein Frühstück vorbereitet und fürchte, die Zeit vergeht wieder einmal zu schnell. Wir müssen bald los."

Die beiden begannen, sich für den Tag fertig zu machen. Beim Frühstück überflog Martina die Zeitung. Der Überfall im westlichen Weinviertel mit dem toten Geschäftsstellenleiter prägte die örtliche Berichterstattung.

„Schau, Raphl, ich glaube, ich weiß schon, was heute auf den Tisch kommt. Das scheint eine ganz brutale Geschichte zu sein. Offenbar hat sich das Opfer an seinen Fesseln stranguliert."

„Schön brav unvoreingenommen bleiben, Tina. Hast du gerade selbst gesagt ..."

„Ja, schon, aber die Musikbegleitung ist da nicht leicht. Ich habe schon einmal versucht, Musik zum

Thema ‚Erwürgen' zu finden. Das ist eine ganz schöne Herausforderung."

„Was ist mit Othello, da erwürgt er doch seine Desdemona. Und sowohl Rossini als auch Verdi haben dazu Opern komponiert."

„Recht hast! Aber nur bei Verdi wird sie wie bei Shakespeare auch erwürgt. Bei Rossini wird sie erstochen. Die meisten Toten in der Oper werden erstochen, das war wohl einfacher und angenehmer. Und wahrscheinlich haben die Sänger immer Angst um ihre Stimme gehabt, wenn würgen gemimt werden sollte. Ein weiterer klassischer Tod durch Ersticken ist bei ‚Dido und Aeneas' von Purcell. Didos Todesgesang, bevor sie Selbstmord durch Erhängen begeht, passt auch noch. Aber dann gehen mir schon die Ideen aus."

„Eines fällt mir noch ein, ist auch fast eine echte Oper: das Andrew-Lloyd-Webber-Musical ‚Phantom der Oper'. Das Phantom begeht doch einen Mord auf der Bühne mit dem indischen Lasso."

„Ach stimmt, das habe ich als Kind noch mit meiner Mutter zusammen gesehen. Der Alexander Goebbel war damals das Phantom. War eine echt starke Sache!"

Die beiden machten sich fertig und fuhren mit den Fahrrädern zur nahegelegenen Klinik. In der Pathologie trennten sich erstmals ihre Wege. Raphael ging sich erst einmal umziehen und Martina bereitete sich in ihrem Büro vor. Dort studierte sie die Tagesplanung und tatsächlich, der bedauernswerte Rudi Rössler stand auf der Liste. Martina machte sich fertig und begann eine Playlist am Computer zusammenzustellen.

Von „Dido and Aeneas" hatte sie eine außergewöhnliche Aufnahme mit Jessye Norman als Dido, dem Bariton Sir Thomas Allen und dem English Chamber Orchestra unter Raymond Leppard, der für seine Pionierarbeit in der Wiederaufführung von barocker Instrumentalmusik und Opern bekannt war. Jessye Norman sang das Lamento zauberhaft. Ihre volle Stimme und die ruhige Arie ließen eine würdige Stimmung für ihre Arbeit aufkommen. „When I am laid in earth ...“ Ja, das passte gut. Weiter mit dem Lied der Weide und das „Ave Maria" der Desdemona aus Verdis Othello. Hier wählte sie eine historische Aufnahme von Maria Callas. Auch nach all den Jahren konnte diese Stimme begeistern!

Meine Mutter hatte eine arme Magd,
die war verliebt und sehr schön;
ihr Name war Barbara.
Sie liebte einen Mann, der sie verließ.
Sie sang ein Lied,
das Lied von der Weide.

Dieses traurige Lied und das anschließende „Ave Maria" passten gut zum Thema des Tages. Doch dann war „Das Phantom der Oper" eine gute Weiterführung aus den traurigen Klängen. Sie wählte einige Stücke aus dem Original London Cast Album mit der Premierenbesetzung aus dem Jahre 1987, Michael Crawford, Sarah Brightman und Steve Barton.

So, diese Zusammenstellung sollte fürs Erste genug sein. Als sie in den Sezierraum ging, kam auch schon Raphael mit der Leiche am Wagen daher. Mit einer geschickten Bewegung hob er Rudi auf den Edelstahltisch und schob den Transportwagen dann wieder in eine Ecke des Raums. Martina hatte sich gleich an den Computer gesetzt und die CT-Bilder geöffnet. Raphael kam zu Martina hinüber und schaute hinter ihr stehend auf die Aufnahmen am Bildschirm. Still deutete er auf das Herz, wo bereits eine Dilatation der rechten Herzkammer erkennbar war.

„Das ist ja klar, quasi logisch. Aber schau auch auf die linken Herzventrikel, da ist was. In England machen sie jetzt zunehmend auch Postmortem-Angiographien und sparen sich damit die Ganzkörper-Autopsien. Das Herz schaue ich mir genau an."

Martina durchlief noch die 3D-Funktion und sah sich in ihrem Verdacht bestätigt. Sie stand auf und ging zum Tisch, während Raphael die Musik startete.

Martina betrachtete die bekleidete Leiche. Sie diktierte ihre Beobachtungen in das Mikrofon: die offensichtlichen punktförmigen Einblutungen bei den Augen und Lidern, die bläuliche Verfärbung der Gesichtshaut und Aufgedunsenheit der Gesichtsweichteile. Der Blutaustritt aus der Nase und die äußeren Strangulierungsmarken wurden auch vermerkt und fotografiert.

Sanft klang das melodiöse Lamento mit der warmen Stimme Jessye Normans im Raum. Martina empfand Didos Todesgesang als den vielleicht erschütterndsten Ausdruck ausweglosen Schmerzes, den je ein Mensch in Musik übersetzt hat. Die kollektive Stimme des Chors am Ende war Musik gewordenes Mitfühlen.

Raphael war hergekommen und half nun, den Leichnam zu entkleiden. Die Unterhose, die Spuren einer Ejakulation und Kot aufwies, kam in einen eigenen Behälter. Die Leichenflecke an den abhängenden Körperpartien wurden noch vermerkt, dann ging es an die innere Beschauung.

Mit geübter Bewegung schnitt sie von der linken Schulter beginnend einen T-förmigen Schnitt und zog die Schnittränder fest auseinander. Knack, knack, knack, schon waren auch die Ansätze der Rippen durchtrennt und die Brust- und Bauchhöhle frei. Martina begann, die einzelnen Organe herauszutrennen. Zuerst fing sie mit der Untersuchung des Herzens an. Es wurde nach Größe, Form, Farbe, Konsistenz und Kohärenz beurteilt. Eine blau-schwarze Verfärbung war auffällig, Folge einer mangelnden Durchblutung und Zeichen einer internen Nekrose. Martina stellte einen Verschluss im linken Ventrikel fest. Herzinfarkt. Aber so rasch stirbt man normalerweise nicht an einem Herzinfarkt.

Während Maria Callas verklungen war und schaurig schön die Musik der Nacht erschallte, untersuchte Martina die klaren Anzeichen der erfolgten Strangulation.

Auch die inneren Befunde erbrachten eine kräftige Einblutung der Halsmuskulatur unter der Drosselmarke und punktförmige Einblutungen der Kehlkopfschleimhaut sowie eine querstreifige Unterblutung der Zungengrundmuskulatur. Die Luftröhre hatte einen feinblasigen, schaumigen Inhalt. Alles klare Anzeichen für einen Tod durch Strangulation. Durch die Kompression des Halses wurde die Blutzufuhr und vor allem der Blutrückfluss gedrosselt. Der Tod tritt rasch ein, nach wenigen Minuten, wobei schon ein geringes Zuggewicht genügt.

So ergab sich das Bild der letzten Minuten von Rudi. Aufgrund seiner Konstitution, mit Übergewicht und wenig Bewegung, war er ein klassischer Kandidat für Herz- und Kreislauferkrankungen. Die Aufregung tat das Ihre und löste den Herzinfarkt aus. Die Art, wie er an dem Pfosten des Hochstandes gefesselt wurde, war sein Todesurteil. Denn als ihn das Bewusstsein verließ, wurde er stranguliert und der Hirntod trat nach wenigen Minuten ein.

Martina begann das Untersuchungsmaterial zu asservieren und nähte mit raschen Stichen den Leichnam wieder zu. Raphael schob den Transportwagen her, legte den Leichnam hinauf und führte ihn in den Kühlraum.

Während Martina mit der Abfassung des Obduktionsprotokolls begann, lud sie sich noch von Tschaikowsky „Pique Dame" hoch. Auch hier hatte sie eine Fassung der Wiener Staatsoper mit Grace Bumbry in der Rolle der Gräfin. Ihr Bühnentod passte gut zum vorliegenden Fall. Denn, als sie mit der Pistole bedroht wird, stirbt sie an einem Herzschlag. Damit hatte sie die beiden Elemente von Rudis Tod zusammen, Herzinfarkt und Tod durch Ersticken.

Getreu den Bestimmungen des Wiener Leichenund Bestattungsgesetzes führte sie die erhobenen Befunde bei Rudi Rössler und die festgestellten Krankheitsdiagnosen an. Als Todesursache hielt sie Tod durch Strangulation fest. Tina war klar, dass es im Zuge des Gerichtsverfahrens, wenn der Täter gestellt werden sollte, noch offene Fragen geben würde. Hätte Rudi den Herzinfarkt überleben können? Sie bemühte sich, den Grad des Verschlusses genau und detailliert zu beschreiben. Was den Tod durch Strangulation anging, war es schon klarer. Hier war der Tod nach kurzer Zeit unaufhaltsam.

Während sie die letzten Zeilen des Berichtes diktierte und im Computer den Text der Spracherkennung korrigierte, kam Raphael bereits mit dem nächsten Leichnam an. Ein Toter aus einem Haus in der Rokitanskygasse. Dort war eine seltsame Serie passiert, bei der in regelmäßigen Abständen in den unterschiedlichen Stockwerken des Hauses Tote gefunden wurden. Der erste war am Bassena-Klo nach ein paar Tagen aufgefunden worden, der nächste war im Bett verstorben und erst nach einem Monat wegen der Geruchsbelästigung entdeckt worden, und jetzt der Dritte, der tot im Fernsehsessel vor dem laufenden Apparat aufgefunden wurde. Alle bisherigen Todesfälle hatten natürliche Ursachen, aber die Boulevardpresse erdachte sich Schauergeschichten von Flüchen und übersinnlichen Geschehnissen.

„Na, meine Liebe, hast du schon Ideen für die musikalische Begleitung? Gruselige Opernszenen?"

„Da gibt es wohl genug davon: Gruselszenen in der Oper reichen vom flammenden Inferno bei Mozart bis hin zu Benjamin Brittens subtilem Psycho-Thriller, bei dem am Ende niemand so genau weiß, was nun Wirklichkeit und was krankhafte Einbildung ist. Und in der Grazer Oper war zuletzt sogar das Musical ‚Das Gespenst von Canterville'!"

Raphael lachte: „Ich glaube aber trotzdem, dass es unterhaltsamer ist, hier im Genre Filmmusik zu stöbern. Ich glaube, ich muss dir da einmal einige Sachen zu Hause vorspielen. Dann kann ich dir etwas zusammenstellen. Am Ende treibt dich das Gruseln in meine Arme!"

„Aber Raphl, du Waldgnom, da brauch ich doch kein Gruseln dafür, das mach ich auch so sehr gerne!"

Und unter gemeinsamem Gelächter begann die nächste Obduktion.

Kapitel 10: Die erste Spur

Mitzi, ihres Zeichens Mitarbeiterin im örtlichen Billa, stutzte. Jetzt war da schon wieder eine Flüssigkeit unter dem Regal! Aus irgendeinem Grund war hier seit einiger Zeit immer wieder Seifenflüssigkeit am Boden. Undichte Waschmittelflaschen wurden keine gefunden, also was hatte es damit auf sich? Sie bückte sich, um unter das Regal zu sehen. Die Seifenflüssigkeit schien noch frisch zu sein, ein Teil davon war noch in Bewegung. Na hoppla!

Mitzi richtete sich auf und ging in den anderen Gang. Es waren gerade nur wenige Leute im Geschäft. Manche kannte sie als Ortsansässige. Vor den Kosmetikprodukten stand aber jemand, den sie nicht kannte. Von seiner Kleidung her war er sicher von „drüben", von der anderen Seite der March. In Záhorská Ves war ein Zentrum der slowakischen Zigeuner, die sich, von Kroatien kommend, bereits in der zweiten Hälfte des sechzehnten Jahrhunderts hier angesiedelt hatten. In Angern war dieses Dorf mit einem Stigma behaftet, obwohl die beiden Orte vor dem Krieg noch wie eine gemeinsame Ortschaft zusammengehört hatten. Und dass das kleine Dorf, welches noch immer das so typische Stadtbild des ehemaligen Ostblockes trug, auch der Geburtsort der großartigen Sopranisten Lucia Popp war, spielte angesichts der negativen Prägung keine Rolle.

Gerade in letzter Zeit waren viele Kosmetikprodukte verschwunden, doch war bis jetzt kein Diebstahl entdeckt worden. Der Mann hatte eine Flasche mit Waschmittel in der Hand. Mitzi bemerkte, wie er vorsichtig nach vorne in Richtung Kassa schaute. Sie zog sich rasch hinter das Regal zurück und spähte aufmerksam weiter durch einen Spalt zwischen den geschlichteten

Produkten. Der Mann drehte sich jetzt in die andere Richtung um und vergewisserte sich, dass keiner in seinem Gang war. Jetzt schraubte er den Verschluss von der Waschmittelflasche ab und nahm eine Handvoll Lippenstifte der besten Marke. Die Lippenstifte füllte er in das Waschmittelbehältnis ein. Jetzt war Mitzi klar, wie die Lippenstifte verschwanden. Sofort zog sie sich leise zurück und noch im Gehen Richtung Lager wählte sie mit der Kurzwahl den benachbarten Polizeiposten an. Nach zweimaligem Klingeln wurde abgehoben. Mitzi schilderte kurz die Situation und mit einem „Kommts schnell herüber!", machte sie sich auf den Weg zur Kassa. Der Mann stand schon dort und wartete. Am Förderband stand die Waschmittelflasche.

„Bin schon da!", rief Mitzi im Näherkommen dem Mann zu. An der Kassa richtete sie sich erst umständlich den Stuhl und begann, einige Waren von der einen Seite zur anderen zu stellen. Ohne die Kassa zu aktivieren, tat sie dann so, als wollte sie die Kassalade austauschen. Mit einem entschuldigenden: „Es tut mir leid, die Lade hängt immer wieder", versuchte sie noch etwas Zeit zu gewinnen. Aber schon sah sie vier Polizisten, die über den Parkplatz zum Geschäft rannten. Der Mann folgte ihrem Blick und erkannte die Situation. Blitzschnell lief er los und versuchte noch aus dem Geschäft zu kommen. Doch die vier Polizisten konnten ihm leicht den Weg abschneiden, er ließ sich widerstandslos festnehmen und abführen.

Etwas später studierte Erich Zillinger die Unterlagen zum geschnappten Ladendieb. Es hatte sich herausgestellt, dass er kein Unbekannter war. Auch die Gegenüberstellung mit der Penny-Mitarbeiterin, die wegen ihrer gebrochenen Hand im Krankenstand war, ergab einen Treffer. Erich hatte gleich seinen Kollegen

vom gegenüberliegenden Marchufer angerufen und informiert. Auf den Vertrauensvorschuss, den er sich auf
Grund seiner Slowakisch-Kenntnisse immer wieder
bekam, konnte er nun zählen. Erich bat nun den Kollegen, dem der Dieb auch schon bekannt war, um seine
Unterstützung. Ein offizielles Ansuchen war schon gestellt. Der Kollege versprach, rasch der Wohnung des
Übeltäters einen Besuch abzustatten. Nur zwei Stunden später rief er bereits wieder an. Die Wohnung war
wie ein kleines Warenlager. Er hatte aber auch noch
etwas gefunden, das er Erich gerne gleich zeigen wollte und das ihn im Fall seiner vor fast zwei Monaten
aufgefundenen unbekannten Toten weiterhelfen würde. Spontan fiel ihm ein: „Könntest du nicht rasch auf
einen Kaffee herüberkommen?"

Erich sagte zu, ließ seine Jacke im Büro, um möglichst zivil über die Grenze zu gehen, schwang sich auf
das polizeiliche Dienstrad und radelte die paar hundert
Meter zur Fähre. Die erschien wie ein Relikt aus vergangenen Zeiten. Eine blaue Metallwanne mit einem
flachen Deck, in der Mitte ein kleines Führerkabäus-
chen aus Blech mit einer slowakischen Fahne. Als Roll-
fähre hing sie an einem langen Stahlseil, das über den
Fluss gespannt war. Ein normaler Außenbordmotor
half, die Fähre zusätzlich in Bewegung zu setzen. Auf
der slowakischen Seite standen auch noch die Reste
der alten Zuckerfabrik. In früheren Zeiten war sie die
größte Europas gewesen, doch jetzt standen die alten
Industriebauten wie die Kulisse eines Historienfilms
oberhalb der March. Die Fährgebühr für ihn als Fahr-
radfahrer betrug gerade einen Euro. Vor der Einführung der Gemeinschaftswährung 2009 in der Slowakei
konnte man auf der Fähre nur mit slowakischen Kronen zahlen, es wurde dort nicht gewechselt. Das verur-

sachte oftmals Probleme, wenn österreichische Auto-
fahrer die Fährgebühr nicht in Kronen zahlen konnten,
aber schon auf der Fähre standen. Doch inzwischen,
als Schengen- und Euroland, waren die beiden Länder
fast wieder so vereint wie vor dem Krieg. Nur, dass es
halt keine Brücken mehr über die March gab. In der
Gemeinde war der Bau einer Brücke mit fast fünfundsiebzig Nein-Stimmen abgelehnt worden. Begründet
wurde es damit, dass eine Brücke mehr Verkehr anziehen würde. Die tatsächlichen Gründe lagen aber eher
im noch immer gestörten Verhältnis der Grenzregio-
nen zueinander und natürlich in der Politik. Die „roten"
Gemeinden hier im Osten hatten oftmals mit Benach-
teiligungen durch die „schwarze" Landesregierung zu
kämpfen und ließen ihrerseits keine Gelegenheit aus,
es den „Großkopferten" heimzuzahlen und ihnen eines auszuwischen. Getreu dem Motto: „Wos d'r Herrgott durch an Fluss getrennt hot, soll d'r Mensch ned
durch Brücken verbinden", wurde das Trennende in
den Vordergrund gerückt. Erich war sich sicher, erst
mit hochwassersicheren Brücken wäre der Weg in die
Normalität nachbarschaftlicher Beziehungen frei. All
das ging ihm durch den Kopf, während er die paar Minuten mit der alten Fähre übersetzte.

Nur wenige Minuten später war er auch schon im
Büro seines Amtskollegen Štefan Horváth angekommen
und trat mit einem herzhaften „Dobrý deň" ein. Während erst einmal ein Kaffee serviert wurde, unterhielten
sich die beiden über das heiße Wetter, ihre Familien,
den auf beiden Seiten der Grenze ärgerlichen Verwal-
tungskram und mehr. Erich freute sich, dass es ihm gelungen war, gute Kontakte aufzubauen und zu pflegen.

Doch dann wollte Erich es wissen: „Sag, Štefan, was
hast du jetzt für mich? Ich bin schon neugierig!"

Štefan stand auf, ging ins Nachbarzimmer und kam mit einem Billa-Sackerl zurück.

„Da, schau, ich glaube, das wird dir in deinem Fall mit der unbekannten Toten etwas weiterhelfen."

Erich nahm den Sack und leerte den Inhalt auf den Schreibtisch. Dort lag nun Unterwäsche, ein Bikini, eine Handtasche, ein Geldbeutel und ein Autoschlüssel. Erich nahm den Geldbeutel und sah ihn sich an. Geld war keines drinnen, in einem Fach steckte ein Führerschein. Er erkannte das hübsche Gesicht mit den braunen Haaren gleich als das seiner unbekannten Toten vom Hufeisenteich. Marija Nemcova stand auf dem Führerschein.

„Ja, das ist sie. Vielen Dank. Weißt du schon etwas?"

„Der Mann sagte, er habe den Plastiksack, so wie er ist, vor einiger Zeit im Mistkübel von eurem Billa gefunden. Das Geld hat er sich genommen, alles andere gelassen. Ich glaube ihm, er ist als alter Profi recht kooperativ. Ich habe keine Vermisstenmeldung, aber der Wohnort ist etwas nördlich von hier. Ich bitte einen Kollegen, dort einmal nachzusehen. Ich lasse dich dann rasch wissen, ob sich etwas Neues ergeben hat. Ich habe auch schon nachgesehen, welches Auto auf sie zugelassen ist. Sie hatte einen dunkelgrünen Škoda. Hier, ich habe dir schon das Kennzeichen aufgeschrieben. Vielleicht findest du das Auto bei euch drüben irgendwo."

„Herzlichen Dank einmal. Jetzt gibt es halt trotzdem noch keinen Hinweis auf denjenigen, der das Sackerl dort entsorgt hat. Und der Mistkübel beim Billa ist einer der wenigen öffentlich zugänglichen bei uns im Ort. Aber damit weiß ich, dass jemand ganz bewusst die Identität der Frau Nemcova verschleiern möchte. Das passt ins bisherige Bild. Kann ich mir die Papiere kopieren?"

„Natürlich! Aber besser, ich scanne die Sachen gleich ein und schicke sie dir mit einem Email. Dann hast du sie gleich, wenn du wieder bei dir drüben bist. Und sobald die Sachen seitens meiner Behörde freigegeben sind, lasse ich es dich wissen und du kannst sie dir holen. Ich halte dich auf dem Laufenden."

„Štefan, recht herzlichen Dank für die Unterstützung! Ich mache mich dann wieder auf den Weg zurück. Grüße mir die Familie herzlich. Wir sollten wieder einmal auf einen gemütlichen Nachmittag zusammenkommen. Habt ihr demnächst Zeit?"

„Gerne, ich spreche mit meiner Frau und melde mich dann bei dir."

Erich fuhr mit seinem Fahrrad wieder zur Fähre. Vor ihm auf der österreichischen Seite war das inzwischen aufgelassene Zollgebäude im Überschwemmungsgebiet. Das Gebäude wirkte futuristisch. Ein Stelzenbau war von einem geschwungenen Flachdach überdeckt und dort war, fast frei im Raum schwebend, das Zollgebäude aufgehängt. Eine Stiege führte hinauf und ermöglichte den Zugang in den Innenraum. So trotzte es auch dem höchsten Hochwasser. Inzwischen wurde es gelegentlich für Gemeindeveranstaltungen genutzt. Erich dachte zurück an die Zeiten, als es hier noch eine Grenzkontrolle gab. Er war froh, dass diese Zeit vorbei war, obwohl viele Ortsbewohner ihr nachtrauerten.

Er merkte, wie in ihm der Ärger aufstieg. Ihm fehlte das Verständnis für diese Form der fast vererbten Konfliktbewahrung. Ja, es waren böse Sachen zum Ende des Krieges beiderseits der Grenze passiert. Aber wer lebte heute noch, der damals Opfer gewesen war oder es erlebt hatte? Kaum jemand! Doch über Generationen wurde das Trennende gepflegt, quasi mit der Muttermilch weitergegeben. Keiner hinterfragte mehr, wieso man nichts mit den anderen zu tun haben wollte. An Grundfesten des Glaubens rüttelte man nicht. Und zum Glauben war es geworden durch unzählige Wiederholungen. Ja, so lernt der Mensch. Man muss es nur oft genug wiederholen, dann glaubt man es. Und etwas, das immer so war, hinterfragt man nicht. Da würde ein weiteres Vierteljahrhundert vergehen, ohne eine Annäherung der beiden Bevölkerungsgruppen.

Erich war inzwischen in einer für ihn typischen grantigen Stimmung. Als er in den Polizeiposten eintrat, wurde das von seinen Mitarbeitern sofort erkannt und jeder wusste, dass er sich besser zurückhielt. Jetzt war nicht der Moment, um sich gleich mit einer Meldung oder Frage an Erich zu wenden. Da geriet man rasch in Gefahr, sich in die Schusslinie zu begeben! Erich hielt es auch selbst mit seiner missmutigen Stimmung nicht in seinem Büro aus. Auf gut Glück steckte er einen Fotoausdruck des heutigen Diebes ein und nur Minuten später war er schon wieder am Weg hinaus. Er ging die paar Meter zum benachbarten Billa hinüber und ließ die Situation am Parkplatz auf sich einwirken. Der fragliche Mülleimer war neben dem Eingang, wo die Einkaufswagen standen. Dort, an der Wand angelehnt, war fast immer ein Mann von „drüben". Er löste für Kunden Einkaufswägen, ohne eine Münze zu benutzen, grüßte immer freundlich und hoffte auf ein Trinkgeld beim Retournieren. Erich bemerkte, dass der Mann misstrauisch zu ihm herüberschaute. Er wollte ihn nicht weiter beunruhigen, zwang sich zu einem Lächeln und kam langsam näher.

„Dobrý deň", grüßte er und sprach gleich auf Slowakisch weiter:

„Darf ich Sie kurz um Ihre Mithilfe bitten? Sie sind doch sehr viel hier, vielleicht können Sie mir in einem Fall helfen."

Dem Mann, der schon darauf eingestellt war, von seinem Verdienst- beziehungsweise Bettelplatz vertrieben zu werden, stand die Überraschung ins Gesicht geschrieben. Damit hatte er nicht gerechnet. Ein slowakisch sprechender österreichischer Polizist und sogar freundlich ... Erich musste schmunzeln und seine Grantigkeit begann sich bereits wieder aufzulösen.

„Waren Sie vielleicht an einem Freitag vor etwa zwei Monaten auch hier? Damals haben wir eine tote Frau in den Marchauen gefunden, Sie haben sicher davon gehört. Der Billa hat ja bis neunzehn Uhr dreißig offen. Haben Sie zufällig damals jemanden gesehen, der hier am Abend in den Mistkübel ein Billa-Sackerl geschmissen hat? Ich weiß, die Frage ist seltsam und auf so etwas achtet man normalerweise nicht wirklich. Aber wenn mir jemand helfen kann, dann vielleicht Sie."

Der Mann hatte aufmerksam zugehört und Erich merkte, wie er in sich hinein überlegte und langsam zu nicken begann.

„Ja, jetzt, wo Sie es sagen, ich erinnere mich wirklich. Ich war am Gehen und habe bemerkt, dass noch ein Auto gekommen ist. Ich habe noch gedacht, es wird zu spät für ihn sein und bin schon weitergegangen. Dann habe ich noch einmal zurückgeschaut und war überrascht, dass er nur ein Sackerl in den Mistkübel gesteckt hat und sofort wieder gegangen ist. Ich erinnere mich, weil ich mir noch überlegt habe, zurückzugehen und das Sackerl herauszuholen. Aber dann bin ich doch nach Hause. Der Tag war so heiß gewesen, da habe ich genug gehabt."

„Und, können Sie den Mann beschreiben?" Erich war plötzlich aufgeregt.

„Nein, nein, ich habe ihn gar nicht richtig gesehen. Er hat von mir weggeschaut. Ich habe auch nicht auf ihn geachtet. Ich erinnere mich nur, weil es eine Geschichte am Ende des Tages war und ich mir das weggeworfene Sackerl gemerkt habe. Da sind oft Sachen, die ich noch brauchen kann. Hier schmeißen Menschen viele Sachen weg, die noch sehr gut sind. Ich sammle nicht nur Spenden, auch Sachen bekomme ich hier. Ist immer noch besser als drüben im Ort."

„Und das Auto? Haben Sie das Auto gesehen?"

„Es war ein dunkles Auto, mehr kann ich nicht sagen. Bei Autos kenne ich mich nicht aus ..."

Erich zeigte nun das Foto des Diebes her.

„Haben Sie diesen Mann an dem Tag hier gesehen?"

„Ich kenne den Mann, er wohnt bei uns in Záhorská Ves. Aber ich habe mit ihm nichts zu tun. Ich gehe weg, wenn ich ihn hier sehe. Er ist kein guter Mann. An dem Abend habe ich ihn hier gesehen und bin deshalb gegangen."

Erich war etwas enttäuscht, andererseits waren ihm die Beobachtungen des professionellen Wagerl-Hergebers quasi in den Schoß gefallen. Er nickte leicht resigniert und klopfte seinem Gegenüber anerkennend auf die Schulter.

„Vielen Dank, Sie haben mir sehr geholfen. Darf ich Sie noch bitten, mit mir ins Wachzimmer zu kommen? Ich möchte Ihre Aussage schnell aufnehmen und auch, wie ich Sie erreichen kann. Ich versichere Ihnen, es entstehen Ihnen keine Unannehmlichkeiten und es dauert nicht lang. Ich lade Sie auch gerne noch auf einen Kaffee oder ein kühles Getränk ein."

„Gut, kann ich machen. Sie sind anders als die meisten Polizisten, denen ich begegne. Sie sind höflich zu mir. Das erlebe ich nicht oft. Wenn ich Ihnen einen Gefallen machen kann ..."

„Das mit der Höflichkeit der Polizisten, an dem können wir arbeiten. Wie heißen Sie denn?"

„Andrej Vizjak ist mein Name."

„Ich bin der Erich Zillinger, ich bin der Chef hier
bei der Polizei. Gehen wir hinüber, wir sind ja gleich
da."

Als die beiden zusammen den Polizeiposten betra-
ten, gab es gleich neugierige Gesichter rundum.

„So, Burschen und Dame, passt auf! Ich darf euch
den Herrn Vizjak vorstellen. Ihr kennt ihn eh alle. Er
assistiert den Billa-Kunden bei der Beschaffung eines
Einkaufswagerls. Uns hilft er jetzt im Fall der unbekannten Toten, die inzwischen nicht mehr unbekannt
ist. Ich darf euch bitten, in Zukunft Herrn Vizjak beim
Einkauf eurer mittäglichen Wurstsemmeln und unter
Berücksichtigung der allseits guten Erziehung eu-
rerseits immer höflich zu grüßen. Franz, bist so lieb,
bringst uns an Kaffee?"

Erich genoss es, die erstaunten Blicke rundum zu
sehen. Er ging mit seinem Gast in sein Zimmer und
begann gleich mit der Aufnahme des Protokolls. Nach
wenigen Minuten trat der junge Polizist Franz ein, mit
Kaffee und Milch und einer Flasche Mineralwasser.

„Bitte sehr, Herr Vizjak, mit freundlichen Empfeh-
lungen des Hauses!"

Erich hatte das Protokoll rasch fertig und übersetzte simultan für Herrn Vizjak, der das Protokoll dann
unterschrieb.

„Nochmals vielen Dank für Ihre Mithilfe. Wenn
Ihnen noch etwas einfällt, bitte kommen Sie einfach
wieder vorbei."

Als Erich Herrn Vizjak hinausbegleitete, bemerkte
er bereits, wie sein Team sich neugierig versammelte.

Sobald die Türe wieder zu war, wandte er sich seiner Mannschaft zu.

„So, Burschen und Dame, hier einmal eine Zusammenfassung der Ergebnisse der letzten Stunden. Die unbekannte Tote ist inzwischen wahrscheinlich bekannt. Ihr Führerschein wurde in einem Billa-Sackerl beim frisch gfangten Ladendieb gfunden.

Der hat aber ziemlich sicher nichts mit dem Fall zu tun. Herr Vizjak hat am fraglichen Freitag beobachtet, wie zum Zeitpunkt des Geschäftsschlusses ein Mann das Sackerl in den Mülleimer geschmissen hat. Leider kann er zum unbekannten Mann keine weiteren Angaben machen, außer dass er ein dunkles Auto gefahren ist. Die Tote hatte einen grünen Škoda. Marie, kommst gleich mit mir. Ich habe das Kennzeichen und wir müssen eine Aussendung an die Kollegen machen, damit nach dem Auto Ausschau gehalten wird. Die Kollegen auf der anderen Seite sind gerade dabei, den Wohnort von der fraglichen Person aufzusuchen. Ich hoffe, wir bekommen bald mehr Informationen."

Alle gingen wieder ihren Aufgaben nach, auch Erich setzte sich an den Computer und lud sich die Scans, die Štefan geschickt hatte, auf seine Festplatte. Das Telefon läutete und Erich hob ab.

„Chef, der Herr Horváth für dich."

„Danke, stell ihn bitte durch. Hallo Štefan, jetzt ist das aber schnell gegangen."

„Ja, die Kollegen waren schon am Haus von Marija Nemcova. Das Haus ist verlassen und die Pflanzen und der Gemüsegarten sind von der Hitze verdorrt, da hat sich niemand in letzter Zeit gekümmert. Das Haus wird derzeit untersucht und es werden Proben entnommen. Es hängen aber ein paar Fotos an der Wand und es ist sicher die bei euch gefundene Frau. Frau Nemcova hat als Physiotherapeutin gearbeitet. Sie dürfte dort alleine gewohnt haben, ihr Haus liegt recht entlegen im Wald der Borská Nížina, oben im Norden der Záhorie. Mehr habe ich noch nicht. Wir schauen, ob wir einen Kalender finden oder Ähnliches. Aber ich wollte dir jetzt rasch Bescheid geben."

„Vielen Dank, Štefan, ich habe auch inzwischen einen Zeugen für die Entsorgung vom Plastiksackerl gefunden. Leider hat er die Person nicht richtig gesehen. Es ist einer von eurem Ort, Andrej Vizjak. Kennst du ihn?"

„Der Vizjak? Natürlich, der ist in Ordnung. Hat hier keine Chance auf einen Job, auch schon wegen seines Alters. Aber irgendeine Gelegenheitsarbeit findet er immer. Irgendwie schlägt er sich durch und lässt sich nie unterkriegen. Im Altersheim hilft er regelmäßig ehrenamtlich. Früher war er immer dort bei seiner Mutter, nach ihrem Tod hat er die Besuchsdienste beibehalten. Ist ein guter Kerl!"

„Ich habe auch das Gefühl gehabt, er ist ein feiner Kerl. Hier bei uns bekommt er Trinkgeld für Einkaufswagen, die er den Leuten gibt. Er ist immer sehr freundlich, auch wenn die Leute hier es manchmal nicht sind."

„Du kannst mir bitte auch eine Liste der bei euch gestohlenen Fahrräder schicken. Bei unserem Dieb von heute stehen eine ganze Anzahl davon im Schuppen, ich denke, da werden einige Opfer bei euch sich bald freuen dürfen."

„Na wer weiß, ob sie sich freuen, wenn sie es schon bestmöglich der Versicherung gemeldet haben! Aber machen wir gerne, Štefan."

Als Erich das Gespräch beendete, klopfte es kurz an seiner Tür und ohne eine Antwort abzuwarten, trat

Marie ein und legte ihm den Text für das Rundmail an die örtlichen Polizeidienststellen vor, nach einem grünen Škoda Felicia Ausschau zu halten. Er warf einen kurzen Blick darauf und nickte nur.

„Passt, Marie, schick es gleich aus. Schauen wir einmal, ob wir was hören."

Der junge Polizist Franz kam ins Zimmer gestürmt.

„Chef, bei der Watschen Wally gibts wieder dicke Luft. A Kunde hat grad angerufen."

„Auf, Burschen, los gehts. Zwei Autos. Marie, du haltest die Stellung hier."

Zu viert fuhren die Polizisten zur kleinen Greißlerei im Ort. Dort standen schon einige Kunden und Nachbarn. Als sie ausstiegen, konnten sie schon den polternden Bertl hören.

„Du depperte Funzn, du, wos glaubstn eigendlich, wer du bist? Wüst mi vaoaschn? Mit mir ned, do host no a Fotzn ..."

Von außen hörte man einen Schlag. Die vier Polizisten gingen gleich in den Laden. Die Besitzerin Wally Walther vulgo Watschen Wally stand am Verkaufspult. Ihre linke Gesichtshälfte war tiefrot. Als sie die Polizisten sah, rannte sie auf sie zu.

„Tuats eahm nix, er meints ned a so. Da Bertl ist nur angsoffn, bummzua, echt blunznfett. Waun er wieda nüchtern ist, dann is er der liabste Mensch. I hob eh a nix, des is wirkli gar nix. I hab ihn nur gärgert mit meine Spompanadln. Waun er so angsoffn is wia a Häusltschigg, bin i sölba schuld."

Bertl mischte sich jetzt auch ein:

„Wos wollts es Kapplstända do? Des geht euch gar nichts an, des geht nur uns zwa wos an. Schauts, dass es weiterkommts. Ihr geds ma voll am Oasch vorbei, des is ma wuascht, wos es hier wollts ..."

„Hoid de Pappn, Bertl, aber sofort! Waunst dein Mund no amol aufmachst, dann bist du dran, aber richtig. Also sei stad jetzt. Waun i red, host du Pause! Burschn, sicherts ihn und ab ins Auto."

Erich war in Fahrt und wandte sich der Wally zu.

„Wally, gonz ehrlich, du gehst ma so wos von am Keks. Bald alle Tag können wir hier vorbeikommen und deinen angflaschlten Hawara davon abhalten, dir ane Vakehrde noch der andren aufzulegen. Wie vüle muss dir der Bertl no pickn, bis endlich amol gnua is. I hob dir schon oft gsagt, lass dir von einer offiziellen Stelle helfen. Das muss ein Ende haben ..."

Doch Wally hatte kein Ohr für Erich und drängte schon an ihm vorbei nach außen.

„Des vastehst du ned, mei Bertl ist a gonz a liaba. Des is nur, waun er zu vü trinkt. Bertl! I hob di lieb!", rief sie ihm nach, während die drei Polizisten Bertl auf den Rücksitz verfrachteten.

„Wauns dir wiada guat geht, kommst wiada her."

„Wally, du host echt an Huscha! Oba wos red i no, da ändert sich eh nichts ..."

Resigniert ging Erich zum Auto. Die ganze Aktion war im Prinzip Routine. Bertl ließ sich immer widerstandslos wegführen und schlief meistens auf der kurzen Strecke zu seinem Haus oberhalb des Kellerberges ein. Dort wurde er ins Haus gebracht. Eine Weile lang mussten sie dann immer noch warten, um sicherzustellen, dass er auch wirklich seinen Rausch ausschlief und sich nicht wieder auf den Weg zurück machte. Da Wally nie Anzeige erstattete, konnten sie nichts weiter unternehmen. Das war schon frustrierend, aber solche Sachen durfte man nicht persönlich nehmen, das gehörte zu ihrem Beruf. Als die Polizeiautos den Kellerberg hinauffuhren, bemerkte Erich, dass beim

Metzger'schen Keller einige Leute saßen. Dichter heller Rauch stieg von einem Grill auf.

Das konnte noch ein versöhnlicher Ausklang des heutigen Tages werden, dachte er sich.

Kapitel 11: Kellergasse pur

Raphael war wieder dabei Kaffee zu machen und der Duft der kräftigen frischen Röstung zog sich durch die Wohnung. Er hörte vom Schlafbereich her genussvolle Brummlaute kommen, offenbar erwachten bei Martina die Lebensgeister. Mit beiden Kaffeehäferln am Tablett ging er in Richtung des Bettes. Martina lag dort mit ausgestreckten Armen und Beinen wie eine hingeworfene Marionette. Ihr nackter Körper war nur von einem dünnen Leintuch bedeckt. Anerkennend ließ er mit einem leichten Pfeifton die Luft heraus.

Ohne die Augen aufzumachen, lachte Martina hell auf.

„Nichts ists, mein lieber Waldschratt! Komm mir nur nicht auf die immer gleichen Gedanken. Heute wird nicht stundenlang im Bett gelegen, dafür ist das Wetter zu schön!"

Martina richtete sich auf und dabei fiel das dünne Leintuch von ihr ab. Raphael hob fragend die Augenbrauen.

„Mit dem Vorschlag bist du so, wie du gerade dastehst, aber nicht sehr überzeugend, du verführerische Circe. Lass mich dein Odysseus sein ..."

„Ich, Circe? Oh mein Schatz, aber sicher nicht! Wie war das doch damals? Odysseus hat die Circe gewaltsam zum Einlenken gezwungen und sich zunächst eine Weile mit ihr vergnügt. Dann hat er sie wieder sitzengelassen, um zu seiner Penelope zurückzukehren ..."

Raphael musste lachen.

„Oh, Fettnapf, großer Fettnapf – und ich steh voll drin. Als Mann bin ich von der Verführungskraft geblendet, da sehen wir nur das eine. Aber meinst du nicht einfach ein bisschen du und ich ...? Wenn nicht Circe, dann vielleicht meine Aphrodite, die Göttin der Liebe?"

Martina schmiegte sich nackt an ihren Raphael, lächelte ihn verführerisch an, schnappte sich einen Kaffee vom Tablett und ließ ihn stehen. Am Weg in Richtung Küche schaute sie noch spöttisch zurück.

„Ich glaube, du solltest dir wohl überlegen, was du dir wünschst ... Aphrodite war mit Hephaistos verheiratet, der sie am laufenden Band betrogen hat. Daraufhin hat sie es auch, im wahrsten Sinne, mit Gott, eigentlich Göttern, plural, und der Welt getrieben."

Womit beim morgendlichen Schlagabtausch eindeutig alle Punkte an Martina gingen.

Wenig später saßen sie beim Frühstück und machten Pläne für einen Ausflug. Nach einigen Wochenenddiensten hatten beide jetzt ein paar Tage frei und damit sogar ein langes Wochenende. Üblicherweise war es ihnen egal, ob sie am Wochenende arbeiteten, aber jetzt, mit Kaiserwetter und Hochsommer, war es schon eine schöne Vorstellung, einmal hinauszukommen.

Martina machte einen Vorschlag:

„Erinnerst du dich noch an die Ertrunkene vom Weinviertel? Ich habe mir damals die Fundort-Fotos angesehen und gedacht, der Platz muss wunderschön sein. Ich habe nachgesehen, dort ist ein Naturschutzgebiet. In der Nähe sind auch einige kulturelle Highlights. Weit fahren müssen wir dafür nicht, nur etwa fünfzig Kilometer, es liegt direkt an der Grenze. Wir können ja ein paar Sachen zum Übernachten einpacken. Dort gibt es sicher nette Heurige. Dann können wir einfach den Abend nett ausklingen lassen. Was meinst du dazu?"

„Alles, was du willst, Tina, mein Schatz! Klingt durchaus interessant und ich war, ehrlich gesagt, noch gar nie in der Gegend. Irgendwie ist sie zwar nah, aber

nicht naheliegend. Gehen wir ruhig auf eine Entdeckungsreise."

Eine kleine Tasche mit den wichtigsten Hygiene-
artikeln und etwas Reservewäsche war gleich gepackt
und die beiden zogen los. Raphael hatte sich einen
Jugendtraum erfüllt und einen alten VW Käfer Ca-
briolet gekauft und hergerichtet. Lackiert wurde er
in einem kräftigen Gelb, im Volksmund „Gagerlgelb"
genannt, und der Käfer war ein echter „Hingucker",
wenn er damit unterwegs war. Meist stand das Auto
in der Garage, da Raphael Stadtfahrten vermied. Aber
für einen Ausflug wie heute war der Oldtimer-Käfer
wie geschaffen. Die beiden fuhren die Brünner Straße
aus Wien hinaus und wählten dann den Weg über die
kleinen Dörfer am südlichen Rand der Weinviertler
Hügellandschaft. Hier gingen die weitläufigen Hügel
unvermittelt in die flache Landschaft des Marchfeldes
über. Die Weinberge zogen mit ihren fast geometrischen Mustern sanft die Hänge hinauf und bildeten
an ihrer Basis eine scharfe Grenze zur Ebene. Immer
wieder sah man seitlich bereits erste Kellergassen mit
ihren kleinen einheitlichen Presshäusern. In Bockfließ
bogen sie bei einer schönen Dreifaltigkeitssäule ab.
Gleich dahinter war ein massiges, etwas in die Jahre
gekommenes Schloss mit Nebengebäuden. Neben dem
Schloss zog sich die kleine mit Kopfsteinen gepflasterte
Gasse durch einen schluchtartigen Hohlweg den Hang
hinauf. Auf beiden Seiten waren Presshäuser in die
steilen Lösshänge gebaut. Die meisten waren renoviert
und sehr gepflegt. Am oberen Ende der Gasse stand
ein Marterl. Hier bog der Weg abrupt auf die offenen
Felder hinaus und schlagartig hatte man einen überra-
schenden Blick über das weite Hügelland, das in seinen
harmonischen Geländewellen an die Toskana erinner-

te. Direkt neben dem Weg stand eine große Ölpumpe der OMV in den charakteristischen Farben Grün/Blau. Überall an den Hängen und im Tal sah man auf einmal Ölpumpen. Raphael war erstaunt.

„Da schau ich aber ... Ist ja fast wie zu meinen Goldgräberzeiten!"

Sie stellten das Auto auf der Wiese ab und gingen ein paar Schritte zu einem kleinen Aussichtsturm. Von oben hatte man einen ungehinderten Rundblick in alle Richtungen. Nach Süden hin sah man über das Marchfeld und hinüber nach Wien, dahinter die Berge des Wienerwaldes und als mächtigen Abschluss den hoch aufragenden Schneeberg ganz im Süden. In die andere Richtung erstreckte sich das rollende Hügelland weit bis an den Horizont. Hier erfasste man erstmals, wieso das Weinviertel auch das „Weite Land" genannt wurde. Martina googelte sich mit ihrem Mobiltelefon Informationen über Erdöl im Weinviertel.

„Das ist ja interessant! Die Erdölförderung hier ist auch historisch relevant. Schon 1933 hat man das erste Erdöl aus dem bei Zistersdorf gefundenen Ölvorkommen gefördert. Als man weitere Erdölfelder entdeckt hat, glaubte man, den gesamten Bedarf Österreichs an Ölprodukten decken zu können. Die Ölfelder aus dem Weinviertel waren vier Jahre später, neben dem Erzberg, einer der Gründe, warum Adolf Hitler seine Truppen in Österreich einmarschieren ließ. Nach der Machtübernahme in der ‚Ostmark' im März 1938 wurden die Bohrungen im Raum Zistersdorf-Matzen forciert und Ölraffinerien in Korneuburg, Vösendorf und eine Flugbenzinraffinerie in Moosbierbaum errichtet: Hitler brauchte Treibstoff für seine Panzer und Flugzeuge. Zum Ende des Krieges, nach dem Einmarsch der Roten Armee, erklärten die Sowjets die von den NS-Machthabern geführten Unternehmen als ‚Deutsches Eigentum‘ und beschlagnahmten sie – als Entschädigung für die im Hitlerkrieg erlittenen Zerstörungen. Dazu gehörten auch die Erdölfelder und -betriebe im Weinviertel sowie die Raffinerien. Fast zehn Jahre lang ging das im Weinviertel geförderte Erdöl direkt in die UdSSR. Letztlich musste Österreich als Preis für den Staatsvertrag noch bis 1963 Erdöl als Ablöse in die UdSSR liefern. 1956 entstand die ‚Österreichische Mineralölverwaltung‘, die ÖMV aus der von der Sowjet-Besatzung kontrollierten ‚Sowjetischen Mineralölverwaltung‘. Bis jetzt ist hier das größte zusammenhängende Erdölfeld Mitteleuropas. Die Weinviertler nennen die auf und ab wippenden Pumpenböcke auch nickende Pferdeköpfe."

Sah man nach Norden, waren in regelmäßigen Abständen Förderanlagen inmitten der Weinberge und Felder zu erkennen. Die beiden stiegen wieder ins Auto und fuhren die Straße durch die Weinberge weiter. Im nächsten Tal passierten sie einen neu errichteten Bohrturm, an dem gearbeitet wurde.

„Wenn ich das sehe, frage ich mich, wieso ich so weit in die Ferne gezogen bin, um als Ölarbeiter zu arbeiten. Aber die Arbeit auf einer Ölbohrinsel ist immer noch einer der am besten bezahlten Jobs weltweit."

Als sie weiterfuhren, gewöhnten sie sich rasch an die Pumpenanlagen und nahmen sie bald nur mehr als Teil der Landschaft wahr. In Prottes folgten sie dem Wegweiser zum Erdöl-Lehrpfad und staunten über die vielen Exponate entlang des Weges.

„Mit solchen Bohrköpfen habe ich auch gearbeitet, ist schon interessant, das alles hier so nah an Wien zu sehen", zeigte sich Raphael beeindruckt.

Der Weiterweg führte auf eine Anhöhe. Von oben bot sich wieder ein prachtvoller Blick. Nach Osten erstreckten sich jetzt das weite Tal der March und gleich dahinter die dicht bewaldeten Berge der Kleinen Karpaten. Wie Wellen am Meer zogen sich die abfallenden Hügel hier am östlichen Rand des Weinviertels zur March hinunter. Es war eine ungemein harmonische Landschaft. Die kurvenreiche Straße führte jetzt in einen Mischwald mit vielen Eichen und nach ein paar Kilometern hinaus in ein breites Tal. Neben der Straße begann vor dem nächsten Ort wieder eine Kellergassenzeile. Auch eine mächtige Baumpresse, Hengst genannt, stand an einem kleinen Platz vor den umgebenden Presshäusern. An der nächsten Abzweigung führte eine steile Stiege hinauf zu einer barocken Kirche. Gegenüber war ein schön renoviertes Schloss mit Burggraben. Die beiden hielten an, um sich einmal umzusehen. Dabei fiel ihnen ein Grabstein auf, der von Büschen umgeben war:

Přemysl Ottokar II.
König von Böhmen, verlor hier am
26. August 1278 im Kampf
Gegen Rudolf von Habsburg
Schlacht und Leben

„Na so was! Ist das wirklich das Grab von König Ottokar? Raphl, hast du es auch noch auswendig lernen müssen?

Er ist ein guter Herr, es ist ein gutes Land,
Wohl wert, dass sich ein Fürst sein unterwinde!
Schaut rings umher, wohin der Blick sich wendet,
Wo habt Ihr dessengleichen schon gesehn?
Lacht 's wie dem Bräutigam die Braut entgegen!
Mit hellem Wiesengrün und Saatengold,
Von Lein und Safran gelb und blau gestickt,

Von Blumen süß durchwürzt und edlem Kraut,
Schweift es in breitgestreckten Tälern hin –
Ein voller Blumenstrauß soweit es reicht,
Vom Silberband der Donau rings umwunden!
Hebt sichs empor zu Hügeln voller Wein,
Wo auf und auf die goldne Traube hängt
Und schwellend reift in Gottes Sonnenglanze;
Der dunkle Wald voll Jagdlust krönt das Ganze."

Raphl setzte fort:

„'s ist möglich, dass in Sachsen und beim Rhein
es Leute gibt, die mehr in Büchern lasen;
Allein, was Not tut und was Gott gefällt, der klare
Blick,
der offne, richtge Sinn,
da tritt der Österreicher hin vor jeden,
denkt sich sein Teil, und lässt die andern reden!"

In das gemeinsame Lachen mischte sich ein fröhliches
Lachen von der anderen Seite der dichten Büsche. Ein
Mann, der auch in seinen Freizeitkleidern elegant
wirkte, kam auf die beiden zu.

„Ja, ja, das ‚Lob auf Österreich' aus König Ottokars
Glück und Ende! Generationen von Schülern haben
Grillparzers Text lernen dürfen, mich eingeschlossen!
Der Stein hier ist ein Ersatz für ein altes Gedenkkreuz.
Die berühmte Schlacht von Dürnkrut und Jedenspeigen, die den Beginn der Habsburger Herrschaft be-
gründete, ereignete sich, von uns aus gesehen, gerade
auf der anderen Seite dieses Hügelzuges. Sie gilt als
eine der größten Ritterschlachten Europas. König
Ottokar wurde nach seinem Tod erst nach Brünn gebracht und später erst im Prager Veitsdom endgültig

bestattet. Ein herzliches ‚Grüß Gott' einmal, ich bin hier der Schlossherr, Peter Eisele. Im Zivilberuf bin ich Kinderarzt in Wien."

„Freut mich, Martina Lorenz, Pathologin in Wien und mein Partner Raphael Rummelsdorfer, Medizinstudent und wahrscheinlich zukünftiger Kinderarzt."

„Da schau an, Kollegen! Ja, darf ich Sie auf einen Kaffee oder einen G'spritzten oder gar beides einladen? Kommen Sie doch mit hinein und schauen Sie sich das Schloss an."

„Aber sehr gerne! Wie kommt es, dass ein Kinderarzt zum Schlossherrn wird?"

„Das war ein verrückter Kindheitstraum von mir. Ich wollte immer ein Schloss besitzen. Vor über dreißig Jahren habe ich dieses Schloss, das ursprünglich aus Sachsen-Coburger und Gothaer Besitz stammt, gefunden. Begeistert hat mich der Festsaal mit seinen prachtvollen Wandmalereien und Fresken, die dem Kreis von Paul Troger zugeschrieben werden. Das Schloss selbst war sehr desolat und daher günstig zu bekommen. Ich habe in den letzten dreißig Jahren zwei Zimmer pro Jahr wieder herrichten lassen. So bin ich mit kleinen Schritten zu meinem Ziel und Wunschtraum gekommen. Seit zwei Jahren sind alle sechzig Zimmer wieder in gutem Zustand."

Die drei waren gemeinsam zur Brücke über den Schlossgraben gegangen und traten nun in das Schloss ein. Es umfasste einen rechteckigen Garten, der von Arkaden gesäumt war. Rosen schmückten den Hof, es war ein idyllischer Ort. In einem Liegestuhl unter einem weit ausladenden Schirm saß eine Frau, die nun mit einem freundlichen Lächeln aufstand und den Besuchern entgegenkam. Peter Eisele stellte sie als seine Frau Lisa vor.

„Ich kümmere mich um eine kleine Erfrischung. Machen Sie mit meinem Mann einmal einen Rundgang, er freut sich immer, unser Schloss interessierten Besuchern zu zeigen."

Der Schlossherr führte Martina und Raphael zuerst zur Schlosskapelle und dann hinauf durch einen Flügel des Schlosses zum prachtvollen Festsaal. Beeindruckt vom großen Deckengemälde, die „Verherrlichung des Olymp", ließen sie sich die weiteren Besonderheiten des Raumes erklären. Vor dem Festsaal führte eine großzügige Treppe wieder hinunter. Dort war schon ein kleiner Tisch mit Kuchen und Kaffee aufgestellt, aber es standen auch eine grüne unbeschriftete Weinflasche und Mineralwasser am Tisch.

„Und, was führt Sie heute an diesem schönen Tag ins Weinviertel? Etwas Berufliches wird es wohl nicht sein."

„Im Prinzip nein, obwohl es eine berufliche Verbindung gibt. Wir wollten diesen Teil Österreichs einmal besuchen. Es ist so nah an Wien, aber keine klassische Ausflugsgegend. Die Idee dazu kam aber durch einen beruflichen Fall. Ich hatte kürzlich eine Obduktion einer Leiche, die drüben an den Alt-Armen der March gefunden wurde. Die Fotos vom Fundort waren schön, da bin ich neugierig geworden. Also sind wir heute los auf Entdeckungstour."

„Ach je, das war die hübsche Unbekannte aus dem Naturschutzgebiet! Das hat hier für reichlich Aufregung gesorgt. Anfangs war es ja nicht klar, ob sie ermordet wurde."

„Das konnte ich bei der Obduktion ausschließen, sie ist ertrunken. Aber haben Sie Tipps für das Naturschutzgebiet?"

„Wir kommen selbst nicht oft auf die andere Seite unseres Höhenzuges. Aber wenn Sie vom Marchdamm aus zu den Alt-Armen gehen, werden Sie viel zu sehen bekommen."

Nach einer kleinen Kaffeejause und einem ersten G'spritzten zogen Martina und Raphael weiter. Als sie oben am Höhenzug ankamen, lag die Landschaft der March vor ihren Füßen. Wie ein grüner Teppich zogen sich die dichten Wälder entlang der March hin zu den Kleinen Karpaten, die jetzt zum Greifen nahe waren.

Die Straße schlängelte sich zwischen Feldern in ein Tal hinein. Immer wieder stand ein kleines Marterl oder Wegkreuz am Straßenrand. Der Weg ins Naturschutzgebiet führte von der Landstraße über einen Feldweg erst über die Bahngleise. Dahinter am Marchdamm ließen sie ihren Käfer stehen, marschierten mit leichtem Badegepäck und Getränken los und durchstreiften die teilweise dschungelähnliche Landschaft der Marchauen. Sie sahen die blitzschnellen, saphirblau-karneol-orangen Eisvögel knapp über dem Wasser jagen. Auf ufernahen Ästen im Schilf warteten Rohrdommeln auf einen unvorsichtigen Fisch. In den fast ausgetrockneten Alt-Armen standen Silber- und Graureiher in großer Zahl. An einem Punkt hatten sie auch das Glück Seeadler, ein Brutpaar mit Jungtieren, zu sehen. Mit dem Feldstecher konnten sie sie gut vom Damm aus beobachten, wie die großen Greifvögel aufflogen und praktisch ohne Flügelschlag in weiten Kreisen davonschwebten.

Den hufeisenförmigen Teich von den Fotos hatten sie bald gefunden. Dort war das Wasser tiefer und bot sich zum Schwimmen an. Beim Versuch, eine nette Stelle zum Baden zu finden, stießen sie auf den Weg, der nach hinten zur Spitze der Halbinsel führte. Bei dem heißen Wetter waren auch weit und breit keine Fischer am Teich, was dazu führte, dass die Badebekleidung trocken bleiben konnte. Und etwas später hatte Raphl seine Tina becirct und ohne den morgendlichen Widerstand gewonnen. Wobei er sich bei der Schaffung einer erotischen Stimmung wohlweislich nicht mehr der griechischen Mythologie bediente. Obwohl jemanden becircen doch eigentlich heißt ...

Am Nachmittag folgten sie einem Wegweiser zu einer Schlafstätte. Nicht nur der Name war originell. Das Genießerzimmer „Sauberg", das sie bekamen, war so richtig für ein romantisches Wochenende geschaffen: ein Schlafzimmer mit Wohlfühlbetten, ein Entspannungszimmer mit Kuschelsofa und Weinbar und das urige Badezimmer, das in einen alten Saustall gebaut worden war, inklusive Waschtrog und Romantik-Dusche.

Bei einem Glaserl Sekt kuschelte sich Martina an Raphael.

„Du, Raphl, an das könnte ich mich gewöhnen ..."

Doch der Hunger machte sich langsam bemerkbar, und die beiden ließen sich von ihrem Gastgeber beraten.

„Der Andi Mück hat gerade ausgesteckt. Sein Heuriger zählt zu den besten bei uns in der Gegend und der Platz vor seinem Heurigen ist auch ganz besonders nett. Ihr könnt mit dem Auto hinfahren und es dort auch über Nacht stehenlassen. Der Andi ist fast bei der Kirche und von dort seid ihr auch zu Fuß in weniger als fünf Minuten wieder hier. Mit dem Auto fahrt ihr halt ganz um den Berg herum, aber der Fußweg über den Berg ist nur kurz, wenn auch auf unserer Seite steil. Hier, nehmt euch eine Taschenlampe mit, der Weg ist recht finster in der Nacht."

Der Vorschlag klang gut und so machten sich die beiden auf den Weg. Der gelbe Käfer tuckerte durch das Dorf hinunter in Richtung March und sie fuhren unterhalb eines mächtigen, steil aufragenden Lössabbruches hinüber zum zweiten Ort des siamesischen Dörfer-Paares. An der alten Wiener Straße ging es wieder bergauf. Ein Wegweiser zeigte die Abzweigung zur Kirche an. Ab hier begann der Kellerberg, der im unteren Abschnitt durchaus steil hinaufführte. Nach etwa hundert Metern verzweigte sich der Weg und die beiden blieben kurz stehen, um sich zu orientieren. Linkerhand sahen sie eine kleine Gruppe Menschen vor einem Presshaus. Harmonisch verträumte Klänge einer Steirischen Harmonika klangen herüber.

„Da schau an, da spielt einer Pixner! Das ist der Vierteljahrhundert-Dreiviertler, ein Walzer, den er seiner Freundin zum fünfundzwanzigsten Geburtstag geschrieben hat. Komm, Tina, lass uns einmal hinüberschauen."

Sie stellten den Käfer auf einer Wiesenfläche hinter der Abzweigung ab und gingen auf die Gruppe vor dem Presshaus zu. Dort verklangen gerade die letzten zarten Klänge des Walzers. Der Musikant stellte seine Harmonika auf den Tisch, stand auf und ging den beiden entgegen.

„Herzlich willkommen am Kellerberg! Ich bin der Michl Metzger und Besitzer der beiden Presshäuser hier. Ihr habt ja einen lieben Oldtimer. Der erinnert mich an meine Jugendjahre! Was ist? Trinkt ihr ein Glaserl?"

Überrumpelt von der Weinviertler Gastlichkeit folgten die beiden Michl zur Gruppe. Diese bestand aus der Familie Moser, Thomas, Sabine und Helga. Helga war schon aufgestanden und ins Presshaus gegangen. Von dort kam sie gleich wieder mit frischen Gläsern zurück.

Michl nahm eine mit Kondenswasser angelaufene grüne Weinflasche ohne Etikett aus einem Terrakotta-Topf.

„Ein feiner Welschriesling vom Nachbarn, g'spritzt oder pur? Wasser extra? Was darfs sein?"

Martina lachte auf.

„Also, das ist schon ein Erlebnis bei euch hier im Weinviertel. Erst vorhin waren wir bei einem Schlossherren auf der anderen Seite des Berges eingeladen und jetzt hier wieder!"

„Ach, wart ihr bei Peter und Lisa Eisele? Die beiden sind sehr gastfreundlich. Gelegentlich laden sie zu Kulturveranstaltungen ein und alle zwei Jahre findet ein Sommerball statt. Auch der traditionelle Weihnachtsmarkt am ersten Adventwochenende ist ein Erlebnis. Aber so ist das hier im Weinviertel. Eine offene Kellertüre bedeutet, dass Gäste willkommen sind. Ich darf kurz vorstellen: die Familie Moser, Thomas Glatz und Sabine Leitner, meine Frau Helga. Und förmlich sind wir hier am Kellerberg nicht."

„Das sind auch wir nicht, wie man leicht am Aussehen meines Freundes Raphael Rummelsdorfer, kurz Raphl, erkennen kann. Ich bin Martina Lorenz, kurz Tina genannt."

Michl fing zu schmunzeln an: „Ja, das Aussehen ist etwas urig. Raphael wäre mein Lieblingsname für unseren Sohn gewesen. Aber da Helga Tirolerin ist, wurde mir der Name verboten."

Angetrieben von den verständnislosen Blicken der Anwesenden, mit Ausnahme von Helga, die bestätigend nickte, fuhr Michl fort.

„Helga stammt ja aus Tirol und ich durfte sie, bald nachdem wir uns kennengelernt hatten, nach Wien importieren. Raphael durfte ich unseren Sohn nicht nennen, weil wir sonst unsere Probleme in Tirol bei der Verwandtschaft bekommen hätten. Der Raffl hat doch den Andreas Hofer verraten ..."

Lautes Gelächter erschallte und Helga nickte bestätigend.

„Doch, doch, da wäre unser Sohn in Tirol gehänselt worden! Also aufpassen, Raphl, wenn es dich einmal nach Tirol verschlägt."

Felicitas Moser meldete sich zu Wort.

„Wer ist denn der Andreas Hofer? Und wieso hat ihn jemand verraten?"

Helga streckte ihre Hand Felicitas entgegen und zog sie zu sich her.

„Der Andreas Hofer ist ein Tiroler Volksheld und hat Tirol erfolgreich gegen die Bayern und Franzosen verteidigt. Auch die Tiroler Landeshymne ist das Andreas-Hofer-Lied. So kennt ihn in Tirol wirklich jedes Kind. Franz Raffl war ein Landwirt, der den Franzosen für eintausendfünfhundert Gulden das Versteck vom Andreas Hofer verraten hat. Der Raffl wird deshalb auch der ‚Judas von Tirol' genannt und auch heute noch werden in Tirol verräterische Menschen ‚Raffl' oder ‚rafflerisch' genannt."

„Da freue ich mich aber, dass ich auf den entscheidenden Unterschied hinweisen darf. Phonetisch mögen wir gleich klingen, doch schreibe ich mich, der modernen deutschen Rechtschreibung zum Trotz, noch immer mit ‚ph' im Namen. Das habe ich bereits in jungen Jahren meinem Tiroler Cousin erklärt. Ja, Michl, da kann ich deiner Frau nur beipflichten. Mit Tiroler Verwandten ist man mit dem Namen nicht so gut bedient, das habe ich bereits als Kind mitbekommen!"

„Aber ich darf dich schon weiterhin Raphl nennen, wenn ich es ganz lieb sage." Martina zwinkerte ihrem

Naturburschen verführerisch zu. Das Lächeln, mit dem er den Blick erwiderte, war Antwort genug.

„Und, was führt euch heute an diesem schönen Tag in unsere Gegend?", brachte sich Martin Moser in die Unterhaltung ein.

„Ich habe vor kurzem ein Bild von der schönen Auenlandschaft hier gesehen und war neugierig geworden. Wir waren eigentlich noch nie hier in dieser Gegend auf einen Ausflug. Jetzt haben wir von der Diensteinteilung ein paar zusammenhängende Tage frei und da sind wir ins Blaue los. Wir haben hier ein nettes Quartier gefunden und sind am Weg zum Heurigen ..."

„... da habe ich dich mit dem Pixner gehört und musste stehenbleiben!"

Michl lachte auf. „Da schau an, noch ein Herbert-Pixner-Fan. Ja, die Stücke können was. Meistens sauschwer, aber so schön."

„Kannst du noch mehr Stücke von ihm?", wollte Raphael wissen.

„Ja, schon, aber jetzt muss ich mich erst einmal um den Grill kümmern. Mal schauen, wie weit die Kohlen sind! Aber wenn ihr nicht ganz auf Heurigen eingestellt seid, lade ich euch gerne ein, noch zu bleiben. Ich mache immer zu viel und wo ich für acht koche, geht es sich vom Essen her leicht für ein paar mehr aus. Wenn wir mit dem Essen fertig sind, spiele ich gerne noch etwas."

„Aber wir können euch doch nicht einfach ..."

„Natürlich könnt ihr das, wenn ich es sage. Ein junges Liebespaar haben wir schon da", Michl deutete auf Thomas und Sabine, die amüsiert zuhörten, „da kommt es auf ein zweites auch nicht an! Außerdem sind wir hier am Kellerberg, da ist das so ..."

Dieser logischen Argumentation konnten sich die beiden nicht widersetzen.

Die Männer versammelten sich dann vor Michls neuem Spielzeug, einem topmodernen Kugelgrill, wo fachkundig über die Qualität der glühenden Kohlen diskutiert wurde. Auf einem Tisch hatte Michl die zu grillenden Fleischstücke vorbereitet. Da waren Spareribs, Koteletts, Hühnerteile und eine Entenbrust, Spieße mit Scampi, Berner Würstel und Bratwürstel, Zucchini und mehr.

„Wer soll das alles essen? Erwartest du noch eine Völkerwanderung oder so?", Martin schüttelte fassungslos den Kopf.

„Na ihr natürlich! Sonst haben wir morgen kein schönes Wetter!"

„Ja, ja, den Spruch kenne ich. Haben Generationen von Eltern schon ihren Kindern gesagt. Und was haben wir jetzt davon? Dicke Kinder und eine Klimaerwärmung ..."

Bald zogen dicke, weiße Rauchwolken direkt über die aufgestellten Tische der miteinander plaudernden Damen. Missmutig schaute Helga auf ihren Göttergatten, der verzweifelt versuchte, den Rauch durch heftiges Wedeln mit einem großen Karton zu verwehen.

„Es ist immer das Gleiche! Egal, wohin der Grill gestellt wird, der Rauch zieht zum Tisch! Und nachher riecht alles wie in der Selchkammer ... Männer ..."

Barbara Moser nickte: „Ja, das scheint ein Gesetz zu sein, ist bei uns auch nicht anders, aber Männer zündeln ja so gerne."

Und Sabine schloss sich an: „Dabei hätten wir ja mit Thomas einen echten Profi in der Runde. Allerdings in der Rauchvermeidung, nicht beim Zündeln und Selchen ..."

„Diese Seite kenne ich noch gar nicht vom Raphl, aber es sieht durchaus authentisch aus ..."

„Wenn man den Maunderleuten zuschaut, dann wäre das ein Thema für ein neues Lied vom Reinhard Mey. Vor einiger Zeit hat er über ,Männer im Baumarkt‘ gesungen, aber ,Männer am Grill‘ ist mindestens so lohnend ...“

Es trägt halt nichts mehr zur harmonischen Gruppenbildung bei, als gemeinsam über eine andere Gruppe herzuziehen!

Völlig ignorant gegenüber dem Geläster ihrer Liebsten fachsimpelten die Männer am Grill. Mit voller Konzentration wurde das eingebaute Thermometer mit den Blicken fixiert und mit fast fassungslosem Staunen die Höhe der erreichten Temperatur im Inneren der schwarzen Kugel bewundert. Das Drehen der Fleischstücke und die Hitzeabstrahlung dabei hatten die Männer bewogen, für diese Phase des frühen Abends vom heimischen Rebensaft auf ein kühles Bier umzusteigen. Damit ergaben sich zwei voneinander getrennte, in sich harmonische Gruppen.

Angesichts des sich rasch füllenden Speisetellers hatten die Damen begonnen, die Tische für das Essen vorzubereiten. Bald saßen alle am reichlich beladenen Tisch und beluden sich die Teller. Gerade, als das große Gelage begann, kam ein Polizeiauto von der anderen Seite herangefahren, fuhr auf die Wiese und hielt an.

Martina und Raphael bemerkten, dass das Erscheinen des Polizeiautos für die anderen offenbar nichts Ungewöhnliches war. Erich stieg aus dem Auto aus, verabschiedete sich noch von seinen Mitarbeitern und kam auf die Gruppe zu. Michl winkte Erich:

„Servus Erich! Sehe ich das richtig? Du hast dich gerade in den verdienten Feierabend verabschiedet? Was darfs sein? Ein G’spritzter wieder?“

„Habe die Ehre allseits! Ja, gerne! Und ebenfalls ja, verdient habe ich mir sehr wohl den Feierabend, es hat sich einiges getan heute. Grad vorhin waren wir wieder bei der Wally im Einsatz und beim Abliefern vom abgefüllten Bertl habe ich gesehen, dass hier ein kleines Volksfest stattfindet. Wollte da zwar auch gleich den Feuerwehrnotruf betätigen, weil es aus der Entfernung wie ein Flächenbrand gewirkt hat. Aber ich habe Thomas erkannt und mich auf seine Brandlöschkompetenzen vertrauensvoll verlassen."

Besonders die Damen fanden Erichs Begrüßung sehr erheiternd ...

„Was ist, Erich, magst mitessen?"

„Nein danke, die Birgit und die Angelika warten zu Hause mit dem Essen. Ich bleibe nur kurz, sonst sind meine Damen ungehalten. Die meisten kenne ich ja, aber zwei Gesichter sind hier in meinem Revier unbekannt. Grüß Gott, Erich Zillinger, meines Zeichens großer Fisch im kleinen Teich bei der hiesigen Polizei."

Erich wandte sich Raphael und Martina zu.

„Raphael Rummelsdorfer und Martina Lorenz, Medizinstudent und Ärztin aus Wien. Wir sind auf kleiner Entdeckungsreise ins Weinviertel und freundlich abgefangen worden."

Erich lachte auf. „Ja, das passiert hier leicht. Aber der Name Martina Lorenz kommt mir so bekannt vor. Kenne ich Sie von irgendwo oder stehen sie auf der Fahndungsliste?"

„Ich kann mir schon vorstellen, woher Sie meinen Namen kennen, wenn Sie hier der leitende Polizist sind. Ich habe vor kurzem eine Obduktion an einer Leiche durchgeführt, die hier in der Au gefunden wurde. Ich bin Pathologin ..."

Mucksmäuschenstill war es in der Runde geworden.

Michl fasste sich als Erster: „Und ich habe sie zusammen mit dem Andi Mück, dem Heurigenwirten, wo ihr hinwolltet, gefunden ..."

„Oh ..." kam es überrascht von Martina.

„Und ich weiß seit heute, wer sie war. Da schau an, das ist ja ein interessantes Zusammentreffen! Das kommt normal nur in Romanen oder 08/15 Fernsehkrimis vor, dass Pathologen und Polizei sich treffen. Dann schimpf ich immer, ‚so ein Schmarrn'. Jetzt passiert es wirklich. Und das noch dazu gerade dann, wenn ich hier stehenbleibe, um kurz zu erzählen, was wir heute Neues über unsere schöne Maid im Sommerkleid erfahren haben. Aber befriedigen Sie meine, beziehungsweise sicher unserer aller Neugierde, wieso Sie hier bei uns sind?"

„Es hat sehr wohl mit ihrer unbekannten Toten zu tun, aber nicht unbedingt beruflich. Als ich damals die Fundortbilder gesehen habe, war ich von der urtümlichen Wildnis des Auffindungsortes fasziniert. Seither wollte ich einmal die Gegend kennenlernen und jetzt sind wir da. Also keine selbständigen Ermittlungsversuche."

„Der Wunsch, die schöne Landschaft kennenzulernen, ist nachvollziehbar. Ist viel zu selten der Fall für meinen Geschmack, dass unsere Gegend ein Ausflugsziel ist. Löblich, löblich sag ich da."

„So, aber bevor hier weiter Überraschungen serviert werden, ist erst einmal unser Gegrilltes an der Reihe. Bitte zugreifen! Erich, magst nicht doch einen Bissen, eine kleine Vorspeise zumindest? Wie wäre es mit einer Scheibe von der Barbarie-Entenbrust und etwas Gemüse dazu?"

Michl war es bang um seinen Berg an Grillwaren geworden.

„Ja, hast mich überzeugt, aber wirklich nicht viel. Ich mag Birgit nicht enttäuschen ..."

Alle griffen jetzt zu, die Platten wurden im Kreis herumgereicht und die Runde, die hier am Tisch unter der von Weinreben umrankten Pergola saß, begann die Berge auf den Tellern zu dezimieren.

„So, Erich, jetzt wo alle versorgt sind, erzähl einmal. Wer ist die Unbekannte aus der Au?" fragte Michl.

„Ja, mach ich! Aber erst einmal, das ist köstlich! Der Rand ist so knusprig und der Rosmarin passt perfekt dazu. Ist sicher dort von eurem Rosmarinbusch ganz frisch. Wirklich ein Gedicht ..." Auch die anderen stimmten in das Lob ein.

„Aber jetzt einmal die Neuigkeiten: Wir haben heute einen Ladendieb geschnappt und in seiner Wohnung wurde ein Sackerl mit persönlichen Gegenständen der Toten gefunden. Anhand vom Foto auf ihrem Führerschein konnten wir sie endlich identifizieren. Ihr Name war Marija Nemcova. Sie war Physiotherapeutin drüben in der Slowakei, wohnte etwa zwanzig Kilometer von Hohenau entfernt im Nordosten der Záhorie. Ihr Wohnsitz dürfte schon eine Weile leer stehen. Gefahren ist sie einen grünen Škoda Felicia, den wir noch suchen. Sagt euch das etwas?"

Alle in der Runde schüttelten verneinend den Kopf. Barbara wandte sich Martin zu. „Dein früherer Physiotherapeut war doch auch aus der Gegend, oder?"

„Ja, aber er ist vor kurzem in Pension gegangen und wieder in die Ostslowakei gezogen." Martin begann auf einmal zu husten, offenbar hatte er sich verschluckt. Er stand auf, lehnte die Hilfsangebote gestikulierend ab und ging etwas von der Gruppe weg. Besorgt schauten ihm die Damen seiner Familie und die anderen nach, aber er winkte beschwichtigend zurück.

Erich erhob sein Glas zur Runde hin. „Ich werde mich aber jetzt auf den Weg machen, ich mag meine Damen nicht zu lange warten lassen. Thomas, nächste Woche wirst fest im Einsatz sein beim Feuerwehrfest, gell. Wir kommen natürlich, da sehen wir uns dann. Michl, danke für die Einladung, es war köstlich und mein Appetit ist noch immer groß genug für zu Hause. Wem gehört denn eigentlich der gagerlgelbe Käfer Cabrio? Da werd ich richtig sentimental, wenn ich so einen schönen alten Käfer sehe. Ach Ihnen, Herr Rummelsdorfer? Da frisst mich fast der Neid. Kompliment! Ja dann, allseits meine Verehrung!"

Damit wandte er sich ab und ging die Kellergasse hinunter in Richtung seines Hauses.

Die Gesellschaft widmete sich wieder ganz den Speisen am Tisch. Sabine begann mit Martina eine Unterhaltung.

„Wie kommt es dazu, dass du diesen Beruf gewählt hast?"

„Ich wollte immer Medizin studieren. Dann habe ich als Mädchen noch Hans Bankl kennengelernt. ‚Der Pathologe weiß alles ..., aber zu spät!', so hieß ein Buch von ihm. Er war sehr witzig und hat mir gezeigt, dass die Pathologie ein durchaus fröhlicher Ort ist. Es heißt zwar, dass Pathologe wird, wer Menschen helfen will, aber keine Patienten mag. Das stimmt aber nicht. Obduktionen sind nur ein Teil meiner Arbeit. Viel häufiger noch untersuche ich, ob entnommenes Gewebe karzinogen ist oder nicht, während die operierenden Chirurgen warten, und gebe damit die Entscheidungsgrundlage für die behandelnden Ärzte. Ich denke, ich mag Menschen sehr und halte meine Arbeit für sehr wichtig. Aber es stört mich auch nicht, dabei im Hintergrund bleiben zu können."

Martin kam wieder zur Gruppe zurück, er wirkte etwas blass. Barbara zeigte sich besorgt: „Ist alles in Ordnung, Schatz? Hast du dich so sehr verschluckt?"

„Es geht schon wieder, ist sicher gleich wieder gut, kein Problem ..." Er setzte sich wieder an seinen Platz bei der Familie.

„Wie läuft es eigentlich mit den Vorbereitungen für das Feuerwehrfest?", wollte Michl von Thomas wissen. „Gut, alles im Griff. Da helfen alle zusammen und wir haben auch Routine. Einmal treffen wir uns noch während der Woche, dann geht eh schon der Aufbau los. Ihr kommt doch sicher? Wir haben einen Tanzboden aufgebaut und eine wirklich gute Gruppe spielt nette Tanzmusik."

Der weitere Abend verlief feuchtfröhlich, es wurde gelacht, musiziert und gewitzelt. Als in der einsetzenden Dämmerung die ersten Gelsen aufzogen, nahm es die Moser-Familie zum Anlass, mit ihren jungen Damen den Heimweg anzutreten. Die anderen griffen reichlich bei der herumgereichten Gelsenschutzcreme zu und verscheuchten chemisch geschützt die blutsaugenden Biester. In einem trockenen Jahr wie diesem waren es ohnehin nicht allzu viele der Quälgeister und der Spuk dauerte auch nur etwa eine Stunde.

Und so saßen die anderen noch lange unter der Weinlaube zusammen, bis Tina und Raphl von Thomas und Sabine begleitet den Heimweg antraten.

Kapitel 12: Unter der Erd

Sich auf das unterirdische Niveau zu begeben, fällt im Land der Kellergassen leicht. Nahezu unzählige gewölbte Zugänge bieten Eintritt in die „Terra Subterranea". Die für Österreich einzigartige Lösslandschaft schuf ideale Voraussetzungen für die Erarbeitung der Unterwelt. Löss entstand während der Eiszeiten als windverfrachteter Abrieb der Gletscher. Hier im Weinviertel bietet der Löss die sehr einfache Möglichkeit dauerhafter, billiger Kellerbauten und stellt damit die Grundlage für die das Landschaftsbild prägenden Kellergassen, die Hohlwege und Geländestufen dar. Stollen im Löss, im Gegensatz beispielsweise zu Sandablagerungen, sind ziemlich stabil und wenig einsturzgefährdet. Und es scheint eine Ironie der Zeiten, dass geologische Perioden der Eiseskälte die Voraussetzungen für Kellerstollen geschaffen haben, in denen heute bei einem Achterl Wein zwischenmenschliche Wärme gepflegt wird.

Doch auch wenn die unzähligen, manchmal kilometerlang gegrabenen Kelleranlagen im Weinviertler Löss vordergründig als unterirdisch geschaffene Räume dominieren, ist das Weinviertel der locus typicus für einen geheimnisumwitterten, von Menschenhand geschaffenen unterirdischen Bau: den Erdstall.

Eines vorweg: Es hat nichts mit Tierhaltung zu tun. Als Erdstall wird im nordöstlichen Alpenvorland ein vermutlich im Mittelalter von Menschenhand geschaffenes, unterirdisches, nicht ausgemauertes Gangsystem bezeichnet. „Erdstall" bedeutet „Stätte unter der Erde" oder „Erd-Stollen". Bereits die Eingänge waren versteckt in Lösswänden oder zweigten als kleine Kriechgänge in Kellern ab. Klaustrophobisch durfte man nicht sein, fast immer sind die Zugänge nur am Bauch kriechend zu „befahren", wie es in der Sprache der Bergleute und Höhlenforscher heißt.

Erdställe sind im Weinviertel in fast jedem Dorf zu finden, in manchen Orten sind sogar mehrere erhalten, insgesamt gibt es hunderte davon. Überhaupt sind im Weinviertel Erdställe geographisch gesehen weltweit am häufigsten zu finden. Viele sind schon verfallen oder abgebaut worden, aber immer: Noch gibt es für Wagemutige, und zumindest in den Lössbauten des Weinviertels für Staubresistente, genügend Möglichkeiten zur Entdeckung. Teilweise waren und sind die Erdställe des Weinviertels touristische Attraktionen – und das seit über hundert Jahren! Noch in der Monarchie waren mit finanzieller Unterstützung der k.k. Zentralkommission für Kunst- und Denkmalpflege Erdställe gepflegt und zugänglich gemacht worden. Dabei war es trotzdem gelegentlich notwendig, zur Besichtigung am Bauch liegend zu robben. Als Bequemlichkeit für die damaligen Besucher wurden in den so betitelten „Bauchschlieflöchern" Bretter ausgelegt, so musste man nicht gänzlich durch den Staub kriechen. Da in kaum einem Erdstall bisher Kulturreste gefunden wurden, fällt eine Datierung schwer und so werden Erdställe wohl auch weiterhin geheimnisvoll und rätselhaft bleiben, auch hier im weiten Land der Erdställe.

Im Ort war auf halber Höhe eines Lössabbruches hinter einem Stadel der Eingang zu einem solchen Erdstall. Durch ein kleines Loch kam man in einen Raum, von dem schachtartig ein schmaler Abstieg in eine kleine Kammer möglich war. Hier verzweigte sich der Erdstall in drei Richtungen: einerseits in eine kleine Nische, die etwas zurückführte und beim Abstieg in die Kammer nicht einsehbar war. Es führte auch ein niederer Gang einige Meter weit in eine weitere Kammer, in der man wieder gebückt stehen konnte. Die Hauptfortsetzung führte jedoch in gerader Linie sehr niedrig weiter. Herabrieselnder Löss hatte den Boden aufgefüllt, so dass der Stollen kaum fünfunddreißig Zentimeter hoch war. Hier musste man am Bauch liegend durchkriechen. Nach einigen Metern machte der Gang einen kleinen Knick und fiel steil ab. Wer es hier durch schaffte, kam wie aus einem Trichter in einen alten Kellergang von etwa fünfzehn Metern Länge und drei Metern Höhe. Der ehemalige Eingang zum Keller war durch herabrieselndes Erdreich der Hangkante verschüttet worden.

In diesem alten Kellergang saßen an einem alten Fass drei etwa vierzehnjährige Burschen im Schein mehrerer Kerzen. Der alte Keller, jetzt nur über den Erdstall erreichbar, war ihr geheimer Treffpunkt. Ein paar leere Bierdosen und einige Zigarettenkippen waren Indizien für ihre ersten Versuche, Grenzen zu überschreiten. In diesem Refugium, das allerdings schon seit Generationen immer wieder als solches genutzt wurde, wurden Pläne geschmiedet und, ohne die Sorge um allfällige Sanktionen, der eine oder andere Blödsinn ausgeheckt. Franz, Moritz und Alois waren alle drei in der Jugendgruppe von Thomas. Das konspirative Trio schmiedete Pläne für das bevorstehende Fest der Freiwilligen Feuerwehr. Sie waren ausgelassen und voller Vorfreude auf ihren geplanten Coup. Die Arbeitsteilung für die Vorarbeiten dazu war genau besprochen. Jetzt war es an der Zeit, ihren geheimen Treffpunkt wieder zu verlassen.

Der trichterartige Einstieg in den Erdstall befand sich über einer steilen Lössrampe, die sich aus Lockermaterial vom verschütteten Eingang und dem Erdstall gebildet hatte. Die Burschen hatten ein altes Brett dorthin gelegt und einige Holzstücke darauf genagelt. So hatten sie quasi eine kleine Leiter als Hilfe für den ansonsten mühsamen Aufstieg. Routiniert fädelte sich zuerst Franz in das kleine Loch ein, das hier am Knick in die hinüberführende Röhre den kleinsten Durchmesser hatte. Die Arme voraus, griff er mit den Fingern in die weichen Boden und zog sich zentimeterweise voran. Die beiden anderen unterstützten ihn, indem sie seinen Füßen Halt boten und schoben. Schon war Moritz an der Reihe, bekam die gleiche Unterstützung von Alois und war damit ebenfalls rasch durch. Für Alois war es nun als Letzter etwas schwieriger. Ohne einen Halt für die Füße zu haben, musste er sich in den steilen Trichter hineinziehen. Als er mit dem Oberkörper bereits in dem engen Gang war, versuchte er mit den Füßen, sich im verjüngenden Trichter an der Wand vorzustoßen. So gut er konnte, stieß er mit den Füßen gegen die Wand, um sich gegen die Schwerkraft und die Enge vorwärts zu bewegen. Löss ist sehr stabil und Gänge bestehen im Löss oft Jahrhunderte. Trotzdem können gerade in eingangsnahen Bereichen Risse auftreten, die, so ungestört, auch lange bestehen können. Doch auch der stabilste Löss kann nachgeben, wenn er malträtiert wird.

Wump! Wie eine dumpfe Explosion hörte es sich an. Alois stieß in Todesangst einen Schrei aus, der den beiden anderen Burschen durch Mark und Bein ging und den sie auch zeitlebens niemals vergessen würden. Aus dem kleinen Bauchschließloch kam etwas Staub in die kleine Kammer der Verzweigungen. Der erste grässliche Schrei war in verzweifelte Hilferufe übergegangen. Jetzt zeigte sich die gute und frühe Ausbildung der Burschen, sie behielten die Ruhe, gerieten nicht in wilde Panik. Moritz legte sich auf den Boden und leuchtete in den Gang hinein. Stark hatte es den Löss nicht aufgewirbelt, Moritz konnte gut bis zu Alois sehen. Der lag mit ausgestreckten Armen im Gang. Ab seiner Hüfte sah Moritz schon den Löss, der Alois begraben hatte.

„Lois, wir sind da. Ist dir was passiert? Bist du verletzt?"

Alois schaffte es rasch, sich in den Griff zu bekommen. „Ich kann mich nicht bewegen. Nicht ein Stück. Ich komme hier nicht raus ... Ich stecke fest, ganz fest ..." Angst kroch in seine Stimme.

„Warte, ich versuche dich herauszuziehen. Franz, ich krieche hinein und versuche Lois zu ziehen. Halte meine Füße und ziehe auch."

Moritz fädelte sich mit ausgestreckten Armen in das Loch und kroch langsam vorwärts. Hier war der Gang noch etwas höher als hinten, wo Lois gefangen war. Trotzdem bot er so gut wie keinen Raum, sich zu bewegen. Er kroch vor, bis er die Hände von Lois greifen konnte. Franz war auch etwas in den Gang hineingekrochen und hielt die Füße von Moritz fest. Moritz lächelte Alois zu.

„Mach dir keine Sorgen, wir kriegen dich heraus. Hauptsache ist, du bist nicht verletzt. Das schaffen wir schon ..."

Alois atmete tief durch und nickte. „Ja danke. Komm, probieren wir es einmal, ob ich freikomme, wenn ihr zieht. Los –, probiert es!"

„Franz, jetzt!" Moritz zog mit aller Kraft, konnte aber kaum seine Arme im engen Gang bewegen. Der Zug von Franz verlor sich in der Reibung am Boden.

„Ich habe kaum etwas gespürt, so schaffen wir das nicht ... Vielleicht mit einem Seil, aber ich stecke wirklich sehr fest. Ich glaube, man wird mich ausgraben müssen." Alois war der Resignation nahe ...

„Franz, mach den Platz frei, geh hinaus und mach einen Notruf. Ich bleibe hier. Schau du, wann jemand kommt. Lois, du weißt, wir kriegen das hin. Soll ich dir einen Witz erzählen?"

Was bisher bei den dreien Spiel bei absolvierten Übungen war, machte sich jetzt bezahlt durch die Routine und Ruhe, die sie nun im Ernstfall beweisen konnten. Franz schloff rasch aus dem Erdstall und von der Scheune aus rief er die Notrufnummer. Der Notruf wurde automatisch in die nächstgelegene Polizeidienststelle geleitet. Dort hatte gerade die junge Polizistin Marie Telefondienst.

„Hallo, hier spricht der Franz Kloiber. Ich melde einen Notfall. Unser Freund, der Alois, ist zum Teil im Erdstall hinterm Stadel verschüttet und gefangen."

„Franzi, Servus, hier ist die Marie, die Freundin deiner Tante. Warte, ich stelle auf Raumton, dann können alle hier mithören. Achtung an alle, ein Notfall! So, Franzi, bitte erzähle rasch, was passiert ist."

„Wir waren im Erdstall hinterm Stadel. In einem sehr niedrigen Gang ist ein Stück heruntergebrochen und hat Alois verschüttet. Sein Oberkörper ist frei, aber dahinter ist alles zugeschüttet. Der Gang ist zu niedrig zum Herausziehen, man hat dort kaum Platz. Alois ist, glaube ich, nicht verletzt, aber kann sich nicht bewegen."

„Ich kenn den Erdstall, da war ich auch als Kind drinnen. Der niedrige Gang ist der Verbindungsgang zwischen dem Erdstall und dem alten Keller." Erich war mit besorgtem Ausdruck aus seinem Büro gekommen. „Franzi, hier ist der Erich, sag, könnt ihr über den zweiten Eingang zum Lois?"

„Es gibt keinen zweiten Eingang, Herr Zillinger, nur den Schacht zu den kleinen Gängen, von wo der eine Gang, der jetzt eingebrochen ist, zu dem großen Raum führt."

„Wenn der zweite Eingang nicht offen ist, ist es sicher nur eine kleine Arbeit, ihn wieder zu öffnen. Mein Vater hat mir erzählt, dort sind sie früher sogar mit den Pferdewagen hineingefahren. Vom großen Keller aus ist viel Platz, da kommt man sicher leichter an den Lois und kann schauen, wie man die herabgebrochene Erde wegbekommt. Franzi, bist du jetzt beim Stadel? Ja? Dann geh schnell hinunter, unten neben dem Eingang ist Werkzeug. Hol dir dort die Schaufeln, wir sind gleich bei dir! Marie, alarmiere du die Feuerwehr, wir sind schon weg!"

Die restliche Mannschaft sprang in die beiden Autos vor der Tür zum Wachposten und fuhr mit Blaulicht und Martinshorn los. Noch im Ort hörten sie von überall die Sirenen heulen, neugierige Blicke folgten ihnen aus den Häusern und den Gärten. Kaum vier Minuten später waren sie schon vor dem großen Stadel im Ort. Erich sprang aus dem Auto und seiner gedrungenen Figur zum Trotz war er erstaunlich schnell hinter dem Stadel und strebte die paar Meter den steilen Lösshang hinauf. Franzi stand schon am kleinen Eingang zum Erdstall mit zwei Schaufeln und einem Spaten in der Hand da.

„So, junger Mann, wie geht es dem Lois?"

„Der Moritz ist unten bei ihm und quält ihn mit dummen Witzen. Es geht, er kann reden und Luft ist genug. Er steckt nur völlig fest."

Erich steckte den Kopf in den Erdstall und rief den kleinen Schacht hinunter:

„Lois, Moritz, Hilfe ist da. Aushalten und ruhig bleiben. Wir kriegen dich bald heraus."

Dann richtete er sich wieder auf, deutete nach links und folgte einem kleinen Pfad am Fuß der Lösswand. Nach etwa fünfzehn Metern kamen sie zu einem Bereich, wo die Wand geglättet wirkte. Erde war hier in einem steil abfallenden Kegel nach unten angehäuft. Erich orientierte sich kurz und deutete auf eine Stelle etwa zwei Meter von ihnen entfernt.

„Da müssen wir graben, hier kann es nur ein kleines Stück sein und dann sind wir im großen Gang." Sofort begann er die lockere Lösserde wegzuschaufeln. Der Polizist Franz und der junge Franz fingen auch an, neben ihm zu graben. In der lockeren Erde ging es rasch voran, die Schwerkraft entsorgte auch gleich das weggeräumte Material. Bald war die Wölbung des ursprünglichen Eingangs erkennbar. Jetzt waren die Helfer angespornt und gruben fieberhaft schnell weiter. Die Wölbung trat rasch weiter hervor und sie konnten beginnen, Erde darunter abzugraben. Nur einen halben Meter hinter dem Rand stießen sie schon ins Leere und ein schwarzes Loch tat sich auf. Kaum zwei Minuten später war der Durchgang auf eine Größe angewachsen, bei der man leicht durchkam. Erich griff an seinen Gürtel und nahm die dort angebrachte, zur Standardausrüstung gehörende Taschenlampe in die Hand. „Franzi und Franz, kommt ihr mit. Alle anderen warten hier. Sonst sind da drinnen zu viele auf einmal."

Er legte sich auf den Boden und robbte durch das Loch in den Kellergang über den Erdkegel auf der anderen Seite hinunter. Der große und der kleine Franz folgten ihm. Sein helles Licht erleuchtete den alten Gang und für einen Moment ließ er das Bild auf sich einwirken. Sein Gesicht nahm einen freundlichen Ausdruck an, als alte Erinnerungen an seine Jugendzeit wach wurden. Rasch schüttelte er die sentimen-

tale Stimmung ab und wandte sich wieder der eigentlichen Aufgabe zu.

Vorne rechts erkannte er den Erdkegel, der zum
verschütteten Gang hinaufführte. Er wandte sich in
die Richtung und stieg am Brett in die Höhe, um die
Situation zu beurteilen. Entlang eines Risses hatte sich
ein annähernd halber Meter großer Lössblock gelöst,
zur Seite hin war ein etwa handbreiter Spalt. Unter
dem Block ragte eine Schuhspitze heraus. Erich griff
nach der Schuhspitze und drückte sie. „Lois, wir sind
schon da! Das haben wir bald!" Erich hörte, wie ein
lauter Schluchzer aus dem Loch kam. Alois hatte durch
die Berührung, die eine baldige Erlösung aus seiner Situation versprach, etwas an Kontrolle verloren. Erich
ließ sich den Spaten hinaufreichen und begann, den
abgebrochenen Lössblock an der Seite zum Spalt hin
aufzubrechen. Wie Kuchenstücke brach er Teile ab,
die gleich nach unten wegfielen. Der Block war etwa
fünfundsiebzig Zentimeter tief und Erich haute den
Spaten ein ums andere Mal hinein und verkleinerte
den Block mit jedem Stich. Auch am oberen Rand stieß
er hinein. Wenn in einem Keller ein Block einmal ab-
bricht, ist der Rest fast immer sehr stabil und die Gefahr von Nachbrüchen gering. Rasch war seitlich und
oben bereits reichlich Platz. Erich stellte seinen Spaten
ab, griff so tief er konnte an der Seite des Lössblocks
vorbei nach hinten und versuchte mit seinem Gewicht
den Block zu bewegen. Der gab etwas nach, verkante-
te sich aber gleich wieder. Abermals nahm Erich den
Spaten und bearbeitete den Block weiter. Der wurde
immer kleiner, der Raum zwischen ihm und der Wand
breiter. Nochmals griff Erich tief in den Zwischenraum
und versuchte, den restlichen Block von hinten zu fassen. Jetzt rutschte der Block rasch heraus, fast wie ein

Sektkorken aus der Flasche und fiel über den Erdkegel unter dem Einstieg in den Verbindungsgang herunter in den Kellergang. Erich griff nach dem Fuß und zog fest. Schon rutschte Alois aus dem jetzt wesentlich erweiterten Loch heraus und geradewegs in seine Arme.

Erich drückte den Buben an sich und so umklammert rutschten die beiden gemeinsam den Erdkegel hinunter. Alois hatte heftig zu schluchzen begonnen und Erich hielt ihn jetzt einfach fest. Von oben kam Erde heruntergerieselt und schon kollerte Moritz zu den beiden herunter. Beide Buben warfen sich jetzt regelrecht auf die beiden am Boden Liegenden und so hatte man hier ein in sich verschlungenes Menschenknäuel.

Der große Franz war zur Kelleröffnung gegangen. Davor war inzwischen eine kleine Menschenansammlung, die das Loch weiter vergrößert hatte und nur darauf wartete, eingesetzt zu werden. Dort rief er hinaus:

„Wir haben ihn, alles OK. Alle gesund! Wir kommen gleich!" Von draußen kamen Freudenrufe. Drinnen begann sich das Menschenknäuel auch zu lösen, als sie die Rufe hörten. Erich begann, bei Alois das Gewand abzuputzen.

„Von mir bekommt ihr nichts zu hören. Dafür war ich als Kind viel zu oft hier herunten. Sind mir liebe Erinnerungen. Und gut ist es ausgegangen, nix is passiert, oder?"

Die Buben nickten sichtlich erleichtert. Erich nahm seine Taschenlampe auf und leuchtete in den Gang nach hinten. Ein paar alte Fässer standen noch da, auch ein paar alte Bretter lagen aufgestellt an der Wand. Der Gang war noch so, wie in der Erinnerung an seine Lausbubenzeit. Er wollte sich schon umwenden, da fiel sein Blick auf das Weinfass mit der Kerze. Dort war auch ein klarer Plastiksack, durch den man bunte

Stoffteile sehen konnte. Erich wusste sofort, was er da sah und als er sich umdrehte, sagten die betroffenen Blicke der drei Missetäter alles. Jetzt war die Angst vor der Bloßstellung und der Strafe höher, als das gerade durchgestandene traumatische Erlebnis.

„So eine Regenerationsfähigkeit sollte man noch haben", dachte er sich fast neiderfüllt. Er tat sein Bestes, ein ernstes Gesicht zu bewahren.

„So, ich sehe, wir haben miteinander doch noch etwas zu klären. Das bleibt aber erst einmal unter uns. Da draußen wird kein Wort von dem dort am Fass geredet. Morgen sehen wir uns wieder und dann wird das unter uns Männern geklärt. Verstanden, ihr drei? Und du, Franz, hast jetzt nix ghört, gell."

Schmunzelnd antwortete Franz, der doch länger im Raum gestanden war und damit zu den Eingeweihten gehörte:

„Wos host gsogt, Chef? Hier versteh i nix ..."

Die drei nickten erleichtert. Jetzt war es Zeit, die Erwartungshaltung der inzwischen draußen harrenden Menschen zu erfüllen und einer nach dem anderen kroch durch den inzwischen ordentlich erweiterten Eingang hinaus. Kaum dreißig Minuten waren seit der Alarmierung vergangen. Inzwischen waren die Freiwillige Feuerwehr und viele Privatpersonen eingetroffen. Auch ein Krankenwagen stand vor der Scheune. Als die Buben herauskrochen, kam großer Applaus auf. Thomas war auch schon in vorderster Reihe und nahm die drei herzlich in Empfang. Ihm merkte man deutlich die Erleichterung an, seine Schützlinge wohlbehalten zurückzubekommen. Ein Arzt kam vor zu Alois und bestand darauf, ihn im Krankenwagen zu untersuchen. Ein großer Teil der Leute zog dann in Richtung Krankenwagen ab.

Als Erich herauskam, waren fast alle im Aufbruch. Seine drei Mitarbeiter standen aber da, halfen ihm aufzustehen und den Staub abzubeuteln. Viel wurde nicht gesprochen. Franz stellte sich dann aber vor seinen Chef: „Dass d' es grod waßt Chef, du bist urleiwand." „Ja, voll klass", stimmten auch die anderen beiden ein.

Erich fühlte ein warmes Gefühl in sich aufkommen, er wusste sich wieder darin bestätigt, hier in heimatlichen Gefilden ein großer Fisch im kleinen Teich zu sein.

Thomas kam herüber gerannt. „Erich, super, danke. Da hast echt was bei uns allen gut. Am Wochenende bist du unser Gast."

„Aber wirklich nicht! Wenn ich nicht ganz normal zum finanziellen Erfolg unserer Feuerwehr beitragen darf, komme ich ganz sicher nicht!"

„Das werden wir noch sehen! Wir sollten das alte Loch zumachen, nicht dass so etwas wieder passiert ..."

„Nein, auch da bin ich dagegen. Das Loch gibt es seit Ewigkeiten. Schauen wir lieber, dass wir es wieder etwas pflegen und die Teile, die sich langsam verfüllen, wieder frei räumen. Ich wette sogar, im niedrigen Verbindungsgang liegt noch das alte Brett aus der Monarchie. Mach einfach eine Übung daraus, dann haben alle was davon. Dann kann man auch gleich lockere Teile entfernen und es passiert nicht so schnell wieder. Und erzähl mir nicht, dass du nicht auch noch vor ein paar Jahren hier warst und es aufregend gefunden hast. Na also, weiß ich doch, bist in guter Gesellschaft! Ohne das alte Bauchschliefloch wäre unser Ort um eine Besonderheit ärmer und auch ein bisschen weniger weinviertlerisch. Das würd ich nicht wollen ..."

Thomas hatte nur bestätigend genickt.

Gemeinsam gingen sie nun in Richtung Kranken-wagen. Dort war der Notarzt gerade fertig damit, Alois zu untersuchen:

„Alles OK, der Lausbua gehört nur gründlich ab-gestaubt!" Alle lachten erleichtert. Jetzt begann sich die Versammlung rasch aufzulösen und die einzelnen Gruppen gingen wieder ihrer Wege. Auch Erich ver-abschiedete sich von seinen Mitarbeitern und machte sich auf den Weg nach Hause. Dort angekommen er-wartete ihn Birgit bereits.

„Hab schon gehört: Gut is gegangen – nix is passiert. Hätt aber auch anders ausgehen können. Aber lass dich erst einmal draußen abbürsten, den Staub brauchen wir nicht im Haus ..."

Nach der gründlichen Reinigung durfte Erich ins Haus. Bald war er frisch geduscht und umgezogen. Birgit und er setzten sich zusammen und Erich wollte gerade zu erzählen beginnen.

„Da kommen Jugenderinnerungen auf, alles knirscht im Mund! Ich glaub, heut trink mer wos, damit ich das vermaledeite Bauchschliefloch aus meinem Mund spüle!" Er stand noch einmal auf, holte einen Veltliner vom Norbert Döltl aus dem Kühlschrank und kam mit Gläsern und Wein zurück. Nun, bei einem gemütlichen Glas Wein erzählte er von den Geschehnissen des Ta-ges. Als er fertig war, bemerkte er, dass Birgit ihn mit einem versonnenen Lächeln ansah.

„Jetzt schaust grad so drein wie die Mona Lisa! Ich glaube, wir könnten reich werden, wenn du das Ge-heimnis um den Grund für dieses Lächeln lüften könn-test!"

„Na, Herr Polizeiinspektionskommandant, hast viel-leicht auch, außer einen Lausbuam retten, einen örtli-chen Kriminalfall lösen können?"

„Das mag schon sein, aber zu einem laufenden Ermittlungsverfahren kann ich keine Aussagen machen ...“

Birgit lachte laut auf und gab ihrem Erich einen freundschaftlichen Stoß. „Du solltest doch auch einmal über die Gartenzäune hinweg ermitteln, da erfährt man einiges.“

„Da muss ich dich verbessern, meine Liebste, da wette ich sogar mit dir: Mann nicht, aber Frau!“

„Hast auch wieder Recht, auf jeden Fall sind die Gfrasta gesehen worden. Da nichts mehr weggekommen ist seither, haben die Damen abgewartet. Aber was das sollte, möchtens halt doch wissen.“

„Nun, die laufenden Ermittlungen werden morgen mit vollem Einsatz weitergeführt und unter Bedachtnahme auf die dörflichen Begebenheiten hoffentlich zu einem Abschluss gebracht. Wie gesagt, in ein laufendes Verfahren kann derzeit noch nicht eingegriffen werden!“

Birgit lachte schallend, lehnte sich zu Erich hinüber und nahm ihn fest in ihre Arme. „Du bist schon ein ganz Besonderer ...“ Erich erwiderte ihre Umarmung und hielt Birgit fest. Nach ein paar Minuten des gemeinsamen Schweigens fügte Erich in ernst gemeintem Ton an:

„Birgit, das ist so schön – do bin i daham ...“

Und sein „Daham“ umschloss seine Birgit, seine Familie und Freunde, seine Dörfer und das Weinviertel.

Am nächsten Tag kam es im Ermittlungsverfahren des Falles der dörflichen Ungereimtheiten zu einer wesentlichen Wende. Die drei Hauptverdächtigen kamen vormittags in die Wachstube. Dort wurde hinter verschlossener Tür das Ermittlungsverfahren zu einem vorläufigen, auch vorbehaltlichen Abschluss geführt. Als die drei wieder herauskamen, stand ihnen, trotz der strengen Miene von Erich, die Erleichterung ins Gesicht geschrieben. Der große Franz blinzelte den drei Burschen noch aufmunternd und mit dem Selbstverständnis des Eingeweihten zu.

Und am Abend konnte Erich an „Daham" berichten, dass über die Wäscheleinen-Tratsch-Schiene Entwarnung gegeben werden konnte und der Fall auch offiziell bald zur allgemeinen Zufriedenheit aufgeklärt werde.

Kapitel 13: Fest feiern beim Feuerwehrfest

Die Sonne schien schon hell durchs Fenster. Thomas lag im Bett und hatte Sabine im Arm. Ihr Kopf lag an seiner Brust. Er spielte gedankenverloren mit ihren dunklen Locken, steckte einen Finger in die Mitte einer Locke und drehte sie herum. Sabine lächelte mit geschlossenen Augen und genoss es sichtlich. Langsam machte sie die Augen auf und als Thomas in ihre rehbraunen Augen sah, überwältigten ihn seine Gefühle.

„Biene, es ist so wunderschön, mit dir zusammen zu sein. Wäre ich nur nicht so lange so dumm gewesen, wir hätten schon viel länger glücklich zusammen sein können."

„Nein, Thomas, ich glaube, es war auch wichtig zu erfahren, wie sehr wir einander wollen. Dafür wissen wir jetzt besser, was wir aneinander haben. Wir haben es uns erst verdienen müssen. Und weil es uns nicht leichtgefallen ist, können wir es jetzt mehr schätzen. Ich liebe dich, Thomas."

Anstatt eine Antwort zu geben drückte Thomas Sabine an sich und begann ihren Kopf mit vielen kleinen Küssen zu bedecken. Sabine erwiderte die Küsse und streichelte Thomas' Brust. Thomas ließ seine Hand über Sabines Rücken gleiten, hinauf zum Nacken, dann den Rücken hinunter zum Po. Dort hielt er seine Hand fest angedrückt. Die Erregung erfasste beide rasch. Sabine richtete sich auf und setzte sich auf Thomas. Sie liebten sich kurz und heftig. Sabine ließ sich danach neben ihm ins Bett fallen. Thomas strich mit dem Finger eine Schweißperle von ihrem Busen.

„Also den Morgensport hätte ich schon auch früher gut vertragen ..."

„Nix Morgensport, bist ja nur faul dagelegen und hast mich die Arbeit machen lassen ..."

Nach einem kurzen Gerangel standen sie auf und begannen sich für den Tag fertig zu machen. Schon seit einiger Zeit waren die beiden quasi zusammengezogen, wechselten sich aber noch alle paar Tage ab, blieben einmal bei Sabine und dann wieder bei Thomas, wie es sich einfach ergab. Den Familien war es sehr recht so, auch für sie war die Beziehung von Sabine und Thomas etwas Natürliches, das sie immer erwartet hatten und jetzt, da es endlich eingetroffen war, wurde es als selbstverständlich gesehen. In den Häusern wurden die Betten gegen größere ausgetauscht und Platz für das jeweils neue Familienmitglied geschaffen. Im Bad berieten sich die zwei über den Tagesablauf. Thomas wollte noch schnell nach Gänserndorf.

„Was brauchst denn von dort?", wollte Sabine wissen.

„Der Hofer hat ab heute eine selbstauslösende Wildkamera im Angebot. Die kostet gerade nur noch achtzig Euro und die Qualität ist auch sehr gut. Ich wollte mir schon länger eine zulegen. Kommst du mit?"

„Da schau an, bist du gar ein Voyeur? Lerne ich hier neue Seiten an dir kennen? Wen willst du denn heimlich beobachten? Na so was! Planst du eine Überwachung am Hufeisenteich, du Schlimmer?"

„Nix Voyeur, da habe ich nur Augen für dich, Biene! Hier im Garten will ich sie aufhängen. Du hast ja Gott sei Dank auch nur Augen für mich, wenn wir da sind, aber im Garten bei uns bekommen wir oftmals in der Nacht interessanten Besuch. Nicht nur Rehe kommen herein, auch Dachse und Füchse. Hier von meinem Fenster aus erkenne ich meistens nur Schatten, auch weil ich aus dem Licht herauskomme. Aber ich wollte schon oft sehen, was hier alles nächtens durchkommt. Jetzt ist die Kamera wirklich billig und eine gute Qualität dazu. Und du weißt ja, die Hofer-Angebote sind immer so schnell weg! Ich muss nur sagen, wenn ich es mir genauer überlege, ist deine Anregung, sie auch für voyeuristische Zwecke einzusetzen, gar nicht so übel ... Die Vorstellung, unten am Hufeisenteich ..."

„Nichts dergleichen, du schiacher Gauner, du!" Lachend boxte sie ihm in den Oberarm. „Aber fahr nur alleine, ich gehe schon vor zum Feuerwehrhaus und fange mit den Vorbereitungen an. Da ist ja noch viel zu machen und so können wir früher beginnen. Aber halte dich nicht zu lange auf, heute wird ein langer Tag! Wir treffen uns dann dort."

„Danke, Biene, das ist lieb von dir. Ich beeile mich eh, es ist heute wirklich genug zu tun für die nächsten Tage."

Thomas gab ihr einen Kuss und ging los zu seinem Auto. Er hatte das alte Auto seiner Mutter „geerbt", einen etwas betagten VW Golf, aber das Auto lief noch einwandfrei. Mit dem Auto war er gute zehn Minuten später in Gänserndorf beim Hofer. Tatsächlich waren, obwohl es der erste Tag des Sonderangebotes war und der Hofer erst eineinhalb Stunden offen hatte, nur mehr zwei Kameras erhältlich. Bei diesen Sonderangeboten musste man wirklich immer schnell sein, sonst hatte man keine Chance. Thomas schnappte sich eine Kamera und war gleich wieder am Weg zurück. Sabine hatte schon Diverses vorbereitet für den Aufbau des Feuerwehrfestes. Langsam trafen auch die anderen Helfer ein. Die nächsten Stunden wurden mit dem Aufbau des Tanzbodens, der Bühne und des Zeltes verbracht. Der Grillstand wurde aufgebaut und reichlich Getränke eingekühlt. Für die Schauvorführungen der Feuerwehr wurden die Fahrzeuge geputzt und alle notwendigen Materialen hergerichtet. Hier halfen alle zusammen, Jung und Alt. Die Vorbereitung des Feuerwehrfestes war schon Teil des eigentlichen Volkfestes. Am Nachmittag war alles fertig, morgen würden nur mehr einzelne kleinere Arbeiten anfallen. In erster Linie betrafen sie die Lieferung der frischen Würste und Fleischwaren für den Grillstand. Als die meisten gegangen waren, richteten Sabine und Thomas noch ein paar Sachen zusammen und fuhren dann gemeinsam hinauf zum Haus der Familie Glatz oberhalb des Kellerberges. Während Sabine sich frisch machte, packte Thomas seine neu erworbene Kamera aus und richtete sie her. Viel war nicht zu machen, Batterien einsetzen und den Speicherchip, schon war sie einsatzbereit. Thomas ging in den Garten und fand für die wetterfeste Kamera einen Platz am Stamm des Apfelbaumes, wo er sie mit dem Befestigungsband montierte. Nach vorne war bis hinüber zum Nachbarhaus der Wiesners alles frei. Der Bewegungsmelder der neuen Wildkamera reagierte auf die Kombination aus Wärme und Bewegung. Sobald sich etwas im Erfassungsbereich des Bewegungssensors bewegte und Infrarotstrahlung abgab, wurde ausgelöst. Das Zusammenspiel dieser beiden Auslösemechanismen stellte sicher, dass es nur selten Fehlaufnahmen gab. Die neue Kamera hatte sogar bereits die schwarzen LEDs, die wie ein Blitz den Beobachtungsraum ausleuchten konnten, aber für das Auge absolut unsichtbar waren. Thomas war zufrieden, jetzt war er schon neugierig auf die ersten Aufnahmen. Er ging zurück ins Haus, wo es verführerisch gut roch. Seine Mutter war froh über den Familienzuwachs und verwöhnte seither die Familie immer wieder mit besonderen Schmankerln. Mutter Glatz war stolz auf ihre alten Weinviertler Rezepte, die zum großen Teil in der Familie weitergegeben wurden.

Für heute hatte sie sich wieder etwas Besonderes einfallen lassen: Schweinsmedaillons mit Schafkäsestrudel und Zucchini-Letscho. Dafür hatte sie beim Fleischer vom echten „Weinviertler Schwein" Schweinsmedaillons besorgt. Die Marke „Weinviertler Schwein" garantierte, dass es ausschließlich im Weinviertel geboren, aufgezogen und geschlachtet wurde. Das Fleisch des „Weinviertler Schweins" hatte eine kräftige rosa Farbe. Es war außergewöhnlich zart mit einem würzigen Geschmack und einer besonders festen Konsistenz. Die Beilagen waren hier die Hauptarbeit. Für den Strudel wurden Zwiebel und Knoblauch geschält und fein gehackt, Mangold gewaschen und in Streifen geschnitten. Alles zusammen in Öl gedünstet und dann zum Auskühlen beiseite gestellt. Gewürfelter Schafkäse wurde untergemischt, mit Salz und Pfeffer abgeschmeckt, auf einem Blätterteig verteilt und zu einem Strudel zusammengerollt. Das Ganze wurde mit Ei bestrichen und im Backofen knusprig gebacken. Für das Letscho wurden die fein gewürfelte Zwiebel, dann die in Würfel geschnittenen Zucchini und anschließend die Paradeiser in etwas heißem Öl gedünstet, dann mit Suppengewürz, Salz und Pfeffer abgeschmeckt und mit fein gehackten Gartenkräutern vermengt. Erst jetzt, als alle im Haus waren, begann Mutter Glatz die gesalzenen und mit Pfeffer eingeriebenen Schweinsmedaillons in Öl scharf anzubraten. Bis alle am Tisch saßen, gab sie den Deckel auf die Pfanne, nahm sie vom Herd und ließ es noch gut durchziehen.

Als Sabine erfrischt vom Bad herunterkam und den reich gedeckten Tisch sah, strahlte sie: „Mama Glatz, du bist wunderbar, das ist ja wieder unglaublich! Du verwöhnst uns so sehr!"

„Das ist mir ein Herzensanliegen. Jetzt, wo ich in dir so etwas wie eine eigene Tochter habe, die ich mir auch immer gewünscht hatte. Ich freue mich ja selber so sehr, dir das alles zu zeigen und es weitergeben zu dürfen. Der Thomas hat nie das Interesse fürs Kochen gehabt, aber mit dir hier jetzt ..." Anstatt etwas zu sagen ging Sabine zu Mama Glatz, umarmte sie fest und wurde ebenfalls eng umschlungen. Thomas und sein Vater kamen gerade ins Esszimmer und nahmen das harmonische Bild auf. Der Vater legte seinem Sohn den Arm auf die Schulter und meinte: „Sabine ist wirklich eine Bereicherung für unsere Familie und der Mama hättest du keine größere Freude machen können ..."

„Alles Eigennutz, Papa, reiner Egoismus meinerseits", was Sabine ein herzliches Lachen entlockte.

Zum Essen gab es einen Gemischten Satz aus den Sorten Grüner Veltliner, Welschriesling und Chardonnay vom eigenen Weingarten, der ein sehr fruchtbetontes Bukett hatte. Das Abendessen verlief fröhlich und danach zogen sich alle bald zurück, um für den morgigen langen Tag des Feuerwehrfestes fit zu sein.

Am nächsten Tag gab es zum Frühstück Weinviertler Weinkuchen aus dem Einmachglas. Die konnten auf Vorrat gemacht werden und schmeckten wie frisch gebacken, wenn man sie öffnete. Es war damit ein praktisches Frühstück, das schnell auf den Tisch gezaubert werden konnte.

„Du musst mir unbedingt einmal zeigen, wie du das machst, Mama Glatz!"

„Nichts lieber als das, Sabine. Da können wir im Herbst nach der Lese wieder einmal einen kleinen Vorrat backen."

Und schon begann das Feuerwehrfest, das am Samstag den ganzen Tag und am Sonntag bis zum frühen Nachmittag ging. Das Programm am Samstag bot einen Frühschoppen ab zehn Uhr, der nahtlos von einem reichhaltigen kulinarischen Mittagsangebot abgelöst wurde. Parallel fanden Vorführungen statt und man konnte einmal persönlich die große Drehleiter im Einsatz erleben. Auch Dienstleistungen wie Feuerlöscher-Überprüfungen wurden angeboten. Ein Blutspendebus stand bereit und für Kinder gab es ein eigenes Spielgelände. Für den Nachmittag wurde die „Stadlbar" und ein eigener Weinstadl, wo man gute Weine aus der Region verkosten konnte, eröffnet. Die Hauptattraktion war jedoch eine große überdachte Bühne mit Tanzfläche für ein perfektes „Open-Air-Feeling". Ab dem späten Nachmittag spielte durchgehend gute Tanzmusik und so war das Feuerwehrfest in diesem Punkt fast wie ein Sommerball. Für die Freiwillige Feuerwehr war es das wichtigste Ereignis des Jahres. Es diente der eigenen Finanzierung und alle daraus gewonnenen Einnahmen wurden in den Ankauf neuer Schutzausrüstungen, Fahrzeuge, Geräte und anderer notwendiger Materialien investiert.

Es fand auch eine Oldtimer-Schau statt, wie bei so vielen Veranstaltungen des Weinviertels. Thomas hatte schon die Woche zuvor beim Grillabend der Metzgers Raphael davon erzählt. Er und Martina waren nach dem gelungenen Debut im Weinviertel leicht dazu zu bewegen, auch an diesem Wochenende dabei zu sein. Sie bezogen schon am späten Vormittag ihr „Schlafgut" Quartier und kamen dann gleich zum Festplatz. Raphaels gagerlgelber Käfer stach schon farblich heraus. Er bot kleine Rundfahrten in seinem Cabrio an und führte seine Fahrgäste entlang der alten Wiener

Straße hinauf über den Weinberg zur Renaissanceka-
pelle am Rochusberg spazieren. Von dort zog er die
Runde dann der March entlang zurück. Wie bei allen
Oldtimer-Schauen im Weinviertel waren die alten
Traktoren besonders zahlreich vertreten. Diese wurden oft über Generationen gepflegt und weitergegeben.
Die Liebe zu den alten Traktoren war im Weinviertel
tief verwurzelt. Ein alter Traktor war ein Statussymbol
und gleichzeitig eine Verpflichtung. Ein erster Höhe-
punkt war die Rundfahrt aller versammelter Oldtimer,
die in einer langen Runde um die beiden Dörfer auf
alten Straßen und Feldwegen erfolgte. Es war schon
ein beeindruckender Anblick, die lange Schlange an
liebevoll gepflegten und geschmückten Fahrzeugen
vorbeiziehen zu sehen! Mit dem Abschluss des Korsos
wurden die Fahrzeuge auf der benachbarten Wiese
abgestellt und standen dort den Rest des Nachmittags,
um bewundert oder als Fotomotiv genutzt zu werden.

Ab dem späten Vormittag stand auch Fritzl Hahn
da, voll „aufgemascherlt in Einser-Panier" und erfüllte
seine selbstauferlegte Aufgabe als echter Botschafter
des Weinviertels. Für diesen Anlass war er perfekt
weinviertlerisch-festlich gekleidet. Die dunkle Arbeitshose war neu und das Fiata, das Fürtuch, ganz
frisch und sauber. Sein Janker war mit Abzeichen geschmückt, allen voran das silberne Ehrenzeichen für
die bereits über fünfundzwanzigjährige Zugehörigkeit
zur Freiwilligen Feuerwehr. Umgehängt hatte er einen „Köllazega", ein aus Leder gefertigtes, verschließbares röhrenförmiges Behältnis, in welchem eine
Flasche Wein Platz hatte. Daran hatte er auch seine
Kellerschlüssel befestigt, mehrere mächtige, verzier-
te Schlüssel für die Schlösser der beiden Presshäuser,
deren Besitzer er war. Stolz zeigte er aber auch die

zusätzliche Transportmöglichkeit für eine Weinflasche in Form einer Tasche an der Innenseite seines Weinhauer-Jankers. Und unverzichtbar auch der wieder neue Strohhut am Kopf.

Fritzl war in seinem Element. Mit geübtem Blick erkannte er die Neulinge und Großstädter, ging auf sie zu und begrüßte sie. So schnell konnten diese gar nicht schauen, bekamen sie schon die Geschichte des Ortes und des Weinbaus erzählt. Er erklärte Details und Zusammenhänge – seine Zuhörer bekamen ein lebendiges Weinviertel quasi mit dem Suppenlöffel serviert! Wobei er darin gut war. Er kannte unzählige Geschichten und Anekdoten und war über die Geschichte des Landes bestens informiert. Er erzählte gerne davon, der Botschafter der Volkskultur, als Symbol für Weinviertler Gastlichkeit und Kommunikationsfreude.

„Kummts, trink ma wos, do dazö i eich vo do."

Bei einem Achterl Welschen am Heurigentisch plauderte er mit den „frisch G'fangten" über die Anfänge am Kellerberg. Erst 1781, mit dem Untertanenpatent, konnten die hiesigen Bauern eigenen Grund erwerben. Vorher gehörte alles Land hier in der Gegend der Kartause Mauerbach. Kaiser Josef II. schaffte mit seinen Reformen die Basis für die selbstständigen Bauern. Davor hatten die Landwirte keinen Bedarf, große Keller anzulegen. Als Leibeigene stand ihnen lediglich der Anteil des „Zehnten", quasi der Eigenverbrauch, zu. Der Rest musste abgeliefert werden. Damals genügten für den Eigenbedarf kleine Keller. Die jetzigen, größeren Kellerröhren entstanden erst ab dem neunzehnten Jahrhundert, die Presshäuser darüber wurden teilweise viel später gebaut. So wurden viele der heute charakteristischen Kellergassen erst zu Beginn des neunzehnten Jahrhunderts errichtet.

Mit seiner lebendigen Erzählweise und vollem körperlichen Einsatz war er der Mittelpunkt am Tisch. So zu sein, wie er ist, war für ihn eine Selbstverständlichkeit. Fritzl kannte es so von seinen Vorfahren und dieses Erbe prägte sein Tun. Die Volkskultur lag bei ihm quasi in den Genen. Er lebte gut damit, das Faktotum des Ortes zu sein. Aber er war stolz, dass mit ihm und seinem Einsatz Erlebnisse und Erfahrungen aus Generationen weiterlebten. Fritzl teilte sie mit Begeisterung und aus Überzeugung.

Bertl Schoiswohl kam gerade vorbei, wie immer bereits etwas „abgefüllt".

„Tuast wida a Gschichtl drucka, du Augeba du ..."

Fritzl ließ sich in keinster Weise beirren, hier im Ort wusste man, ignorieren war die beste Art, dem immer wieder aggressiven Bertl zu begegnen. Und als Bertl klar wurde, da kommt nichts zurück, wanderte er wortlos weiter.

Das Wetter konnte nicht besser sein für das Fest. Das seit langem bestehende Schönwetter hatte etwas abgekühlt und war inzwischen angenehm warm und nicht mehr brütend heiß. Ideal für die Tänzer am Nachmittag. Wobei das Weinviertel als trockenste Region Österreichs ohnehin wetterbegünstigt war. Oft sehr zum Unmut der Bauern. Hohenau im Weinviertel weist im Durchschnitt einen Niederschlag von nur vierhundertdreiundsechzig Millimeter auf. Im Salzburgischen fiel da teilweise fast das Fünffache davon an einzelnen Orten. Derzeit waren die Felder wieder einmal staubtrocken und es gab umfassende Ernteausfälle. Die Sonnenblumenernte konnte man abschreiben, die Blumen waren alle der Dürre zum Opfer gefallen, im wahrsten Sinn „vadiat"! Der Wein war allerdings noch gut unterwegs, jetzt kam es ganz auf einen guten Herbst an.

Am Nachmittag begann sich das Festgelände rasch zu füllen. Auch die Zillingers, Erich, Birgit und Angelika kamen. Mit dabei war der slowakische Kollege Štefan Horváth mit seiner Frau. Sie setzten sich an einen Tisch in der Nähe des Kinderspielplatzes und Angelika stürzte sich gleich auf die aufgebaute Luftburg. Die „Köllapartie" der Vorwoche fand sich ebenfalls an einem Tisch wieder. Zusätzlich waren Norbert und Andrea Döltl, sowie Andi und Rosi Mück am Tisch der Gruppe. An diesem Wochenende hatte keiner der Heurigen offen. Allen nahmen am Fest teil. Die Musik hatte begonnen und die Tanzfläche war gut besucht. Auch Thomas nahm sich jetzt eine Auszeit von der Arbeit, schnappte sich Sabine und drehte mit ihr einige Runden. Wobei die Blicke der Ortsansässigen sich sehr wohlwollend auf das junge Paar richteten.

Beim nächsten Tanz spielte die Musik einen Tusch und die Sirene des großen Leiterwagens begann aufzuheulen. Die Leiter fuhr aus und es war eine Bewegung im Korb erkennbar. Alle drängten sich neugierig vor, um zu sehen, was sich da abspielte. Als die Leiter ganz ausgefahren war, kamen buntgekleidete Strohfiguren aus dem Korb und wurden über den Korbrand abgelassen. Es waren eine männliche Figur – mit Feuerwehrhelm und eine weibliche, wobei die weibliche mit der spitzengeschmückten weißen Großmutterunterwäsche unter dem Rock sofort einen Heiterkeitssturm verursachte. Aufgehängt waren die beiden Figuren an einem großen alten Fassreifen, von dem fähnchenartig Buntes hing. Auffällig war auch ein himmelblauer Strampelanzug über den beiden Figuren.

Andrea Döltl lächelte gequält: „Ich seh, ich seh, was alle sehen, und eins davon ist meins ...!"

Inzwischen hatte sich die Feuerwehrjugend unter der Leiter versammelt, in der ersten Reihe die Initiatoren des Intermezzos, Franz, Moritz und Alois, mit einem Mikrofon in der Hand. „Test, eins, zwei – Test, eins, zwei …" Zufrieden, dass der Ton ohne Rückkopplung und in einer richtigen Lautstärke kam, schauten sich die drei an und nickten sich Mut zu.

„Wir, die Feuerwehrjugend, begrüßen unseren Jugendleiter Thomas mit seiner Freundin Sabine. Kommt ihr bitte zu uns?"

Im Aufstehen raunte Thomas Sabine zu und deutete dabei auf die Strohfiguren: „Wenn ich an mein Spiegelbild von heute Morgen denke, habe ich meine Erscheinung zwar etwas anders in Erinnerung, aber ich glaube, wir beide sind mit den Figuren da gemeint." Sie gingen vor zum Platz unter dem Leiterwagen und blieben vor der Jugendgruppe stehen.

Franz, Moritz und Alois traten etwas vor, schauten sich noch nervös an. Moritz übernahm die Führung, nickte den beiden aufmunternd zu und begannen abwechselnd eine kleine Laudatio vorzutragen:

„In der Feuerwehrjugend lernt man viel.
Von Sicherheit und Technik und das im Spiel,
wie wird ein richtiger Knoten gemacht?
Wir können das schon, da wird gelacht!
Zu wissen, wie Erste Hilfe geht, ist wichtig,
damit im Notfall man macht alles richtig.
Gelernt, geübt, im Wettkampf bestanden,
wo wir die Landesmeisterschaft errangen.
Dass wir hier sind so ein toller Verein,
verdanken wir dir, Thomas, ganz allein!
Wir danken dir für deinen Einsatz,
du hast bei uns einen Ehrenplatz!

Wir wissen, du bist mit Eifer dabei,
wenn auch du bist nun nicht mehr so frei.
Sabine hat dir den Kopf verdreht.
Man glaubt gar nicht, wie schnell das geht!
Und wünschen dir mit Sabine viele Jahre,
das sieht man schon, sie ist für dich die Wahre!
Wir verstehen schon, wenn du keinen Kopf hast für
uns,
stehst du bei Sabine so hoch in der Gunst.
Drum tut ihr euch beide vor Liebe verzehren,
und bald einmal die Feuerwehrjugend vermehren!"

Mit den letzten Strophen waren die Zuhörenden am Fest in schallendes Gelächter und Gepfeife ausgebrochen. Jetzt fiel die ganze Mannschaft gesangsmäßig ein, wobei auf Grund des Stimmbruchs einiger Sänger das Klangerlebnis ein bemerkenswertes war: „Hoch sollen sie leben, hoch sollen sie leben, drei Mal hoch!"

Mit den ersten Tönen des „Hoch sollen sie leben!" begannen auch die Gäste am Fest in den Gesang einzufallen. Thomas war eine solche Aufmerksamkeit nicht gewohnt, er wusste nicht so recht, wie er sich jetzt verhalten sollte. Sabine hatte seine Hand genommen und drückte sie fest. Sie beugte sich zu ihm und sprach ihm ins Ohr: „Da musst du jetzt durch, du grandioser Jugendleiter, los, freu dich!"

Thomas strahlte sie an und umarmte sie, was die Lautstärke des Gejohles und Pfeifens nochmals erheblich verstärkte. Er ging zu den drei Akteuren, die verlegen lächelnd dastanden, und gab ihnen die Hand.

„Ganz herzlichen Dank, ihr drei Spitzbuben, da habt ihr euch ja was einfallen lassen. Obwohl ...", er deutete nach oben zu den Strohfiguren, „ich glaube, ihr habt da noch was auszubügeln, ich vermute einige Leute im

Ort haben deswegen mit euch dreien ein Hühnchen zu rupfen!" „Ist schon mit Herrn Zillinger besprochen, wir haben freiwilligen Arbeitsdienst abgefasst. Wird jetzt gleich persönlich erledigt." Thomas lachte, „Na dann will ich mich nicht weiter einmischen. Aber gib mir jetzt bitte einmal das Mikrofon, danke!"

Thomas schnalzte kurz zweimal mit der Zunge ins Mikrofon, um ein Gefühl für den Klang zu bekommen und begann:

„Ich freue mich, dass alle miterleben durften, was wir hier für eine tolle Mannschaft mit unserer Feuerwehrjugend haben. Ich bin wirklich stolz auf euch alle und auf eure Leistungen. Und auch eure Streiche sind immer wieder gelungen, euch dreien, Franz, Moritz und Alois, ganz herzlichen Dank. Unsere Feuerwehrjugend hat ein sehr erfolgreiches Jahr hinter sich. Wir alle freuen uns über die erbrachten Leistungen und ganz besonders über den ersten Platz in der Landesmeisterschaft. Bitte einen Applaus für unsere Nachwuchsfeuerwehrleute!"

Das Publikum klatschte begeistert. Als es verhallte, fuhr Thomas fort:

„Und wenn ich mir da die beiden Strohpuppen ansehe, die da oben in inniger Verbundenheit hängen, dann gibt es mir schon zu denken. Inzwischen habe auch ich erkannt, wie lange Sabines und mein Weg schon zusammengeführt hat. Auch wenn das alle anderen lange vor uns beiden wussten, ist es sogar mir inzwischen klar, dass ich zukünftig eine Partnerin an meiner Seite haben will." Thomas wandte sich zu Sabine und nahm ihre Hand. „Sabine, wir wissen, wir gehören zusammen und sind glücklich darüber. Willst du mich heiraten? Vielleicht nicht grad jetzt, aber in absehbarer Zukunft?"

Ganz still war es geworden. Alle starrten gespannt auf das Paar. Sabine strahlte Thomas an, nahm ihm das Mikrofon aus der Hand.

„Ja natürlich, Thomas, das will ich!", und fiel ihm um den Hals.

Der Applaus, der jetzt ausbrach, war gewaltig! Eine Verlobung am Feuerwehrfest, noch dazu Thomas und Sabine, das war ein Ereignis! Die Jugend, die noch immer dort stand, war einen Moment verlegen, stimmte dann aber ebenfalls in den Freudentaumel ein. Thomas und Sabine standen engumschlungen da. Sabine flüsterte Thomas ins Ohr: „Wow, jetzt bist du mein Verlobter, nicht nur mein Freund. Das ging aber schnell. Krieg ich auch einen Ring?" „Natürlich, den suchen wir uns beide in den nächsten Tagen aus, darauf freue ich mich besonders!"

Die Stimmung am Fest war inzwischen euphorisch. Als Sabine und Thomas zurückgingen, wurden sie von allen Seiten beglückwünscht. Ihre Familien waren aufgesprungen und umrahmten sie gleich. Mama Glatz strahlte trotz Tränen in den Augen, da wäre die finsterste Nacht hell geworden! Inzwischen begann für die drei Initiatoren des Ganzen, Franz, Moritz und Alois, ihr persönlicher Canossagang. Sie waren vorbereitet und suchten jetzt ihre „Opfer" einzeln auf. Ihnen übergaben sie eine persönliche Entschuldigung mit der Bestätigung, dass entwendete Kleidungstücke unbeschädigt und sauber retourniert würden. Auch ein Gutschein für eine Gartenarbeit oder eine sonstige Aufgabe wurde übergeben. Keine der Betroffenen machte es den dreien schwer. Nach dem Erfolg und dem unerwarteten Ergebnis ihrer Aktion war der Ärger fast dem Stolz gewichen, ein Teil davon gewesen zu sein. Erich beobachtete den Bußgang aus dem Augenwinkel heraus und mit einem Schmunzeln. Auch Birgit sah den drei Burschen nach und musste lachen. Sie nahm ihr Glas in die Hand und prostete ihrem Mann zu. „Gut gemacht, Erich. Ermittlungsverfahren abgeschlossen und Fall gelöst. Kommt wohl nicht zu den Akten ...“

Štefan schaute fragend. „Ein dörflicher Kriminalfall konnte von Erich dank seines vollen körperlichen Einsatzes erfolgreich gelöst und zu einem zufriedenstellenden Abschluss gebracht werden!“ Sie deutete auf die Strohfiguren und die wehenden Höschen. Štefan begann die Zusammenhänge zu erahnen und er und seine Frau ließen sich, schon aus fachlichem Interesse, den Ablauf dieses besonderen Ermittlungsverfahrens erklären. Was dazu führte, dass Štefan und seiner Frau auch bald Tränen in den Augen standen. Soll noch einer sagen, die Arbeit der Polizei hätte nicht auch ihre humoristischen Höhepunkte!

Inzwischen waren Sabine und Thomas am Tisch der Kellergassenpartie der Vorwoche angekommen. Es wurde ihnen gleich Platz gemacht und rundum gratuliert. Michl bezog sich in seiner Gratulation gleich wieder auf sein Fachgebiet der Volkswirtschaft.

„Ich freue mich, euch zur Gründung des mikroökonomischen Haushaltes zu gratulieren! Per Definition seid ihr die kleinste Größe der Wirtschaft, die aber für die Nachfrage sehr wichtig ist. Ihr seid damit ein privates Sozialgebilde, das eine oder mehrere Personen mit einheitlicher Willensbildung umfasst.“

„Stopp, Michl! Heute keine Lerneinheiten! Heute sind wir nur zwei Menschen, die miteinander vereint bleiben wollen, ein Leben lang! Gelernt wird ein anderes Mal, heute nicht!“, womit Sabine Thomas umarmte und ihm einen Kuss gab.

Martina wandte sich ihrem Raphl zu: „Das ist ja so romantisch!"

„So, findest du? Na dann, eigentlich wollte ich dir das morgen sagen, aber ich glaube, jetzt ist ein sehr passender Moment dafür. Dich kennenzulernen, mit dir zusammenzukommen, ist für mich das Schönste, was mir bisher passiert ist. Und auch wenn wir noch nicht lange zusammen sind, habe ich das Gefühl, wir ergänzen uns und nur mehr zusammen sind wir beide ganz. Ich war mir noch nie so sicher in meinen Gefühlen einem anderen Menschen gegenüber und ich glaube, auch du fühlst so. Daran soll sich für uns beide niemals etwas ändern."

Alle starrten atemlos auf die beiden, als Raphael in seine Hosentasche griff und eine kleine Schmuckschachtel herauszog. „Oh mein Gott, oh mein Gott, Raphael ...?"

„Na ganz so großartig bin ich nicht, Tina, aber wenn du trotzdem für den Rest unseres gemeinsamen Lebens mit mir Waldschratt zusammenbleiben willst ...?" Er öffnete die Schachtel und zog einen Ring heraus. „Tina, du bist mein Ein und Alles, meine Seelenverwandte, willst du mich heiraten?"

„Oh mein Gott, du bist so verrückt, Raphl, du bist wirklich so verrückt, aber JA, ich will." Raphael nahm den Ring und steckte ihn Martina an den Finger. Es war ein zarter Goldreifen mit einem dezenten eingelassenen Diamanten, schlicht und schön. Martina war völlig außer sich, konnte kaum reden. Die beiden nahmen sich in die Arme und hielten sich fest. Norbert Döltl, mit seinem ruhigen und bodenständigen Charakter, fasste sich als Erster. Humorvoll begann er: „Na, do soit ma ja im Bezirksblattl schaun. Es scheint, dass heit die Verlobungen im Dutzend bülliga san. Wer wü denn sunst no?" Norberts trockener Humor wirkte gleich und die Tischrunde erwachte aus ihrem Staunen. Sabine stupste ihren Frischverlobten: „Schau, Thomas, der Raphael ist besser vorbereitet, der hat schon einen Ring besorgt." „Ja, dafür bin ich spontaner! Aber die Gunst der Stunde zu nutzen, scheint uns beiden zu liegen! Komm, da dürfen wir gleich als Erste gratulieren, frisch verlobt und no frischer verlobt gesellt sich gern!" Alle schlossen sich den Glückwünschen an. Am Fest war die neue Entwicklung nicht unbemerkt an den Gästen vorübergegangen. Nun spielte die Musik einen Tusch und die Musiker machten über das Mikrofon eine Ansage.

„Ja, liebe Leutln, da geht es heute aber ab! Verloben scheint gerade sehr ansteckend zu sein! Also Vursicht, liebe Junggesellen und -gesellinnen! Oder rasch mitmachen! Zu Ehren unserer frisch Verlobten laden wir sie auf unsere Tanzfläche zum Verlobungswalzer! Einen herzlichen Applaus für unsere neuen Paare. Und im Übrigen sind alle weiteren frisch Verlobten hiermit herzlich eingeladen, sich anzuschließen." Thomas, Sabine, Raphael und Martina zogen vor zur Tanzfläche, wo ihnen zu Ehren der Donauwalzer gespielt wurde. Dort genossen sie die freie Tanzfläche und schwebten in eleganten Kreisen zum Takt der Musik.

Es herrschte jetzt eine Bombenstimmung am Fest, was sich bei der Konsumation der Speisen und Getränke bemerkbar machte, mit einem Wort, es stand auch finanziell für die Feuerwehr zum Besten. Bis zum späten Nachmittag und Abend war ein Großteil der Bewohner der umgebenden Orte am Festgelände eingetroffen. Auch der Filialleiter der Ersten Bank in Dürnkrut, Wolfgang Wiesner und seine Frau Susanne, die Nachbarn der Döltls, waren da. Sie saßen am Tisch der Dorfvorstände und des Bürgermeisters. Wolfgang Wiesner hatte für das Fest nicht nur schöne Tombola-Preise gespendet, er hatte auch eine kunstvoll gestaltete Tafel mit einem Gutschein parat, auf dem seine Filiale die Kosten einer Ausbildungswoche für die Jugend als Sponsor übernahm. Jetzt, da das Fest so gut besucht war, war es an der Zeit, den Gutschein zu übergeben. Schließlich sollten ja möglichst viele Leute von seiner Bank und ihren gelebten Kundenbindungen erfahren! Mit Susanne an seiner Seite ging er nun vor und bat die Musiker um einen Tusch. Dann holte er Thomas und die Mitglieder der Jugendgruppe zu sich. In einer kurzen Ansprache hob er die Bedeutung der aktiven Jugendarbeit hervor. Es sei ihm und seiner Bank eine Ehre, mit ihrem Sponsor-Betrag eine solche Investition in die Zukunft und Sicherheit der Region zu tätigen. Unter dem Applaus der Anwesenden wurde der Gutschein übergeben und nach der obligaten Fotosession durften die begeisterten Tänzer Wolfgang und Susi zusammen mit Sabine und Thomas eine freie Tanzfläche genießen.

Vom Rand des Festgeländes wurden sie dabei von Miroslav Bodgovic beobachtet. Er wandte sich ab und ging nun langsam in der beginnenden Dämmerung den Berg hinauf in Richtung der alten Kirche. Das Fest kam ihm gelegen, er konnte so noch einmal das Haus der beiden ungestört auskundschaften. Er hatte sich wieder einen Lieferwagen besorgt und ihn auf einer Parkfläche unterhalb der Kirche abgestellt. Das Auto war hinter einer Reihe von Büschen vom Weg aus kaum zu sehen. Am Parkplatz standen gelegentlich auch Campingmobile über Nacht, er konnte sich daher darauf verlassen, dass sein Auto unbeachtet bleiben würde. Als er von der Kirche kommend zum Auto ging, kam eine getigerte Katze über den Parkplatz heran und rieb sich schnurrend am Bein von Bodgovic. Ein hämisches Grinsen stand auf seinem Gesicht, als er langsam den Fuß hob und dann mit großer Wucht der Katze auf den Hals trat und sein ganzes Gewicht auf sie verlagerte. Das Tier röchelte und zuckte kurz, dann lag es regungslos da. Etwas Blut begann aus dem Maul herauszufließen. Bodgovic ging einen Schritt zurück und trat die tote Katze wie einen Fußball ins Gebüsch. Zufrieden, dass man die tote Katze nicht sehen konnte, zog er sich ins Auto zurück.

Dort hatte er einige Gegenstände gelagert, Handschellen, Kabelbinder und eine Kette. Er blieb noch eine Stunde im Auto und studierte seine Aufzeichnungen, prägte sich die Abstände im Haus ein. Als es schließlich ganz finster war, packte er seine Utensilien zusammen und machte sich auf den Weg zum Haus der Wiesners. Er kam jetzt von oben, von der entgegengesetzten Seite wie bisher. Hier war die Hecke dichter, das Durchkommen schwieriger. Auch gut zu wissen. Wieder konnte er über das Fenster ins Esszimmer einsteigen. Im Schein seiner kleinen Lampe kontrollierte er nochmals seine Skizzen mit der Situation vor Ort. Er glich die Abstände der Möbel mit seinen Unterlagen ab. Er wollte auch im Finsteren problemlos hier durchfinden. So durchschritt er nochmals alle Zimmer im Erdgeschoß und prägte sich möglichst alles ein. Die Stiege hatte er besonders gut geübt bei seinem letzten Besuch. Die vierte Stufe war ihm inzwischen sehr vertraut und er stieg geräuschlos über sie drüber. Heute ging er zuerst ins Bad. Dort war ein Wandschrank mit Handtüchern. Hinter dem untersten Stapel versteckte er die mitgebrachte Kette, die Handschellen und Kabelbinder. Dann erst ging er zum Schlafzimmer.

Er ging zum Nachtkästchen und öffnete die Lade. Er nahm die Pistole heraus und entleerte die Munition. Er war sich ziemlich sicher, dass das nicht so schnell auffallen würde, er wollte auf Nummer sicher gehen. Wenn er dann seinen Überfall durchzog, sollte sein Risiko gering bleiben. Er hatte ohnehin vor, zuerst die Pistole zu nehmen, solange seine Opfer noch schliefen. Sollten sie aber vorzeitig erwachen und sich wehren wollen, war die ungeladene Pistole ein Trumpf im Ärmel. Abermals ging er alle Zimmer im Obergeschoß ab, probte mit geschlossenen Augen, ob er sich alles gemerkt hatte. Als er rundum zufrieden war und sich überzeugt hatte, alles gut für den bevorstehenden Tag vorbereitet zu haben, stieg er wieder die Stiege hinunter. Auch dieses Mal ging er mit geschlossenen Augen. Vor der knarrenden vierten Stufe hielt er kurz an und stieg blind weiter auf die dritte Stufe. Alles passte, er bewegte sich fast geräuschlos durch das Haus. Er ging noch zum Fenster, durch das er eingestiegen war. Dort gab er eine Knetmasse in die Öffnung der Fensterverriegelung. So konnte er, selbst wenn das Fenster geschlossen wurde, von außen leicht das Fenster öffnen. Noch einmal sah er sich um und machte sich erst dann auf den Rückweg. Wieder verließ er das Haus durch die Esszimmertüre zum Garten. Draußen war es ruhig, nur der leichte Geräuschpegel des Feuerwehrfestes drang herauf. Der Mond war fast voll und gerade im Aufsteigen. Er stand als großer heller Kreis über der Bergkette der Kleinen Karpaten. Unten im Ort fing ein Hund zu bellen an. Hunde gingen Bodgovic auf die Nerven. Am liebsten hätte er jeden Hund, der ihm entgegenkam, erschlagen. Aber Hunde konnte man nicht so leicht erschlagen wie Katzen. Er horchte in die Nacht hinaus, es waren keine sonstigen Geräusche zu hören. Nun löste er sich aus dem Hauseingang und ging in Richtung Hecke. Er fühlte sich gut vorbereitet und war zufrieden. Was ihm nicht auffiel, war, dass die neue Wildkamera von Thomas ihn beim Verlassen des Gartens mit der Infrarot-Auslösung aus dem Baum heraus vor der Hecke fotografiert hatte.

Bodgovic ging zurück zu seinem Auto und fuhr von dort weiter in die Au hinunter. Dort fuhr er den Damm entlang bis fast auf die Höhe von Andi Mücks Hochstand. Er stellte sein Fahrzeug ab, nahm wieder einen Sack mit Utensilien, Handschellen und einem Seil, und stieg den Damm hinunter zum Hochstand. Den Sack steckte er in das Gebüsch direkt neben dem Hochstand. Der Mond war inzwischen so hoch, dass er die Landschaft der Au in ein weiches blaues Licht tauchte. Alles war gut erkennbar, die Wiese, die Uferbäume und natürlich auch der Damm. Wenn das Wetter hielt, und so sollte es ja sein, würde er in ein paar Tagen ideale Verhältnisse haben. So bräuchte er dann gar keine Taschenlampe für sein Vorhaben. Befriedigt ging er zurück zum Auto, startete und fuhr weiter nach Dürnkrut zur Bank, wo er sich davor einparkte. Fast eine halbe Stunde saß er still im Auto und überzeugte sich davon, dass in der Nacht hier höchstens zufällig jemand vorbeikam. Nach einiger Zeit fuhr er noch ein paar Runden in der Nachbarschaft, doch auch da gab es keine Lebenszeichen in den Straßen. Schließlich gab er sich zufrieden und fuhr wieder weg.

Das Fest ging noch lange in die Nacht hinein, und auch als die Musik offiziell zu Ende war, saß man an den Tischen noch lange zusammen. Am nächsten Tag fand eine Feldmesse statt. Der Pfarrer war ein Mann, der mit beiden Beinen in der Realität des Lebens stand. Er war ein drahtiger Mittsechziger, der in jüngeren

Jahren durch seine Sportaktivitäten wie Höhlenforschung und Drachenfliegen für gelegentliche Schlagzeilen gesorgt hatte. Jetzt hob er in launiger Weise die beiden Verlobungen des Vortages hervor. Anwesend bei der Messe waren allerdings nur Thomas und Sabine, was den Pfarrer zur Bemerkung veranlasste, man müsse Nachsicht mit dem zweiten Verlobungspaar haben, wahrscheinlich bemühten sich die beiden gerade, sich in geeigneter Form auf das Eheleben vorzubereiten. Als dann Martina und Raphael zum Frühschoppen erschienen, dauerte es eine Weile, bis ihnen die Bedeutung der humorvollen Blicke von allen Seiten klar wurde. Michl hatte schließlich Erbarmen mit den beiden und weihte sie, quasi von Zuagrastem zu Zuagrastem, in die Worte des dörflichen Guten Hirten ein. Raphaels Reaktion war eher pragmatisch: „Passt eh! Ist der Ruf erstmal ruiniert, lebt sichs gänzlich ungeniert – und das macht eindeutig mehr Spaß!" Und als sich die beiden auf den Weg nach Hause machten, in den Käfer einstiegen und losfuhren, zogen sie mit lautem Krach eine Kette aus leeren Gulaschdosen hinter sich her!

Und damit es ganz klar war, hing ein Schild mit „Frisch verlobt" am Auto.

Kapitel 14: Prelude Prima Nox

Es war schon später Nachmittag und Bertl Schoiswohl führte gerade seinen Hund, einen dunklen Schäfermischling, am Kellerberg spazieren. Obwohl der Kellerberg genügend Möglichkeiten für die Geschäfte eines Hundes bot, legte Bertl Wert auf die punktgenaue Verrichtung seines Vierbeiners und zog ihn kräftig von jeder unerwünschten Lokalität weg. Erwünscht im Sinne Bertls waren Stellen mit einer gewissen Nachhaltigkeit. So war er durchaus zufrieden mit der Platzierung eines ordentlichen Hundstrümmerls auf der Türschwelle von Norberts Presshaus. Auch Michls Presshäuser waren attraktive Ziele. Solange dort kein Auto stand, kam er gerne vorbei und sorgte dafür, dass an den Stellen, wo man aus einem geparkten Auto ausstieg, heimtückische Tretbomben im Gras versteckt wurden. Im Prinzip war er indifferent gegenüber seinen Zielen, hegte keine besonderen Präferenzen für oder wider einzelne Personen. Wichtig war ihm die Tat per se, er zog seine Befriedigung daraus, irgendjemandem, egal wem, Ärger zu bereiten. Heute war wieder Michls Keller an der Reihe und zufrieden schaute er seinem Hund zu, als er in der Hocke seinen Darminhalt ins Gras entleerte. Wobei ihm auch die Stellen früherer Verrichtungen, die strategisch im Gras verteilt waren, auffielen. Er mochte die Vorstellung, dass jemand voll hineinsteigen könnte und der weiche Gatsch sich richtig am Schuh oder gar am Fuß verschmieren würde. Oder, dass beim Rasenmähen die Scheiße zentrifugal über Mäher und Gras verteilt würde. Als sein Hund mit seinem Geschäft fertig war, zogen beide gemächlichen Schrittes weiter ihre Runden am Kellerberg.

Etwa eine Viertelstunde später kamen Michl und Helga herangefahren. Michl parkte auf der leicht kiesigen Fläche neben dem Weg und sprang gleich aus dem Auto, während Helga noch etwas sitzenblieb und an einer Handarbeit weiterarbeitete. Michl zog den großen verchromten Kellerschlüssel aus dem Seitenfach des Autos und ging vor zur Kellertüre, wobei er auf seinen Weg achtete. Er sperrte die Kellertüre auf und verschwand nur kurz im Inneren des Presshauses. Heraus kam er mit einem Rechen. Nun begann er die Spuren der animalischen Verunreinigungen mit dem Rechen aufzulesen. Er trug sie zum Hang am Rand der Wiese und legte sie dort zu den Büschen. Nochmals ging er die Wiese und die Fläche vor den Presshäusern ab. In diesem Moment kam Andi Mück am Fahrrad die Kellergasse herunter. Als er die Metzgerischen sah, blieb er stehen und schaute Michl zu.

„Jo sog, Michl, tuast vielleicht üben fia den Hiabst, sozusagen Trockenrechen, damit du in Übung bist, waun da Hiabst kummt?"

Michl lachte schallend auf: „Genau das! Na weißt eh, die üblichen Hundstrümmerl mach ich immer gleich weg, wenn ich ankomme. Dann ist eine Ruhe damit. Und die Pflanzen können eine Düngung gebrauchen."

„Ah so, woa da Bertl bei dir unterwegs. Bei mir hot da Saukerl vor kurzem sein Hund unterm großen Heirigentisch scheißen lossn. Gott sei Dank hob ich des rechtzeiti bemerkt. Waun ich den amoi dawisch, is a draun!"

„Nicht, Andi, lass es, das ist er nicht wert. Schau, denk dir nur: Der Bertl ist auf Grund mangelnder Vernunftbegabung nicht der echten Sünde fähig. So wie ihn der Herr in die Welt gesetzt hat und mit dem, was er an sich selbst verändert hat, ist er gestraft genug. Und dann musst du dir vorstellen, er ist im Prinzip wie die Scheiße, die er überall verteilt. Wenn du ihm zu nahe kommst, bleibt davon etwas an dir picken. Das lohnt sich nicht. Außerdem bist du in der besseren Position. Du kannst dir den Schmutz wieder abputzen, er bleibt aber ein Stück Scheiße!"

Andi lachte schallend, während Michl seinen Kontrollgang beendete. Jetzt stieg auch Helga aus und begrüßte Andi. „Was ist, hast Zeit auf ein Begrüßungsachterl?"

„Jo, eigentlich scho. Ich hob grod a Weinverkostung oben bei mir gehobt und de Kunden san gschwind fertig gwesn. Jetzt pressiert es grad nicht." Michl stellte den an der Sitzbank vor dem Presshaus angelehnten Tisch gerade und verschwand mit dem Rechen hinein. Heraus kam er mit einem Stuhl und einem Tischtuch. Er stellte den Stuhl zum Tisch, deutete Andi Platz zu nehmen und zog das Tischtuch am Tisch gerade. Helga war auch ins Presshaus gegangen und kam gleich mit Gläsern heraus.

„An hiesigen Weinen kann ich dir nichts Neues anbieten, aber ich darf dich auf einen guten Elsässer Tropfen einladen. Ich hatte kürzlich beruflich im Elsass zu tun und habe dort einen herrlichen trockenen Edelzwicker bekommen und mir auch zwei Kisten davon mitgenommen. Es ist eine Cuvée hauptsächlich aus den Rebsorten Gutedel und Sylvaner mit Riesling und Grauburgunder. Der Winzer dort hat, so wie du, früh auf biologischen Weinbau umgestellt und erzeugt wirklich hochwertige Weine. Ich bin inzwischen zwei Mal jährlich auf Ausstellungen in der Gegend und gehe gerne dorthin. Dort kann man auch ausgezeichnet essen, kurzum, rundum ein Genuss!"

„Jo, des klingt interessant, sehr gern! Ned, dass i de Weine vum Norbert, Fritzl oder den ondern vun hier ned a schätzat, oba amol was Neiches ausprobiern mag i gern!"

Während Michl im Keller verschwand, setzten sich Helga und Andi schon an den Tisch. „Bleibt ihr jetzat schun heraußn? Is jo erst Dienstag. Fangt do bei euch schun des Wochenende on?" „Nein, nicht wirklich. Aber Michl hat an einem Konzept zu arbeiten und das kann er hier ungestörter tun. Unser Büro ist noch immer heiß und dort gibt es auch immer etwas anderes, das einen ablenkt. Hier kann er sich besser auf die Arbeit konzentrieren. Und heutzutage mit mobilem Internet und Laptop ist das Büro dort, wo du es haben willst. Wichtige Daten hat er auf der Cloud und kann sie von überall abrufen. Wenn du so willst, sind wir zum Arbeiten hier!" „Oba ned, dass i eich jetzat aufhalt ..." „Ach wo! So dringend ist die Arbeit auch wieder nicht! Wo kommen wir da hin, wenn wir nicht einmal Zeit haben, einen guten Tropfen mit Freunden zu teilen!"

Michl kam gerade mit der Flasche und dem Flaschenöffner zurück. Der Flaschenhals war mit einer Zinnkapsel verschlossen, die Michl mit einem Abschneider rundum löste. Er drehte den Korkenzieher in den hellen Korken, stellte den Hebel des Korkenziehers an den Flaschenrand und mit einem lauten „Plopp" glitt der Korken heraus. Michl schenkte in die drei Gläser ein und verteilte sie.

„Zum Wohle!" Die drei schwenkten die Gläser, prüften die Farbe des Weines und rochen daran, nahmen die Aromen auf, bevor sie einen ersten Schluck tranken. Andi zog die Augenbrauen hoch. „Respekt, do host wirkli an guten Tropfen mitbracht. A Weile lang warn de Elsässer Edelzwicker a normierte Massenware und uninteressant. Oba inzwischen steht de Qualität, wia bei uns allen, im Vordergrund. De betonte Säure, fruchtig und frisch, oafach a Genuss!"

„Freut mich, dass er dir schmeckt und ich dir etwas Ungewohntes zeigen kann. Ich hoffe, dich in gute Laune zu bringen, und denke, der alte Spruch, den man Leopold Figl in den Mund gelegt hat, wäre jetzt durchaus passend." Auf den fragenden Blick von Andi fuhr Michl fort: „Weißt eh, bei der Unterzeichnung des Staatsvertrages im Jahre 1955 soll der Außenminister Molotov in Heurigenstimmung zum Einlenken ‚überzeugt' worden sein, gemäß dem Motto: Und jetzt noch d' Reblaus, dann sans waach!"

„Ah, vun doher weht da Wind!", lachte Andi auf. „Du wüüst zum Aunsitzen mit! Dafia wüüst mi ‚waach kriagn." Michl nickte bestätigend. „Jo, eigentlich is es sogoa grod günsti. Im Moment is mei großer Hirsch fost regelmäßig do. Und i hob kan besondern Druck bei da Jogd. Jo, waunst wüüst, kenn ma muagn in da Frua gemeinsam zum Hochstond. Oba du waßt eh: Duat is a Ruah! Deine ausfuhrlichen Litaneien konnst da spoan, Pappn hoitn ist aungesogt! Is des eh kloa?"

„Alles, was du sagst, Andi! Ich freue mich, einmal mitzugehen, und vielleicht habe ich auch Glück und kann ein gutes Foto schießen. Und zum Fotoschießen brauche ich ja keinen Jagdschein! Wann willst du aufbrechen?"

„I hol di um dreiviertel vier do o. Donn foan ma zu mein Hochstond und bleim duat etwa zwa Stund. De erste Stund wird no recht finsta sei, oba da Mond is fost voi und geht spät auf, do seng ma trotzdem gonz guat in da Frua. Da Wind passt a, mia haum derzeit an leichtn Wind aus südwestlicher Richtung und schaun g'nau noch Süden. Ab fünf wirds zunehmend hell. Donn host a a guate Chance auf a Foto."

„Ich freue mich wirklich darüber, endlich einmal mitgehen zu dürfen. Und das mit dem Stillhalten weiß ich auch. Ich war vor einiger Zeit in Slowenien zur Bärenbeobachtung. Sechs Stunden bin ich dick eingepackt dort am Hochstand gesessen. Leider haben wir außer Dachse und Rehe nichts gesehen. Allerdings haben Wölfe in der Nacht geheult, das war auch ein Erlebnis! Kalt wird es uns ja derzeit nicht werden, soll ich sonst noch irgendetwas mitnehmen?"

„Na, wird ned notwendig sei. So lange sind mer murgn ned untawegs und frühstücken können mer a nocha." „Gut, ich bin dann in der Früh gestellt und warte hier vor dem Presshaus auf dich." „Und ich schlafe ganz sicher aus!", brachte sich Helga ein. Während sich in der Folge die Gespräche um die jüngsten Jagderfolge von Andi drehten, kamen Thomas und Sabine die Kellergasse herauf. Bereits an ihrem Gang erkannte man, dass sie offensichtlich recht erschöpft waren. Es fehlte die Vitalität und jede Bewegung wirkte langsam und gequält. Helga, die als Erste die beiden bemerkte, winkte ihnen zu und deutete ihnen herzukommen. Als sie näher kamen, sah man dunkle Ringe unter ihren Augen.

„Sagt einmal, was ist mit euch los? Ihr seid ja ganz geschafft!"

„Ja, sind wir auch. Wir haben seit dem Beginn des Aufbaus am Feuerwehrfest kaum geschlafen und waren die ganze Zeit im Einsatz. Gerade sind wir fertig geworden. Alles ist wieder verräumt und an seinem Platz. Aber wir sind auch fix und fertig. Nur noch nach Hause und ins Bett!"

„Aber dürfen wir euch noch ein Achterl Elsässer Edelzwicker anbieten? Wir haben gerade einen offen."

„Aber ja, jetzt nach der Arbeit kurz chillen, das passt gut am Heimweg. Und einmal einen anderen Weißwein probieren, ist auch immer interessant. Aber wir bleiben wirklich nur kurz, wir sind einfach erledigt."

Sabine hatte sich zu Helga gesetzt und ein schelmisches Lächeln kam in ihr Gesicht. Betont langsam streckte sie die Hand aus und spreizte ihre Finger. Am Ringfinger war ein hochglänzender Ring aus Weißgold und Gelbgold, mit einem eingelassenen Brillanten. Im späten Licht des Tages funkelte der Stein und warf kleine Regenbogen auf den Tisch. Sabine drehte die Hand etwas und ließ die bunten Flecken am Tisch wie in einem Kaleidoskop herumwandern.

„Ja da schau an! Da habt ihr ja offensichtlich doch Zeit für etwas anderes gehabt. Lass schauen! Der ist aber schön ...!" Sabine strahlte auf. „Ja, wir sind gleich am Montag zum Juwelier nach Gänserndorf. Einmal schnell schauen wollten wir nur. Dort hat er aber dann diesen Ring in der Auslage gehabt und er hat auch perfekt gepasst. Genau so einen hatte ich mir gewünscht und wir haben das Glück gehabt, ihn auch gleich zu bekommen. Er hat an Ort und Stelle noch das Datum eingraviert und wir waren rasch wieder da. Und seither haben wir gemeinsam durchgearbeitet. Auch eine Art, eine Verlobung zu begehen ..." „Oje, mein Schatz, bist aber nicht böse, oder?" „Natürlich nicht, das hat jetzt einfach dazu gehört."

„Dann lasst uns einmal auf euch beide anstoßen, Prost!" Michl ergriff als Hausherr die Initiative. Hell klangen die Gläser in der Kellergasse. Während die Gespräche sich rasch wieder um Alltägliches drehten, wandte sich Michl Andi zu. „Andi, ich bräuchte wieder einen Riesling von dir. Mein Vorrat geht dem Ende zu. Wann kann ich denn vorbeikommen? Ein Sechser-

Karton genügt für jetzt, wir sind ja bei dir an der Quelle sozusagen." „Waunst wüllst, dann können mer a jetzt noamal hinauf, sind jo glei durt. Und morgen bin i am Vurmittag schun in Poysdorf bei der Rebschul, i möcht mi durt a wengerl umsehen und vielleicht im Herbst neiche Reben aussetzen." „Dann trinken wir gemütlich aus, viel ist ja nicht mehr in der Flasche und ich gehe dann mit zu dir."

Etwa zehn Minuten später löste sich die Runde auf. Während Helga begann, das Presshaus für die Übernachtung vorzubereiten, zogen die anderen die Kellergasse hinauf. Keinem fiel auf, dass bei ihrem Näherkommen eine Person im Gebüsch unterhalb der Kirche verschwand. Oben an der Wegkreuzung verabschiedeten sie sich voneinander. Thomas und Sabine stiegen weiter in Richtung ihres Hauses und Andi und Michl gingen in Richtung Heurigen weiter. Als Thomas und Sabine auf der Höhe der Abzweigung am Parkplatz vorbeigingen, fiel ihnen der süßliche Geruch nach Verwesung auf.

„Na, hoffentlich ist es nichts Großes, sonst wird es unangenehm", bemerkte Thomas noch, als sie in die obere Gasse abbogen. Vor ihnen kam gerade Wolfgang Wiesner aus der Garage seines Hauses. „Na, ihr beiden frisch Verlobten, auch gerade fertig mit der Arbeit?"

„Ja, unten im Feuerwehrhaus alles zu verräumen war heftig! Aber für heuer sind wir fertig, ehrlich gesagt auch fix und fertig! Ich glaube, wir fallen bald ins Bett!" „Na, dann will ich euch nicht aufhalten. Susi hat für heute geschmorte Rindswangerl mit Bohnen und Zwiebeln vorbereitet. Die liebe ich, die sind immer so weich und zart und voller Geschmack. Einfach ein Genusserlebnis!"

„Dann genieße es und grüß Susi von uns! Mama Glatz hat ganz sicher auch für uns etwas Gutes vorbe-

reitet! Schönen Abend noch, Wolfgang!", verabschiedete sich Sabine.

Tatsächlich hatte Mama Glatz, im Wissen um die
harte Arbeit der beiden, mit einem Weinviertler Wild-
ragout ordentlich aufgetischt. Das Fleisch hatte sie
schon am Vortag in Rotwein und Gewürzen mariniert.
Seit dem frühen Nachmittag dünstete es in einem Ke-
ramiktopf im Backofen. Die Wohnung war erfüllt von
dem betörenden Duft der Rotweinsauce und des Ros-
marins. Als die beiden durch die Tür kamen, rief sie
ihnen zu: „Gleich ist das Essen fertig. Macht euch rasch
frisch und kommt dann gleich wieder. Ich mache nur
noch die Nockerln fertig!"

Während die beiden in Richtung Zimmer und Bad
zogen, rührte Mama Glatz den cremigen Nockerlteig
über ein grоblöchriges Sieb in einen großen Topf mit
leicht kochendem Wasser ein. Rasch stiegen die eben-
mäßigen Nockerl wieder nach oben und mit regelmäßi-
gem Rühren sorgte Mama Glatz dafür, dass der frische
Teig nicht verklebte. Kaum eine Viertelstunde später
war die Familie am Tisch versammelt. Von den großen
Töpfen stieg der Dampf auf, es war eine Augenweide
und ein kulinarischer Genuss. Aber Thomas und Sabine waren so müde, sie hatten kaum noch die Kraft, am
Tisch zu sitzen. Mama Glatz hatte Verständnis für die
beiden. „Schaut, dass ihr ins Bett kommt, und schlaft
euch einmal ordentlich aus. Das Essen hier ist auch
morgen noch gut und aufgewärmt ist es schnell. Gute
Nacht, ihr beiden." Müde stiegen die zwei in den ersten
Stock hinauf und machten sich fertig. Es war noch gar
nicht spät, erst etwas nach acht Uhr. Jetzt wurden die
Tage bereits wieder kürzer und draußen war es schon
dämmrig. Thomas ging noch zum Fenster und schaute
hinaus. Sein Blick fiel auf die am Baum montierte Wild-

kamera. Auf seine neue Errungenschaft hatte er in der Fülle der letzten Tage schon fast vergessen. Kurz kam die Neugierde auf, ob er denn bereits etwas „erwischt" hatte. Aber das hatte auch bis morgen Zeit. Er wandte sich vom Fenster ab und ging zum Bett, wo Sabine bereits kurz vorm Einschlafen war. Thomas drehte das Licht ab und legte sich zu ihr. Er umarmte sie von hinten und hörte noch ein zufriedenes Schnurren, dann driftete er auch schon in den Schlaf.

Von seinem Standpunkt beim Parkplatz war Miroslav Bodgovic der Unterschied in der Helligkeit aufgefallen, als erst das Licht in Thomas' und Sabines Zimmer angedreht und dann wieder abgedreht wurde. Kurz überlegte er, ob jemand jetzt schon schlafen gehen würde, aber im Prinzip war es ihm egal. Er hatte noch einige Stunden vor sich, bevor er seinen Plan in die Tat umsetzen würde. Jetzt am Abend beobachtete er die obere Kellergasse und hielt sich außer Sicht für andere. Anfangs hatte ihn der Verwesungsgeruch der toten Katze noch irritiert, aber inzwischen nahm er ihn kaum mehr wahr. Es erfüllte ihn auch mit Befriedigung, dass er der Verursacher war. Die Sonne war schon untergegangen und es wurde langsam dunkel. Im Schutz der Finsternis ging er noch eine Runde ab. Er schaute, wo in der oberen Kellergasse noch Licht war. Bei den Wiesingers und bei der Familie Glatz brannte Licht, dann standen einige Häuser finster da. Von der oberen Kellergasse stieg er über einen Fußweg hinunter auf die mittlere Kellergasse, die er nun langsam wieder hinaufging. Am oberen Ende war auch Andis Heuriger inzwischen düster. Das Wetter war klar und die ersten Sterne begannen hervorzutreten. Venus, der Abendstern, leuchtete wie ein Scheinwerfer über der Silhouette der Wiener Voralpen und dem Schneeberg.

Der Mond würde knapp vor Mitternacht aufgehen und stand in den frühen Morgenstunden hoch am Himmel. Auch ohne Taschenlampe sollte die Sicht dann gut sein. Bodgovic war zufrieden und begann langsam wieder zum Auto zurückzugehen. Dort angekommen, stieg er hinten ein und legte sich auf die Matte auf der Ladefläche. Einige Stunden Schlaf konnte er sich jetzt gönnen.

Alles war vorbereitet. Er war bereit.

Kapitel 15: Carpe Noctem

Wolfgang lehnte sich nach dem Essen zufrieden in seinem Stuhl zurück. „Susi, das war wieder köstlich! Vielen Dank für die ganze Arbeit, ich lasse mich ja sehr gerne von dir verwöhnen." Susi stand auf und schmiegte sich an ihren Wolfgang. Schelmisch schaute sie zu ihm und kokettierte: „Und ich lasse mich auch gerne von dir verwöhnen, mein Schatz!" „Oh, das wird dann wohl die Nachspeise!" Beide lachten auf. „Aber dann darfst du mich nicht so mästen. Momentan bin ich so satt, Bewegung wäre jetzt ganz schlecht. Wäre schad ums gute Essen!" „Ja, wenn das so ist, dann ist das Alternativprogramm ein Krimi aus der Glotze."

Die beiden zogen sich ins Wohnzimmer auf das Sofa zurück und drehten den Fernseher an. Wolfgang hatte noch ein paar Unterlagen von der Bank dabei, die er sich nebenbei ansah und mit kleinen Notizen versah. Susi saß neben ihm und hatte ihren Kopf an seine Schulter gelehnt. So verbrachten die beiden den Abend gemütlich vor dem Patschenkino. Nach dem Hauptfilm schauten sie noch Zeit im Bild zwei und begannen danach, sich zum Schlafengehen fertig zu machen. Als alles verräumt und der Geschirrspüler gestartet war, gingen die beiden miteinander hinauf. Als sie auf die vierte Stufe stiegen und sie laut und vernehmlich knarrte, schmunzelte Wolfgang und meinte noch: „Solange wir die Stiege nicht richten, brauchen wir auch keine Alarmanlage. Da sparen wir uns viel auf diese Art." Oben lasen sie noch etwas im Bett, drehten aber bald das Licht aus und schliefen ein.

Als der Mond kurz vor Mitternacht über den Kleinen Karpaten aufging und seine helle Scheibe wie eine große runde Laterne die Landschaft in ein bläuliches

Licht tauchte, bot sich in den Dörfern der Grenzregion ein friedliches Bild. Ganz still war die Landschaft, wie ausgestorben. Nichts bewegte sich, alles schien wie erstarrt. Der Mond stieg rasch höher und beleuchtete die Auen, die Weinberge, Felder und Dörfer. Schon begannen sich Schatten zu zeigen, als das Licht immer kräftiger wurde. Im hellen Schein des Mondes begannen die Sterne wieder zu verblassen. Unten in den Auen ästen einige Hirschkühe auf einer Wiese. Am Kellerberg trippelte ein junger Rehbock über den Asphalt und machte klappernde Geräusche. Und im Garten der Familie Glatz hob ein Dachs seinen Kopf und prüfte aufmerksam, ob von den herannahenden Klappergeräuschen eine Bedrohung ausgehen würde. Diese Aufnahmen alleine waren die Bestätigung für die sinnvolle Anschaffung der Wildkamera, die brav im Garten ihren Dienst verrichtete.

Am Parkplatz unterhalb der Kirche war alles still. Der dumpfe Verwesungsgeruch hing bei den Büschen. Ein Fuchs hatte die Quelle des Geruches, die tote Katze, ausfindig gemacht und fraß an ihr. Er, zusammen mit diversen Käfern und Maden, sorgten dafür, dass die Geruchsbelästigung bis zum nächsten Tag vorbei sein würde. Gegen dreiviertel drei Uhr senkte sich der Lieferwagen fast unmerklich etwas zur Seite. Ein leichtes Scharren drang aus dem Wagen. Wenig später öffnete sich fast lautlos die Hecktür. Miroslav Bodgovic kam aus dem Wagen heraus. Er war wie immer dunkel gekleidet. Langsam trat er auf den Parkplatz hinaus und musterte seine Umgebung. Es war ihm fast zu hell für seinen Geschmack, alles war deutlich zu erkennen. Klar zeichneten sich die Schatten des hellen Mondlichtes am Boden ab. Er horchte in die Nacht hinein. Als er sich sicher war, dass alles still war, begann er mit

Dehnungsübungen. Er lehnte sich gegen das Auto und abwechselnd streckte er ein Bein nach hinten. Auch die Arme streckte er weit vor und sorgte so dafür, dass er geschmeidig wurde. Am Schluss tänzelte er am Fleck und lockerte seinen Körper. Zufrieden, die Starre des Wartens abgeschüttelt zu haben, ging er wieder zum Auto. Er nahm von der Ladefläche eine Pistole und steckte sie am Rücken in den Bund seiner Hose. Er nahm ein angebrauchtes Gewebeklebeband und legte es auf den Boden. Dann stieg er darauf und trat die Rolle flach. Das flache Gewebeklebeband, eine kleine LED Taschenlampe, ein Schweizer Taschenmesser und ein paar Kabelbinder steckte er noch in die Hosentasche, aber ansonsten wollte er sich unbeschwert bewegen können. Alles andere war im Haus ja schon deponiert. Auf eine Gesichtsmaske konnte er dieses Mal verzichten. Nach dem Überfall in Ziersdorf im westlichen Weinviertel hatte man seine Fingerabdrücke gefunden. Er wusste, er war in Österreich inzwischen zur Fahndung ausgeschrieben. Außerdem hatte er sich auf einen Modus Operandi spezialisiert, konnte damit Erfolge für sich verbuchen. Ob er nun Spuren hinterließ oder erkannt wurde, war egal. Schon auf Grund seiner Vorgehensweise würde es ihm zugeschrieben werden.

Nun zog er los, ging die paar Meter den Weg hinunter und vor in die obere Kellergasse zum Haus der Wiesingers. Er schlüpfte durch die Hecke und durchquerte den Garten bis zum Fenster ins Esszimmer. Es ließ sich leicht aufstoßen und rasch war er im Inneren der Wohnung. Sein Training machte sich jetzt bezahlt. Mühelos fand er den Weg durch die Wohnung zur Treppe. Lautlos stieg er die Stiege hinauf, vorsichtig über die knarrende vierte Stufe. Oben angekommen schlich er durch den Gang zum Schlafzimmer. Dort, an der offenen Schlafzimmertür, blieb er stehen und horchte in das Zimmer hinein. Ruhige Atemgeräusche der beiden schlafenden Personen drangen heraus. Er wartete einen Moment, um sich zu versichern, dass sich im Schlafrhythmus nichts veränderte. Dann zog er die Taschenlampe aus der Hosentasche. Er richtete sie hinter sich auf den Gang hinaus und drehte sie an. Mit der Hand deckte er die Lampe ab, so dass nur ein kleiner Lichtkegel hervorschien. Mit dem kleinen Licht leuchtete er nun im Schlafzimmer den Boden in Richtung Bett und Nachtkästchen ab. Zufrieden, dass keine Stolperfallen am Boden lagen, drehte er die Lampe wieder ab und wartete abermals, bis sich seine Augen an die Finsternis gewöhnt hatten. Nun ging er langsam in das Schlafzimmer hinein. Die Pistole hatte er dabei aus der Hose gezogen und hielt sie nun vor sich her. Am Nachtkästchen angekommen, zog er leise mit der anderen Hand die Schublade auf und entnahm die dort versteckte Pistole, die er sich gleich in den Hosenbund steckte. Dann schloss er die Schublade wieder leise.

Jetzt ging er um das Bett herum zur Seite, an der Susanne Wiesner schlief. Das Licht im Schlafzimmer war dank des Mondscheins gut, Bodgovic konnte alles deutlich erkennen. Er schaute auf Susanne hinunter. Sie lag im Bett und hatte sich in der warmen Nacht abgedeckt. Ihr schwarzes Seidennachtkleid war lose geschnitten. Eine Brust war aus dem Ausschnitt geglitten und leuchtete hell im Kontrast zum dunklen Stoff. Er betrachtete interessiert den großen Brusthof und die kräftige Brustwarze. Er stellte sich breitbeinig neben das Bett, griff sich mit der linken Hand an die Hoden und drückte sie ein paar Mal. Vielleicht könnte er sich mit der Hübschen später noch etwas Spaß gönnen. Noch immer mit der Hand an seinen Hoden, holte er nun mit der anderen Hand aus und schlug mit dem Pistolengriff dosiert auf Susannes Hinterkopf. Ein erstickter Schrei kam von ihr nach dem dumpfen Schlag. Wolfgang riss es aus dem Schlaf und mit einem erschreckten Laut richtete er sich auf. Noch völlig schlaftrunken erkannte er die finstere Figur eines Mannes vor seiner Susi. Ein plötzlicher Adrenalinstoß riss ihn aus seiner Erstarrung. Er warf sich in Richtung Nachtkästchen und machte die Schublade auf. Verzweifelt wühlte er in der Schublade auf der Suche nach der Pistole, während Bodgovic näherkam.

„Gschissener, suchst vielleicht dein Pufferl? Nix wirst finden. Schau her, da habe ich meine in der Hand, die ist geladen und die hier," Bodgovic zog dabei mit der linken Hand die Waffe aus dem Hosenbund, „ist deine. Leider ist sie nicht mehr geladen, brauchst sie dir gar nicht mehr zu wünschen. Und auch nur einen Ton von dir jetzt und ich sorge dafür, dass es mit deinem hübschen Sexpüppchen hier gleich zu Ende ist. Verstehst mi?" Er richtete die Pistole langsam auf Susanne, ohne die Augen von Wolfgang zu nehmen. „Bumm, bumm … Alles klar?"

In Wolfgang stieg Panik auf, seine Augen waren weit aufgerissen und aus seinem Mund kam ein gurgelndes Geräusch. „So ist es brav, nur nicht laut werden. So, jetzt machen wir einmal Licht." Bodgovic trat einen Schritt zurück und drehte das Licht neben der Schlafzimmertür an. Wolfgang kniff die Augen einen Moment zusammen. Als er sie wieder aufmachte, fiel sein Blick auf seine Susi und er bemerkte Blut in ihrem Haar. „Du Schwein, was hast du …"

Bodgovic schoss regelrecht vor und drückte seinen Pistolenknauf Wolfgang ins Kinn, der wie ein gefällter Baum umfiel. Bodgovic musterte das Bett. Beide lagen jetzt still da. Hoffentlich war er nicht zu brutal vorgegangen. Bewusstlos waren die beiden im Moment wertlos. Aber Susanne begann sich etwas zu bewegen. Rasch ging er nun ins Badezimmer, öffnete den Wandschrank, griff im untersten Stapel mit den Handtüchern nach hinten und holte von dort seine deponierten Utensilien hervor. Die Kette ließ er im Bad, aber mit den Handschellen ging er zurück ins Schlafzimmer. Susanne war gerade dabei, sich etwas aufzustützen. Er griff nach ihrer Hand, zog sie heran und legte ihr die Handschellen an. Dann griff er in seine Tasche, nahm das Gewebeband heraus, riss ein Stück davon ab und klebte es auf ihren Mund. Susanne kam gerade wieder zur Besinnung und blankes Entsetzen machte sich in ihrem Gesicht breit. Bodgovic ließ sie los und ging zur anderen Seite des Bettes. Er nahm das zweite Paar Handschellen, zog Wolfgangs Arme auf seinen Rücken und legte ihm die Handschellen an. Um seine Füße zog er einen langen Kabelbinder fest. Auch ihm verklebte er den Mund mit einem Stück Gewebeband. So, jetzt waren die beiden erst einmal in seinem Sinn gesichert.

Er ging wieder ins Bad, drehte das kalte Wasser auf und machte ein Handtuch nass. Mit dem nassen Tuch ging er zurück zu Wolfgang und klatschte es ihm ins Gesicht. Das kühle Tuch brachte Wolfgang in die grausame Wirklichkeit zurück. Bodgovic wartete, bis er sich sicher war, dass Wolfgang wieder ganz da war. Dann drehte er ihn so, dass er zu seiner gefesselten Susi schauen konnte. Er ging auf ihre Bettseite hinüber und steckte sich am Weg die Pistole in den Hosenbund, um die Hände frei zu haben. Er beugte sich über sie und riss ihr Nachtkleid in der Mitte auseinander, so dass sie nackt im Bett lag. Bewundernd blieb er über ihr stehen und schaute sie an. „So, Herr Bankdirektor, hast ja ein wirklich fesches Bettkatzerl da. Ganz glatt rasiert, fesch sag ich. Nur da so ein Büscherl. Nennt sich das auch da unten Irokesen-Schnitt? Und, keine Antwort? Ihr bleibt beide still? So ist es gut, erste Lektion offenbar erfolgreich gelernt. Ist dir jetzt klar, was mit dir oder deiner Frau passiert, wenn du nicht folgst, Herr Direktor? Du darfst jetzt gerne nicken."

Wolfgang nickte bejahend. „Hast ja wahrscheinlich von deinem Kollegen da drüben im Westen vor einiger Zeit gehört? Wir wollen ja nicht, dass so ein trauriger Ausgang sich wiederholt, gell? Also, wir haben heute noch viel vor, es wird Zeit, dass wir beginnen." Bodgovic packte Susanne am Arm und zog sie aus dem Bett. Er richtete sie auf und ging mit ihr ins Bad. Er nahm die vorbereitete Kette und zog sie durch die Duschstange. Dann nahm er Susi, sperrte eine Handschelle auf, fädelte die Kettenglieder ein und schloss die Handschellen wieder. Susi war damit an die Dusche gefesselt. Er ging zurück zu Wolfgang und schnitt mit dem Taschenmesser den Kabelbinder an den Füßen auf. Dann zog er ihn hoch und führte ihn ins Bad. Als Wolfgang ins Bad kam, traf sich sein Blick mit dem seiner Susi. Panische Angst stand in ihren Augen. Wolfgang fühlte sich ohnmächtig in der Situation, seine Machtlosigkeit wurde ihm deutlich. Er merkte, wie alle Hoffnung verloren ging.

„So, Herr Direktor, brav Lulu gehen. Wir machen noch einen Ausflug, da haben wir keine Zeit für eine Pinkelpause." Während Wolfgang am Klo saß, ging Bodgovic zu Susanne und schaute sie an. Er zog ein Stanley-Messer aus der Tasche. Wolfgang wollte schon aufspringen, aber Bodgovic richtete ruhig seine Pistole auf Susanne und hob in Richtung Wolfgang fragend die Augenbrauen und schüttelte verneinend den Kopf.

Wolfgang fiel resigniert zurück, Verzweiflung überkam ihn. Bodgovic schnitt mit dem Messer einen Streifen vom zerrissenen Nachthemd ab. Er ging zu Wolfgang und band den Streifen fest, aber nicht zu eng, um seinen Hals und verknotete ihn.

„Sollst was zum Erinnern haben, damit du nicht vergisst, was hier auf dich wartet, wenn du schön brav bist. Die Spielregeln sind ganz einfach. Du bist still und du folgst mir aufs Wort. Wir gehen jetzt miteinander zu deiner Bank. Dort bekomme ich so viel, wie wir tragen können. Wenn alles passt, bist du bald danach wieder bei deiner Liebsten. Wenn etwas nicht klappt, dann bist erst du dran und danach nehme ich mir die Deinige vor. Verstehen wir uns?" Wolfgang nickte verzweifelt. „Gut, jetzt machst du dich für unseren kleinen Ausflug fertig. Ich mache dir jetzt die Handschellen auf und du gehst dir was anziehen. So, dass ich dich sehe. Ich bleibe hier bei deiner Holden. Und beeile dich, willst ja nicht, dass es mir hier bei deiner Frau fad wird, oder?"

Er öffnete die Handschellen von Wolfgang und stieß ihn in Richtung des Schlafzimmers. Wolfgang zog sich rasch an und kam wieder zurück. „Umdrehen und Hände auf den Rücken." Bodgovic legte ihm wieder die Handschellen an und packte ihn beim Oberarm. „So, wir beide machen jetzt unseren Ausflug." Er zog Wolfgang mit sich und gemeinsam gingen sie die Stiege hinunter. Bei der ominösen vierten Stiege stieg Bodgovic schon instinktiv drüber und Wolfgang wurde es schlagartig klar, wie gut sein Peiniger vorbereitet war. Zielstrebig ging er im Finstern zur Eingangstüre und öffnete sie. Vorsichtig schaute er hinaus, konnte aber nichts Auffälliges bemerken, alles war weiterhin still. Er stieß seine Pistole Wolfgang in die Seite und schob ihn vor. Gemeinsam gingen sie in Richtung der

Hecke, was den kürzeren Weg, verglichen mit dem Eingangsweg, darstellte und verschwanden in Richtung des Parkplatzes unter der Kirche. Dieses Mal wollte Bodgovic die Sache mit nur einem Auto durchziehen. Ein zweites Fluchtauto hatte er in einem Nachbarort abgestellt. Am Auto angekommen öffnete er die Hecktüre und ließ Wolfgang auf die Ladefläche steigen. An einer Öse am Boden war eine offene Handschelle befestigt. An ihr schloss er Wolfgangs Handschellen an. Leise drückte er die Türe zu und stieg ins Auto ein. Er startete den Motor und fuhr sofort niedertourig los. Er wählte den Weg hinunter zur unteren Kellergasse und diese hinaus, so konnte er einen Teil der Dorfstraße vermeiden.

Thomas war aufgewacht und zur Toilette gegangen. Dort hörte er das sich entfernende Motorgeräusch. Wer hier wohl in der Nacht unterwegs war, fragte er sich. Ein Blick auf die Uhr zeigte ihm, dass es fast viertel nach drei war. Sabine schlief fest im Schlafzimmer. Er fühlte sich ziemlich ausgeschlafen, immerhin hatte er schon etwa sieben Stunden geschlafen. Ihm fiel die Wildkamera ein und die Neugierde packte ihn. Er ging hinunter ins Erdgeschoß und durch die Terrassentüre hinaus in den Garten. Im Garten nahm er erst einmal die helle Nacht wahr und schaute sich um. Ganz im Osten begann es schon langsam heller zu werden. Oben bei den Wiesners war ein Licht an. Ob Wolfgang heute früh weg musste? Aber sein Auto stand noch im Carport. Wird es wohl nicht gewesen sein. Er ging zur Kamera, entnahm ihr den Chip und ging zurück ins Haus. Leise ging er in sein Zimmer, schnappte sich seinen Laptop und zog sich ins Wohnzimmer zurück. Dort würde er niemanden stören. Er fuhr den Computer hoch. Während er auf den Computer wartete, holte er sich in der Küche ein Glas Wasser. Er naschte aus dem Topf ein paar Nockerln und ging zurück zum PC. Dort steckte er den Chip an und startete das Programm zum Herunterladen der Bilder. Zu seiner Überraschung waren es schon fast 100! Da war in den paar Tagen wohl schwer was los gewesen!

Während Thomas neugierig auf die Bilder wartete, war knapp davor auch Michl zwei Kellergassen tiefer vom vorbeifahrenden Auto aufgewacht. Im ersten Moment erschrak er: Hatte er nun den Wecker verschlafen? War Andi schon da? Oje, das wäre peinlich! Sofort stand er auf und ging zur Türe. Draußen lag die Kellergasse still im blauen Licht des Mondes. Erst jetzt schaute er auf die Uhr, etwa viertel nach drei. Das war zwar ein wenig früh für das Treffen mit Andi, aber jetzt, wo er schon auf war, konnte er auch gleich wach bleiben. Michl ging ins Presshaus hinein und stellte den Wecker ab. So konnte Helga ungestört weiterschlafen. Er nahm sein Gewand, ging in das andere Presshaus hinüber und startete die Kaffeemaschine. Während sie sich aufheizte, machte er sich fertig. Er packte auch den Reserve-Akku für die Kamera ein, steckte alles in seine Kamerabox und diese in den Rucksack. Er machte sich einen doppelten Espresso, nahm eine Packung Neapolitaner-Waffeln und setzte sich auf die Bank vor dem Haus. Dort genoss er die Stimmung der Nacht und wartete auf Andi.

Dieser war ungefähr zur gleichen Zeit wie die beiden anderen aufgestanden und machte sich fertig. Sein Jagdgewehr und eine moderne Repetierbüchse mit Zielfernrohr waren schon vorbereitet. Sein Haus lag in der Nähe der Einmündung der Dorfstraße in die Bundesstraße und auch er hörte ein Auto vorbeifahren, dachte sich aber wenig dabei. Hier unten im Ort war es

doch nicht so selten, dass ein Auto in der Nacht vorbei-
fuhr, wie oben am Kellerberg. Etwa um drei Uhr vierzig
stieg er in seinen alten Lada Geländewagen und fuhr
los in Richtung Kellerberg. Der Lada war zwar alt und
schlicht, aber rüstig. Und im Winter konnte er heizen
wie kein anderes Auto. Russisches Erbe quasi. Solange
es ein Pickerl dafür gab, wollte er ihn weiter behalten.

Thomas starrte auf den Bildschirm und wunderte
sich. Das hatte er nicht erwartet. Nicht ein Tier war
auf den ersten Bildern zu sehen, sondern ein dunkel
gekleideter Mann, der durch den Garten zum Haus
der Wiesners ging. Er schaute auf das Datum und die
Uhrzeit der Aufnahme. Es war der Samstag, der Tag
seiner Verlobung am Feuerwehrfest, etwa um zehn
Uhr am Abend. Was sollte das? War das ein Einbre-
cher? Aber die Wiesners hätten wohl seither bemerkt,
wenn etwas gestohlen worden wäre. Die nächsten
Bilder zeigten wieder den Mann, wie er nach vorne
aus dem Garten ging. Diese Aufnahmen waren etwa
fünfundvierzig Minuten später als die ersten Bilder
aufgenommen worden. Der Mann war ohne eine Tasche oder Sonstiges unterwegs, also war es wohl kein
Einbruch. Trotzdem war es beunruhigend für Thomas. Die nächsten Bilder zeigten einen Dachs. Dieser
stolzierte vor der Kamera auf und ab und schaffte es,
bei seinem kurzen Auftritt, sich von allen Seiten fotografieren zu lassen. Ein Reh war auf den nächsten
Aufnahmen zu sehen, dann ein verschwommener großer Vogel, wohl eine Eule. Als Thomas die Bilder des
heutigen Abends öffnete, war das erste Bild ein Fuchs,
der vorbeiging und von der Seite gut erwischt wurde.
Doch dann stockte ihm der Atem. Wieder war der dunkel gekleidete Mann zu sehen, der dieses Mal von der
Vorderseite kommend durch den Garten ging. Zwar

konnte er ihn auf diesen Aufnahmen nur von hinten sehen, aber es war klar, es war der gleiche Mann. Bei den nächsten Bildern traf es ihn wie ein Blitz. Von vorne waren deutlich Wolfgang und der unbekannte Mann zu erkennen. Das Licht wurde von einer Pistole reflektiert, die der Mann Wolfgang an die Seite hielt. Die leuchtende Pistole zog den Blick regelrecht an sich. Schlagartig verstand Thomas die Zusammenhänge. Vor ein paar Tagen, da wurde das Haus erkundet. Jetzt war ein Überfall am Laufen. Er checkte die Uhrzeit, das Ganze war erst vor etwa zwanzig Minuten passiert, es musste rasch gehandelt werden! Thomas war es gewöhnt, in Krisensituationen ruhig zu bleiben. Er holte sein Mobiltelefon von der Ladestation in der Küche und überlegte kurz. Der Notruf würde direkt nach Gänserndorf gehen. Von dort aus würde dann der Einsatz beginnen. Wolfgangs Bank war in Dürnkrut und Thomas war sich sicher, das war das Ziel des Verbrechers. Thomas beschloss, Erich direkt anzurufen und suchte seine private Mobilnummer in den Telefonkontakten. Hoffentlich hatte er nicht abgeschaltet über Nacht. Aber nein, das Telefon läutete. Nach fünf Klingeltönen wurde Thomas schon leicht nervös, da meldete sich eine äußerst grantige Stimme.

„Wer zum Kreuzdonnerwetter no amoi ist so deppert, mitten in der Nacht bei mir anzurufen ...“ Offenbar fiel sein Blick in dem Moment auf das Display. „Thomas, zum Teufel, was ist passiert? Wenn du anrufst, ist sicher etwas passiert.“ Thomas berichtete in knappen Worten, was er in Erfahrung gebracht hatte. Erich war schlagartig wach. „Das klingt nicht gut, Thomas. Wenn das der gleiche Täter ist, wie unlängst in Ziersdorf, dann sind die Wiesners in großer Gefahr. Man hat die Fingerabdrücke von einem als gewalttätig bekannten

Kriminellen gefunden, hat aber keine Spur zu ihm. Ich komme sofort zu dir hinauf und verständige die Einsatzleitung. Warte auf mich und unternimm nichts auf eigene Faust. Ich bin gleich da."

Während Erich regelrecht „ins Gewand hüpfte", rief er den Notruf an und gab rasch die wichtigsten Punkte durch. Er bat die Kollegen, einen Wagen zum Beginn der unteren Kellergasse zu bringen, dort stehen zu lassen und zu ihm beim Haus der Wiesners zu stoßen. Weitere Einheiten sollten sofort nach Dürnkrut fahren, da dort das vermutliche Ziel des Überfalls war. Außerdem schlug er vor, ohne Alarm-Ton heranzufahren, um den Täter nicht vorzeitig zu warnen. Er griff noch schnell nach dem Halfter mit seiner Dienstwaffe samt sonstigen Utensilien und zurrte den Gürtel dafür fest. Kaum drei Minuten später sprang er auf sein Fahrrad und radelte die Dorfstraße hinauf. Thomas erwartete ihn bereits vor dem Haus. In den Garten fiel das Licht aus dem Zimmer von Thomas und Sabine und hellte den ohnehin schon von der beginnenden Morgendämmerung erleuchteten Garten auf. Sabine stand mit besorgtem Blick am Fenster und schaute herunter. „Ich sehe ein Licht im ersten Stock im Bad und im Schlafzimmer, aber keine Bewegung."

Thomas zog einen Schlüssel aus der Tasche. „Wir haben die Schlüssel von den Wiesners, falls einmal was ist. Komm bitte schnell, bevor der Susi etwas passiert."

„Das ist nicht richtig, dich da hineinzuziehen, aber du hast Recht. Die Kollegen sind unterwegs und der Täter ist mit Wolfgang weg. Wahrscheinlich ist es der gleiche Täter wie in Ziersdorf und der war alleine unterwegs. Ich glaube nicht, dass hier ein großes Risiko für uns besteht, Schnell, schauen wir, ob wir Susi helfen können." „Ich komme auch!", rief Sabine am Fenster.

„Nein, du bleibst!", kam es simultan von den beiden zurück.

Erich zog seine Dienstwaffe, entsicherte sie und richtete sie auf die Türe. Thomas schloss auf und öffnete sie vorsichtig von der Seite her. Die Türe schwang auf und der Blick fiel in das leere Wohnzimmer.

„Polizei! Kommen Sie mit erhobenen Händen heraus. Widerstand ist zwecklos!"

Es blieb still nach dieser Aufforderung. Erich wandte sich an Thomas, „Ich habe mir immer schon gesagt, viel blöder geht es kaum, als damit einzusteigen, aber prompt ist mir nichts Besseres eingefallen." Trotz der Anspannung musste Thomas schmunzeln. „Susi, Susi? Bist du da, hörst du uns?" Von oben kamen Klopfgeräusche. „Komm, sie ist oben. Schnell, aber bleib vorsichtig." Erich richtete die Pistole vor sich, ging in das Haus hinein und begann langsam die Stiege hinaufzusteigen. Thomas folgte ihm. Oben angekommen fiel ihr Blick in den leeren Gang und das leere Schlafzimmer. Ein Blutfleck hob sich deutlich auf der einen Bettseite von dem Kopfpolster ab. Aus dem Bad kamen weiterhin Klopfgeräusche. Die beiden gingen vor und sahen nun Susi, die nackt an die Dusche gekettet war. Erich senkte die Waffe und ging rasch zu ihr vor. Er tastete an seinen Halfter und war froh, ihn mitgenommen zu haben. Dort waren auch Schlüssel für die Handschellen. Während er die Handschellen aufsperrte, zog Thomas Susi das Klebeband vom Mund.

„Ihr müsst ihm helfen! Er hat Wolfgang, er wird ihn umbringen, er ist ein grausamer Teufel ..." In einem lauten Schrei brach es aus ihr heraus. Plötzlich wurden Thomas und Erich von hinten auf die Seite gezogen und Sabine drängte sich durch. Sie hatte eine Decke in der Hand, legte sie um Susi herum und nahm sie in die Arme.

„Alles wird wieder gut, Susi, alles wird wieder gut. Wir sind da und die Polizei ist auch schon da, alles wird gut …"

Susi brach in herzzerreißendes Weinen aus, während Sabine sie fest an sich hielt. Die beiden Männer hatten sich nach dem kurzen Schreck rasch gefasst. Erich hielt schon sein Telefon in der Hand und rief über den Notruf einen Krankenwagen. Außerdem forderte er eine Tatortgruppe an. Der Schwerpunkt des Einsatzes der Polizei sollte jetzt die Bank in Dürnkrut sein.

Etwa um drei Uhr dreißig war der Lieferwagen vor der Bank in Dürnkrut angekommen. Bodgovic wartete einen Moment vor der Bank, ob sich irgendwo ein Lebenszeichen regte, aber alles war still. Er öffnete die Heck-Türe und sperrte die Handschellen von seinem Opfer auf. Dann nahm er von der Ladefläche zwei feste Laubsäcke, zog Wolfgang heraus und führte ihn zum Eingang der Bank. Er war nach den durchlittenen Erlebnissen gebrochen und fügte sich in allem seinem Peiniger. Er öffnete die Türe und gab den Sicherheitscode ein. Einmal in der Bank, ging alles sehr schnell. Wolfgang musste den Safe aufsperren. Dort packte Bodgovic Scheine in die beiden Taschen. Auch ein Stapel Goldmünzen und einige kleine Barren wurden rasch mitgenommen. Kaum zehn Minuten später verfrachtete er Wolfgang schon wieder in den Laderaum und fuhr los. Der Weg führte sie wieder zurück, doch nach wenigen Minuten bog Bodgovic nach links ab und folgte dem Schotterweg, der hinunter zum Hufeisenteich führte. Als er abgebogen und schon fast auf der Höhe der Marchauen war, fielen Bodgovic im Rückspiegel zwei Polizeiautos auf, die in hoher Geschwindigkeit mit Blaulicht auf der Bundesstraße in Richtung

Dürnkrut unterwegs waren. Das gefiel ihm gar nicht. Offenbar war der Überfall bereits bekannt. War in der Bank etwas ausgelöst worden? Zorn kam in ihm auf, das würde er Wolfgang spüren lassen! Ein zweites Fluchtauto war im Nachbarort abgestellt. Dorthin konnte er auch über Feldwege fahren. Er hatte wenig Sorge, nicht auch jetzt davonzukommen. Aber es war der erste Bruch in seinem perfekt ausgearbeiteten Plan. Missmutig fuhr er bis zum Hufeisenteich und hielt am Ende der Straße an.

In diesem Moment fuhr Andi gerade bei Michl am Kellerberg vor. Michl war aufgestanden und ging auf den Lada zu. „Guten Morgen! Pünktlich auf die Minute! So eine herrliche Nacht, ich freue mich schon!" Andi war weniger gesprächig, brummte nur grüßend ein „Servus, na dann los". Sie fuhren die Kellergasse hinauf, da das einfacher war, als im engen Teil zu wenden. Am oberen Ende standen am Parkplatz unterhalb von Andis Heurigen zwei Polizeiautos. Ein Polizist stand neben den Autos und schaute ihnen neugierig entgegen. Andis alter Lada war im Ort bekannt und der Polizist winkte den beiden grüßend zu, als sie nach links in den Ort hinunter abbogen. „Das war der Franz", meinte Andi. „Was die Polizei wohl mitten in der Nacht hier stehen muss? Wahrscheinlich hat der Bertl wieder einmal seine Watschen Wally in der Arbeit gehabt. Jedes Mal das gleiche Theater. Dann dürfen sie noch eine Weile als Babysitter oben beim Haus vom Bertl stehen, um sicherzustellen, dass er nicht gleich wieder loszieht, sondern erst einmal seinen Rausch ausschläft. So ein Affentheater, ein blödes ..." Sie fuhren schweigend die Dorfstraße hinunter und weiter in Richtung Au.

Am Parkplatz beim Hufeisenteich ließ Bodgovic seinen Zorn an Wolfgang aus. Er hatte die Heck-Türe geöffnet und fauchte Wolfgang wütend an: „Drecksack du, hast einen Alarm ausgelöst in der Bank? Kommst dir wohl supergescheit vor?" Wolfgang schüttelte verneinend den Kopf. Bodgovic nahm seine Pistole, holte aus und hieb den Knauf auf Wolfgangs Nase. Deutlich hörte man das Krachen der Knochen, als die Nase zertrümmert wurde. Ein Schwall Blut floss aus der Nase. Bodgovic sperrte die Handschelle am Boden auf und zog Wolfgang aus dem Auto. Er zwang ihn aufzustehen und begann mit ihm den Bahn- und Marchdamm zu überqueren.

Oben auf der Dammkrone stieß er Wolfgang nach vorne, der dadurch etwa zehn Meter die steile Böschung hinunterfiel, sich dabei einmal überschlagend. Am Fuß des Dammes packte er den benommenen Wolfgang wieder und zog ihn über die Lichtung in Richtung des Hochstandes. Dort angekommen stieß er ihn zu Boden und holte seinen vorbereiteten Sack aus dem Gebüsch. Er nahm das Seil heraus und warf ein Ende über die Querstrebe am Hochstand. Dann knüpfte er eine Schlinge in ein Ende. Wolfgang folgte verzweifelt seinen Bewegungen. Bodgovic drehte sich zu ihm um und trat ihn fest in den Unterleib. Wolfgang krümmte sich vor Schmerzen am Boden. Bodgovic nahm nun die Handschellen aus der Tasche und legte ein Ende um eine Sprosse der Leiter, die zum Hochstand hinaufführte. Er zog Wolfgang hoch und verschloss das andere Ende der Handschellen an Wolfgangs Handschellen. Hämisch lächelnd nahm er die Schlinge auf und legte sie Wolfgang um den Hals. Gerade als er sich bücken wollte, um das andere Ende des Seils aufzuheben, hörte man ein herannahendes Auto. Ein Scheinwerfer durchschnitt die schwindende Finsternis, als das Auto vom Schotterweg neben der Bahn auf die Dammkrone hinauffuhr. Rasch kam das Auto näher. Ungefähr an der Stelle, wo Minuten zuvor Bodgovic und Wolfgang den Damm überquert hatten, hielt es an und die Lichter am Auto gingen sofort aus. Bodgovic fluchte still in sich hinein. Das hatte ihm gerade noch gefehlt. Da war schon der zweite Bruch in seinem feinen Plan. Er ließ das Seil fallen und zog die Pistole.

„I bild ma ein, do war a Bewegung am Hochstand, als mer hergfohrn sind", meinte Andi zu Michl. „Ja, mir ist auch kurz vorgekommen, dass da etwas war." „Waun es da Hirsch wor, dann ham mer ihn verschreckt, der kummt dann heit nimmer. Ab sofort heißts still sei, woißt eh." „Klar!"

Leise öffneten die beiden die Türen und stiegen aus. Andi schnappte sich sein Gewehr, Michl seinen Rucksack und leise drückten sie die Türen ins Schloss. Gemeinsam gingen sie ein paar Meter die Dammkrone entlang in die Richtung des Weges, der in die Au und zum Hochstand führte. Als Silhouetten waren sie von unten perfekt erkennbar. Bodgovic zielte mit der Pistole auf die erste der beiden Gestalten. Gerade, als die beiden in die Au hinuntersteigen wollten, drückte er ab.

Der Schuss zerriss die Stille der schwindenden Nacht. Andi sah das Mündungsfeuer beim Hochstand und hörte den Einschlag der Kugel in einen Körper neben sich. Das Geräusch war ihm von der Jagd her vertraut, doch jetzt war ein Mensch das Opfer. Michl schrie kurz auf und ging mit einer drehenden Bewegung zu Boden. Auch Andi hatte sich sofort zu Boden geworfen und suchte Schutz hinter dem Rand des Marchdammes. „Michl, wos is? Bist verletzt?" „Es hat mich am Arm erwischt, ich blute, aber ich kann den Arm noch bewegen." Ein weiterer Schuss wurde abgefeuert und vor ihnen spritzten Steine, Erde und Gras auf, als die Kugel in die Dammkrone einschlug.

„Michl, schau, dass d' zuruckkriachst auf de andre Dammseitn. Durt bist sicher. Das gibts jo ned! Ob des a Wüldara is?" Abermals fiel ein Schuss und bohrte sich vor ihnen in den Damm. Andi nahm sein Gewehr und entsicherte es. Er kroch etwas zurück, legte an und versuchte, über den Rand des Dammes in Richtung des Hochstandes zu schauen. Kurz konnte er eine dunkle Gestalt erkennen, die über die Lichtung vor dem Hochstand näherkam, da fiel auch schon der nächste Schuss. Andi spürte fast, wie knapp die Kugel über seinem Kopf vorbeiflog. Gleich darauf fiel ein weiterer Schuss und Andi hörte den Einschlag in seinen Lada. Und wieder fiel ein Schuss und traf den Lada. Ärger kam auf, das Auto hätte noch eine Weile gehalten. In dem Moment war ihm klar, dass jetzt seine Chance war. Sein Gegenüber zielte gerade etwas links von ihm, die Waffe war nicht direkt auf ihn gerichtet. Sofort legte er an und richtete sich leicht auf. Die dunkle Gestalt war etwas näher, stand aber in der gleichen Richtung wie zuvor. Andi sah, wie die Person die Waffe in seine Richtung schwenkte. Ohne einen Moment zu zögern, schoss Andi. Er war ein geübter Schütze mit jahrzehntelanger Erfahrung, dieser Schuss war instinktiv und fand sein Ziel. Wie ein gefällter Baum hob es Bodgovic aus dem Stand und er fiel um. Als er im feuchten Gras der Au lag, kam ihm noch ein letzter Gedanke: „Das ist jetzt der dritte Bruch im Plan, so eine Scheiße ..."

Dann holte ihn der Teufel.

Andi war sich sicher, getroffen zu haben. Vorsichtig hob er seinen Kopf und schaute hinunter. Im Gras, etwa dreißig Meter vor ihm, lag regungslos die Gestalt. Andi versuchte auszumachen, ob er sich bewegte, aber die Gestalt lag völlig still da. Er stand jetzt auf und lief über den Damm zu Michl. „Michl, sog bist OK? I hob ihn derwischt, mer sand sicher, glaub i." „Es wird nicht so schlimm sein, scheint eine Fleischwunde zu sein. Ich spüre auch kaum einen Schmerz und kann mich am Arm stützen, der Knochen ist ganz. Wir verbinden es jetzt und dann ab ins Krankenhaus. Aber was war das jetzt?" „Ka Ahnung, Wüldern kummt zwar vur, oba man liefert sich kane Schießduelle heitzutag. I hob wirkli ka Ahnung. Oba i ruf sofurt de Polizei." Andi nahm sein Telefon heraus. Er überlegte nur kurz und rief die Privatnummer von Erich an. Der würde schon das Ruder in dieser Sache in die Hand nehmen, das Vertrauen hatte Andi zu ihm. Zu seiner Überraschung wurde sofort abgenommen.

Oben am Kellerberg war man gerade dabei, Susanne Wiesner in den Krankenwagen zu bringen. Sabine wich keinen Moment von ihrer Seite. Erich wartete auf die Meldung der Kollegen, als von der Au herauf deutlich ein Schuss zu hören war, gefolgt von weiteren Schüssen. „Das ist nicht gut, das ist nicht gut ..." entfuhr es Erich, der dabei seine Stirn in finstere Falten legte. Franz, der neben ihm stand, meinte zu Erich:

„Chef, vorhin sind der Andi und der Michl vorbeigefahren, etwa so vor zehn Minuten. Der Andi hat sein Revier in der Au." „OK, einsteigen, wir fahren los!"

Kaum saßen sie im Auto, läutete Erichs Telefon. Erich sah die Anrufkennung mit Andi Mück und drückte sofort die Empfangstaste. „Andi, wir sind schon am Weg zu euch! Geht es euch gut? Was ist passiert?"

Andi war im ersten Moment völlig erstaunt. „Wiaso waßt du? Ach egal! Da Michl is ogschossn und i hob anan erschossn, glab i. Er hot versucht, uns abzuschiaßn, ols mer am Weg zum Hochstand warn." „Wenn du denjenigen erwischt hast, von dem ich glaube, dass er auf euch geschossen hat, dann brauchst kein schlechtes Gewissen haben. Aber schnell: Habt ihr den Wolfgang Wiesinger irgendwo gesehen?" „Wiaso den Wolfgang? Wos hat er jetzt damit zu tun? Mer hobn niamandn gsehn, ned amol den, der auf uns gschossn hot. Wos is denn da los?" „Ich bin gleich bei euch, dann sehen wir weiter."

Man hörte bereits die näherkommenden Polizeifahrzeuge, die die kurze Strecke rekordverdächtig schnell fuhren. Schon passierten sie die Überführung hinunter auf die Schotterstraße, die auf den Marchdamm führte. Eine große Staubwolke stieg hinter ihnen auf. Andi und Michl standen beim Lada. Andi war gerade dabei, Michl einen Verband anzulegen, als die beiden Polizeiautos hinter ihnen hielten. Erich sprang heraus und lief zu ihnen hin.

„Und, wos ist?"

„Is nur a Fleischwunde, Michl hot an Streifschuss abkriagt. Hot a schun zbluten aufghört." „Und, wo ist der, der auf euch gschossen hot?" Andi ging um das Auto herum und deutete nach unten auf die Wiese. „Durt liegt er, er hot si ned bewegt, seit i gschossen hob. Mer sand a ned mehr runta gangen, mer hom auf di gwartet." „Gut, ihr bleibt jetzt hier. Franz, komm mit!" Er zog seine Waffe, entsicherte sie und brachte sie in Anschlag. „Du auch, Franz, wir wollen uns nicht überraschen lassen. Im Übrigen habe ich in meiner ganzen Laufbahn meine Dienstwaffe nicht zweimal an einem Tag in der Hand gehabt!" Die beiden stiegen den Damm hinunter und gingen vor zu der Stelle, wo Miroslav Bodgovic im Gras lag. Im Licht der Morgendämmerung sah man den Blutfleck im Brustbereich und die starren, weit aufgerissenen Augen. Erich und Franz senkten ihre Waffen.

„Ich erkenne ihn von den Fahndungsfotos, das ist dieser Bodgo... irgendwas. Der hat auch den Ziersdorfer Bankdirektor am Gewissen. Aber ein Gewissen hat ihm wohl gefehlt. Der Typ war absolut sadistisch und brutal. Soll man über ein Menschenleben nicht sagen, aber bei ihm ists wirklich nicht schad drum ..." „Chef, drüben am Hochstand, schau, da hängt jemand!"

Erich fuhr herum und schaute in die Richtung des nahen Hochstandes. Dort bei der Leiter war eine menschliche Gestalt erkennbar. Erich lief los und sprintete die paar Meter zum Hochstand. Er rannte vor die Person und hob den blutigen Kopf. Ihre Blicke trafen sich. Voller Erleichterung platzte es aus ihm heraus. „Wolfgang, Gott sei Dank, du lebst! An Moment lang hob ich g'dacht, du hängst tot am Hochstand wia der Ziersdorfer. Ich kann dir gar nicht sagen, wie froh ich bin ..." Erich brach mitten im Wort ab. „Wolfgang, entschuldige, ich bin a Trottel, lass dich erst einmal befreien." Franz war inzwischen auch gekommen und gemeinsam befreiten sie Wolfgang von seinen Handschellen und dem Klebeband über dem Mund.

„Susi? Ihr müsst sofort Susi helfen ..."

„Schon passiert, Wolfgang. Sie ist schon am Weg ins Spital. Sabine bleibt bei ihr. Es geht ihr den Umständen entsprechend gut und sie wird versorgt. Kannst du gehen? Komm, wir helfen dir." Franz und Erich stützten Wolfgang und gemeinsam gingen sie zurück in die Richtung des Marchdammes. Als sie der Leiche Bodgovics näherkamen, stockte Wolfgang. Er starrte die Leiche an. Ein Urschrei brach aus ihm heraus, er riss sich los, lief zur Leiche hin und trat mit voller Wucht gegen den Kopf. „Du Schwein, du elendigliches Schwein!", brüllte er, während die beiden ihn mühsam zurückzogen. „Wolfgang, lass es gut sein, der kann niemandem mehr etwas zuleide tun. Den hat ganz sicher der Teufel geholt." Die beiden führten Wolfgang zurück zum Auto.

Am Damm kam auch schon ein Rettungswagen näher. „Den hatten wir eigentlich für dich gerufen, Michl, aber der Wolfgang braucht ihn jetzt dringender." Wolfgang hatte sich inzwischen wieder gefangen. „Erich, drüben am Hufeisenteich steht sein Auto. Im Kofferraum ist das ganze Geld der Bank. Bitte kümmere dich darum, bevor ein Fischer sich über einen tollen Fang freut." „Da schau an, der Humor erwacht schon wieder ..." „Das miese Schwein ist tot, damit fängt der Tag schon gut an."

Im Osten leuchtete der Himmel inzwischen strahlend orange. Erich wusste, es würde ein langer Tag werden. Aber er war eigentlich zufrieden. Das Schlimmste war an seiner Gemeinde vorübergegangen und das war ihm das Wichtigste. Er blieb bei Andi während seiner ersten Einvernahme. Gegen Andi wurde ein Ermittlungsverfahren eingeleitet, als Offizialdelikt war das so vorgeschrieben und die Staatsanwaltschaft musste es von Amts wegen verfolgen. Gleichzeitig wurde Andi aber über die gesetzlichen Bestimmungen der Notwehr in Österreich informiert. Konkret hieß es, dass es erlaubt ist, sich der Verteidigung zu bedienen, die notwendig ist, um einen gegenwärtigen oder unmittelbar drohenden rechtswidrigen Angriff auf Leben, Gesundheit, körperliche Unversehrtheit, Freiheit oder Vermögen von sich oder einem anderen abzuwehren. Im vorliegenden Fall lag auch sicherlich keine Notwehrüberschreitung vor. Andi sollte sich daher keine großen Sorgen machen. Er wurde auf freiem Fuß angezeigt. Michl wurde nach Gänserndorf ins Krankenhaus gebracht und dort, nach der Versorgung seiner Wunde, in häusliche Pflege entlassen. Auch er wurde noch im Laufe des Vormittages zu den Geschehnissen einvernommen. Das Kriseninterventionsteam wurde herangezogen und stand beiden zur Verfügung.

In der Früh kam Birgit mit dem Rad in die Au und brachte Erich belegte Brote, eine Thermoskanne mit Kaffee und Mineralwasser. Eine Weile blieb sie bei ihm, während die Tatortgruppen ihre Untersuchungen am Damm und in der Au durchführten. Ihre Gegenwart half auch Erich, die Anspannung der Nacht etwas abzulegen.

Doch beim Gedanken an den bevorstehenden Papierkrieg legte sich seine Stirn sofort wieder in tiefe Falten!

Der Hölle Rache kocht in meinem Herzen ...

Martina war hochgradig erregt, so kannte sie sich selbst nicht. Ein ums andere Mal ging ihr diese Passage aus der Arie der Königin der Nacht durch den Kopf. Sie war über sich selbst erstaunt, dass eine bevorstehende Aufgabe solche Gefühle in ihr auslösen konnte. Normalerweise war sie ihren Patienten gegenüber indifferent, aber dieses Mal war das etwas anderes!

Der Hölle Rache kocht in meinem Herzen ...

Jawohl, genauso war es! Sie freute sich mit jeder Faser ihres Seins auf den nächsten Tag. Raphael hatte sich belustigt in die Beobachterposition zurückgezogen und hielt sich zurück. Wenn gefragt, hütete er sich, eine möglicherweise provozierende Antwort zu geben.

Der Hölle Rache kocht in meinem Herzen ...

„So ein widerliches Schwein! Und so was krieg ich auf den Tisch. Ich werd den sowas von aufschneiden, ich mach ein Massaker mit ihm ..." Raphael konnte nicht anders, er musste lachen. Sofort traf ihn der Zorn seiner allerliebsten und normalerweise allersanftesten Tina. „Da gibt es nichts zu lachen. Das sind unsere Freunde. Die waren bei uns am Tisch bei unserer Verlobung, sie waren dabei, haben uns gratuliert und sich mit uns gefreut. Das werden auch unsere Hochzeitsgäste sein. Dieser miese Typ hat sie gequält und verletzt. Und jetzt krieg ich ihn auf den Tisch. Das wird eine Genugtuung!"

Der Hölle Rache kocht in meinem Herzen ...

Raphael stand auf und ging zu seiner wutschnaubenden Verlobten. Er breitete die Arme aus und zog sie an sich. Gleich wurde sie etwas ruhiger, kuschelte sich an ihn. Raphael streichelte ihren Rücken und massierte leicht die Hals- und Nackenpartie. Martina begann sich langsam zu beruhigen. Sie hob ihren Kopf und ließ sich von Raphael küssen. „Ach Raphl, so kenne ich mich selbst nicht, aber ich freue mich schon so darauf, den Kerl aufzuschneiden. So schade, dass er nichts mehr davon spüren wird." „Also ich bin dabei und stehe an deiner Seite. Im Zweifelsfall trete ich als mäßigende Kraft auf und wahre deine Professionalität. Und jetzt fangen wir mit den Vorbereitungen für morgen schon an, damit du die Obduktion ordentlich durchführen kannst." Auf Martinas fragenden Blick brach Raphael in ein breites Lächeln aus. „Na, die entsprechende Playlist für den Schurken zusammenstellen! Komm, wir fangen gleich an."

Die beiden gingen zum Computer und öffneten den Ordner mit der Musik. „Auf jeden Fall muss die Arie der Königin der Nacht gespielt werden. Ein ums andere Mal. Ist übrigens toll, unterschiedliche Interpretationen eines Stückes zu hören. Die Aufnahme mit Diana Damrau als Königin der Nacht ist ein Pflichtstück für morgen. Sie ist eine ganz dramatische Erscheinung und eine grandiose Interpretin. Da bekomme ich immer Gänsehaut. Raphl, das musst du dir einmal auf YouTube ansehen! Sie ist auch eine großartige Schauspielerin in der Rolle. In ihrem Zorn ist sie so dominierend auf der Bühne, so mächtig! Sie ist unheimlich und wunderschön mit einer kristallklaren, atemberaubenden Sopranstimme. Da gibt es die Londoner Aufnahme aus 2003 von Covent Garden unter Sir Colin Davis und die von den Salzburger Festspielen 2006 unter Riccardo Muti. Mir gefällt die aus London besser, ich halte sie für eine der besten Aufnahmen überhaupt. Dann will ich Cristina Deutekom mit ihrer Studioaufnahme unter Sir Georg Solti aus dem Jahr 1969. Die kommt auch auf die Playlist. Die Aufnahme ist zeitlos gut und perfekt. Und ihre Stimme ist außergewöhnlich kraftvoll und klar, weniger Emotion als die Damrau, aber so viel Energie in der Stimme. Dann als nächste natürlich die Edita Gruberová. Die gehört auch zu den allzeit besten Interpretinnen, ihre mühelosen hohen ‚F' als Königin der Nacht sind genauso einzigartig. Für mich ist sie der Inbegriff des idealen Koloratursoprans. Da haben wir Glück, dass sie so lange schon und oft mit unserer Staatsoper verbunden ist. Als Studentin war ich regelmäßig auf den Stehplätzen oder kaufte mir Restkarten. War ja billiger als Kino. Und dann natürlich die Lucia Popp! Weißt du, Raphl, die stammt sogar aus der Gegend dort, aus dem Ort auf der anderen Seite der Fähre bei Angern. Damit hat sie quasi als Nachbarin einen Bezug zum Sterbeort unseres Kandidaten für morgen. Oh, das gefällt mir, das passt so richtig schön!" Martina war voll in Fahrt und Raphael sehr zufrieden, dass es ihm gelungen war, Martinas destruktive Energie in eine konstruktive umzuwandeln.

Ein paar weitere Stücke, passend zu den Umständen des Todes, wurden noch herausgesucht. Es war gar nicht so leicht, zum Thema Erschießen passende Musikstücke zu finden. Da war natürlich die Duell-Szene aus Eugen Onegin. Da hatte Martina eine schöne Aufnahme aus dem Jahr 1966 mit Fritz Wunderlich als Vladimir Lensky und Dietrich Fischer-Dieskau als Eugen Onegin. Die letzten Worte dieses Duettes waren „Tot! Tot!".

Da passte auch die Duell-Szene aus Andrea Chénier, obwohl hier das Duell mit Degen gefochten wurde. Hier gab es zum Duell selbst kein eigenes Musikstück, also entschied sich Martina das vorhergehende schöne Liebesduett zwischen Madeleine und Andrea mit dem anschließenden kurzen Choreinsatz während des Duells zu nehmen. Denn auch hier waren die letzten Worte des Chores: „Mort, mort, mort!"

Schließlich suchte sie sich noch eine einzelne Szene aus dem Freischütz aus. Jäger waren in dieser romantischen Oper die agierenden Personen und der dämonische Kaspar wurde durch eine Kugel auf der Bühne getötet. Zufrieden mit der Vorbereitung ließen die beiden den Abend mit Käse, Speck, Wurst, Brot und einem netten Glas Wein aus Andi Mücks Keller ausklingen.

Am nächsten Tag begannen sie gleich mit der Obduktion von Miroslav Bodgovic. Raphael holte ihn aus dem Kühlraum, während Martina ihren Arbeitsplatz vorbereitete. Raphael war rasch wieder da und schob den Transportwagen mit der Leiche zum freistehenden Seziertisch. Mit einer geübten Bewegung verfrachtete er den Körper vom Wagen auf den Tisch.

Der Hölle Rache kocht in meinem Herzen ... Diana Damrau begann in diesem Moment mit ihrer Arie.

Zuerst fing Martina mit dem Beschauen der bekleideten Leiche an. Am Kopf wurden die Spuren des Trittes bemerkt, der ihm post mortem von Wolfgang Wiesner verpasst worden war. Ansonsten gab es keine besonderen Auffälligkeiten. Im dunklen Hemd war über der linken Brust ein Einschussloch erkennbar. In diesem Bereich war auch ein kreisförmiger Blutfleck, der braun eingetrocknet war. Schmauchspuren waren am Stoff keine erkennbar, das war auch nicht zu erwarten, bei der Entfernung, aus der der Schuss kam. An der Hand hatte Bodgovic ein Tattoo mit drei im Dreieck stehenden Punkten. Martina kannte das von anderen Obduktionen und wusste auch über die Bedeutung

Bescheid. Es galt als klassisches Tattoo. Früher gab es für abgeschlossene zehn Jahre Knast einen Punkt, das heißt, nur Schwerverbrecher kamen in den „Genuss" der vollen drei Punkte. Heutzutage stehen die Punkte eher für: Ich sehe nichts, höre nichts, sage nichts, halte mich also aus allem raus. Deswegen hatte inzwischen auch nahezu jeder zweite Staatsgast dieses Tattoo. Sie drehten die Leiche um und Martina untersuchte das Ausschussloch, das zerfranster war. Auch hier war reichlich Blut, wesentlich mehr als auf der Vorderseite. Das hing mit der Lage am Rücken zusammen, nachdem Bodgovic zu Fall gegangen war. Auch das Blut folgte der Schwerkraft.

Raphael half Martina beim Entkleiden der Leiche. Das Hemd wurde in einen eigenen Behälter gegeben, die restliche Kleidung in einen anderen Behälter. Martina begann mit der äußeren Besichtigung. Besondere Aufmerksamkeit widmete sie dem Einschussloch und der Austrittswunde. Cristina Deutekom war gerade mit ihrer Darbietung zu Ende und Martina bat Raphael, kurz die Musik anzuhalten, damit sie ihre Beobachtungen in das Mikrofon diktieren konnte.

„Der zentrale Einschussdefekt zeigt sich rundlich, was auf ein orthogonales Auftreffen des Projektils schließen lässt. Das entspricht der Beschreibung des Schussvorganges. Die Einschusslücke ist etwa vier Millimeter im Durchmesser und von einem Kontusionssaum umgeben, der postmortal infolge von Vertrocknung einen bräunlichen Farbton aufweist. Der Durchmesser des Einschussdefektes ist kleiner als jener des Geschosses. Diese Diskrepanz zwischen Geschosskaliber und Größe der Einschusslücke lässt sich durch das elastische Verhalten der Hautregion erklären: Beim Aufprall des Geschosskopfes führen die radial wirkenden Kräfte zu einem kurzzeitigen, zentrifugalen Auseinanderweichen des Defektrandes. Mit dem Aufhören der Verformungskräfte nimmt die elastische Haut wieder ihre frühere Gestalt ein, so dass die bleibende und nicht adaptierbare Einschussöffnung, verursacht durch die Gewebsverlagerung in Schussrichtung, wesentlich kleiner ist als der Geschossquerschnitt. Die Abmessungen der Hautwunde erlauben daher keine exakten Rückschlüsse auf das Geschosskaliber.

Der Ausschuss stellt sich als mehrstrahlige Zusammenhangstrennung dar, ohne echte Lückenbildung. Die Wunde kann durch Aneinanderlegen der Ränder völlig verschlossen werden. Der Durchmesser beträgt 4,5 Zentimeter. Rund um den Bereich des Ausschusses ist es zu einem Substanzdefekt der Haut gekommen, der später infolge Luftzutritts braun-rot vertrocknet ist.“

Jetzt ging es an die innere Besichtigung mit der Öffnung des Leichnams. Martina warf sich theatralisch in Pose.

Der Hölle Rache kocht in meinem Herzen ... Zu Edita Gruberovás Interpretation der Arie der Königin der Nacht holte Martina mit dem Skalpell weit aus. Mit Schwung stach sie Bodgovic in die linke Brust und zog in einem Zug die Klinge in die Mitte des Körpers und dann hinunter. Nochmals holte sie aus, stach jetzt in die andere Seite und zog den Schnitt mit Schwung zur Mitte, wo sich die beiden Schnitte vereinigten. Es war ihrer Erfahrung zuzuschreiben, dass es trotzdem professionell ausgeführt wurde. „So, du Schwein, das hast du verdient! Hoffentlich hat dich der Teufel geholt!“ Raphael musste laut in die perlenden Koloraturen der Gruberová lachen. „Lach nur! Da habe ich das nächste Mal, wenn wir draußen im Weinviertel sind, etwas zum Erzählen! Und glaube mir, das wird dort gut ankommen."

Der Rest der Obduktion verlief für Martina in normalen Maßstäben, sprich mit Musikuntermalung. Untersucht wurden Kopf, Brusthöhle, Bauchhöhle sowie das Skelettsystem. Todesursache war ein Herzschuss. In einer Musikpause diktierte Martina ihre Ergebnisse: „Brustdurchschuss mit tangentialer Durchsetzung der vierten Rippe und des linken Lungenoberlappens, Durchschuss des linken Lungenunterlappens, großflächige Aufreißung des Herzbeutels links. In der linken Herzkammer perforierende, fetzige, schlitzförmige, 1,5 Zentimeter messende Aufreißung. Im Herzbeutel blutiger Film, in der linken Brusthöhle circa fünfhundert Milliliter hellrötliches Blut; Austritt des Projektils neben der Wirbelsäule in Höhe der achten beziehungsweise neunten Rippe."

Nach der Obduktion wurde das Untersuchungsmaterial asserviert. Raphael führte die Leiche zurück in den Kühlraum und brachte die entnommenen Proben zur weiteren Untersuchung in die Histologie. Martina begann mit der Abfassung des Obduktionsprotokolls. Ordnungsgemäß hielt sie die Identität des Obduzierten, die erhobenen Befunde und Diagnosen sowie die Todesursache fest. Gesondert erwähnte sie, dass die Schussverletzung zu sofortiger Handlungsunfähigkeit geführt hat. Zu guter Letzt suchte sie sich aus ihrer Musikbibliothek noch ein Stück von Reinhard Mey heraus. Nun, zum Abschluss der Obduktion, spielte sie noch die „Diplomatenjagd" von ihm. Denn nichts passte besser zum Ergebnis als die eine Stelle im Lied. In Gedanken wandelte sie sie leicht ab und sang lauthals ihre modifizierte Version mit:

Das muss man dem Andi
zugutehalten,
das war, bei Hubertus
ein prächtiger Blattschuss.
Und, dass er das Wort Verbrecher-Jagd
nur etwas zu wörtlich genommen hat!

Kapitel 17: Die Zeit der Reife

Der August war mit einem Landregen zu Ende gegangen. Der September zeigte sich noch einmal spätsommerlich mit viel Sonne. Alle Winzer beobachteten nun ihre Reben. Bei den Gesprächen in den Kellergassen stand der Reifungsprozess der einzelnen Rebsorten an erster Stelle. Es wurde ausgetauscht, wer wann bereits welche Sorten geerntet hatte und wie die Beschaffenheit der einzelnen Lagen war. Die in diesem Jahr außergewöhnlich stabilen Schönwetterphasen hielten an, höchstens von einem kurzen Regentag unterbrochen. Alle warteten noch zu mit der Ernte. Von September bis weit in den Oktober hinein wurde dann gelesen. Slowakische und ungarische Erntehelfer kamen herein und sorgten dafür, dass überall rechtzeitig die Weinernte eingebracht wurde.

Auch für den Nebenerwerbsbauer Fritzl Hahn war es an der Zeit, seinen Welschriesling zu lesen. Viel hatte er nicht, nur einige wenige Reihen, jedoch in guter Lage. Er verkaufte nur einen geringen Teil seines Ertrags. Der Rest war für den Eigenbedarf. Wobei der selbsternannte Botschafter des Weinviertels in der Rolle des Gastgebers am Kellerberg großzügig mit seinem Wein umging, folglich der Eigenbedarf hoch war. Er nahm das ungeschriebene Gesetz der Gastlichkeit einer offenen Kellertür sehr ernst und sorgte dafür, dass seine beiden Keller oft gefüllt waren. Fahrradtouristen und Wanderer, Nachbarn und Winzer, jeder zufällige Gast wurde willkommen geheißen. Auf sein herzliches „Trink mer wos?" folgte eine Zeremonie, bei der zuerst die Gläser vorbereitet wurden. Sie hingen kopfüber an Schlitzen in einem Brett an der Wand. Die entsprechende Anzahl wurde heruntergenommen und kurz mit frischem Wasser abgespült. Erst ging Fritzl in den Keller und kam mit einer klaren Literflasche voll des goldenen Rebensaftes wieder herauf. Das Entkorken war fast feierlich. Dann wurde den Gästen eingeschenkt. Wenn alle Anwesenden mit gefülltem Glas bereit waren, erzählte Fritzl etwas zum Wein und seinem Jahrgang, er betonte die artspezifischen Merkmale des Welschrieslings und forderte seine Gäste auf, erst das Glas mit dem Wein zu schwenken und dabei die Duftnoten aufzunehmen. Nachdem alle den frischen, fruchtigen Duft verinnerlicht hatten, wurde angestoßen und getrunken. Klar, dass es gelegentlich vorkam, dass eine solche Verkostung zur gehörigen Illuminierung der Teilnehmer führte. Es kam auch schon vor, dass eine zufällig vorbeikommende Radlergruppe ihren Weg erst am nächsten Tag fortsetzen konnte. Aber meistens blieb es bei einer oder zwei Flaschen für eine kleine Gruppe, denen auf diese Art ein besonderes Weinviertelerlebnis geboten wurde. Fritzl erklärte, abhängig davon, in welchem Keller die Verkostung stattfand, entweder Weinbaugeräte und als Besonderheit die alten Presshaus-Schlösser und Schlüssel oder die mächtige alte Baumpresse, Hengst genannt.

Im Keller mit der alten Baumpresse hatten sich alle Erntehelfer von Fritzl versammelt. Es waren Nachbarn und Freunde, die nun mit ihm das Pressen des Weines in traditioneller Weise zelebrierten. Es war eine reine Herrenpartie, so wie es der alten Tradition der Kellergassen entsprach. Erst in den letzten Jahren waren auch Frauen mit dabei, aber für heute sollte es auf „de Mauna" beschränkt sein. Mit von der Partie waren Norbert, Erich, Andi, Michl, Martin, Thomas und als „frisch G'fangter" Raphael. Er und Martina waren inzwischen Stammgäste im „Schlafgut" und verbrachten einen großen Teil ihrer Freizeit heraußen. Am Tisch vor der Presse waren Körbe mit Brot und Gebäck und eine große Schüssel „Köllagatsch", einem traditionellen Brotaufstrich, der bei Fritzl aus faschiertem Surbraten, Eiern, Käse, gehackten Essiggurken und Pfefferoni mit Salz und Pfeffer bestand. Der „Köllagatsch" wurde dick auf das Brot aufgetragen. Der deftige Aufstrich war nach der Arbeit am Weinberg gerade das Richtige und alle griffen ordentlich zu. Fritzls Presse war hervorragend erhalten und gepflegt. Die Presse selbst war gute hundert Jahre älter als das Presshaus und damit schon über zweihundert Jahre alt. Der Pressbaum, eben der Hengst, war aus einem ganzen Eichenstamm herausgehackt und fein mit Schnitzereien verziert. Die Spindel, an der der mächtige Pressstein hing, war aus Kirschholz. Der Presskorb war gefüllt mit gerebelten Trauben. Seihmost, der Saft, der ohne Pressen und ohne mechanische Belastung abrinnt, floss über die Auffangfläche in den Auffangtrog. Dem sehr süßen Seihmost fehlen die Gerb- und Bitterstoffe, die erst durch den Geschmack gequetschter Kerne hinzukommen. Aus dem Trog konnte mit einem Glas der frische Most geschöpft werden, die passende Ergänzung zum deftigen Brot, wenn auch nur in geringen Maßen. Es wurde rasch zu viel des süßen Mostes. Doch stand auch immer eine kühle Flasche frischen Weins und Wasser am Tisch.

Auf den gefüllten Presskorb wurden Holzplatten gelegt. Danach wurden auf die Holzplatten weitere stehende Hölzer geschlichtet, die den Abstand zum noch hochgelegten Pressbaum überbrückten. Diese Hölzer nannte man die Bauern. Auf diese Bauern wurde unterm Pressholz ein einzelner Pflock gelegt, der König. Nun konnte der Hengst kommen. Langsam wurde er abgelassen. Mit seinem Eigengewicht drückte er auf die Trauben im Presskorb und sofort begann der Most herauszuquellen. Der Prozess des Pressens dauerte Stunden, in denen immer wieder nachjustiert wurde, an der Spindel gedreht wurde, um das zusätzliche Gewicht des Presssteines zu nutzen, Bauern nachgelegt und gelegentlich der Presskorb geleert und nachgefüllt wurde. Dann begann der ganze Prozess wieder von vorne. Bis der letzte Most abgelaufen war, verging ein Großteil der Nacht.

Die Herrenrunde war in bester Laune. Die Gespräche waren locker und teils deftig. Fritzl hatte ganz aufgeregt ein neues Erlebnis vom Kellerberg zu erzählen.

„Hob i eich denn scho vo da Tittenparade vurige Wochn dazööt? De Gschicht, die glaubst ma ned! Do hob i a gaunz a honorige Partie ghobt, a Professor und sei Frau. Der Professor, der woa a soa Kadaver-Verjünger, woast eh, a soa Schönheitsoperateur. Hot mit de Titten a Mords-Marie gmocht, a Botzn Auto is er a gfoan. Nochan, wiar a schon a poa Glasln ghobt hot, hot er aungfongt von seina Oabeit zu dazöön. Wiara ois Titten-Konstrukteur sie formt und de Fraun dann a gaunz glücklich sind. Gaunz in Fohrt hot er si gredt, mit de Händ de Formen in de Luft zeichnet. Gaunz vülle glickliche Fraun! Sei Oide is do gsessn und woa a so a Glickliche. Wiara so erklärt, zeigt er auf sie und nimmt sie bei den Titten. De do hot er a gmocht und gaunz bsunders guat san se woan. Jo, mog i s' denn seng? I hob natürlich mein fachliches Interesse an einer guten Arbeit gezeigt und scho pockt de Madam ihre Titten aus und streckt sie mir entgegen. Gaunz genau hob i gschaut, als ma der Herr Professor ollas zagt und erklärt hot. I hob sogar gspiat mit de Finga, wia de Nähte goa ned zu spian woan. Und de gonze Zeit hot sei Oide gstroid wia a frisch lackiertes Hutschpferd."

Tosendes Gelächter füllte den Keller. Michl wollte noch wissen. „Ja, hat die Dame dann Mordsmelonen gehabt, oder was?" Fritzl nahm erst einen Schluck vom Welschen und schüttelte dabei den Kopf. „Nein, gor ned! Worn eh gaunz normal. Wohrscheinlich hots vurher an Satz Palatschinken ghobt ..."

Michl hatte seine Harmonika mitgebracht und der Abend verlief heiter bis ausgelassen. Es wurde gesungen und gespielt, aber auch gemütlich am Tisch gesessen und miteinander geredet. Als Martin aufstand, um einmal bei der Spindel zu helfen, verzog er das Gesicht und griff sich an den Rücken im Lendenbereich. Erich bemerkte es und fragte gleich, ob er sich jetzt verrissen hätte.

„Nein, ich fürchte, das geht schon wieder eine Weile so. Ist eine Spätfolge vom Unfall damals. Ich muss dringend wieder in die Physiotherapie, weil ich alleine nicht konsequent genug mit den regelmäßigen Übungen bin. Leider ist ja mein früherer Therapeut im Frühsommer in Pension gegangen. Ich hatte einen slowakischen Therapeuten, den habe ich zwar selber gezahlt, aber er war gut und günstig. Der ist wieder zurück in die Ostslowakei und seither war ich nachlässig." Martin rieb sich dabei die schmerzende Stelle am Rücken und ging hinüber zur Spindel, um dort beim Anheben des Presssteines zu helfen. Erich folgte ihm nachdenklich mit seinem Blick. Als er zurückkam und sich wieder setzte, fasste Erich nochmals nach: „Im Frühsommer hast du deinen Physiotherapeuten verloren?" Erich schaute Martin dabei in die Augen. Martin hielt dem Blick stand und blieb einen Moment still. Dann nickte er bestätigend. „Ja, es war im Frühsommer."

„Verstehe, Martin."

Michl, Andi und Norbert, die neben den beiden saßen, hatten still zugehört. Wortlos tauschten sie Blicke. Michl ergriff die Initiative, schnappte sich die Harmonika und begann eine flotte Polka zu spielen. Martin verabschiedete sich bald, aber die anderen saßen noch bis in die frühen Morgenstunden im Presshaus zusammen.

Für die Winzer im Land kam jetzt die Zeitspanne, wo der neue Wein genau beobachtet werden musste. Es war die wichtige Zeit des Arbeitens am Wein. Sie begann mit der stürmischen Phase. Die Gärung fing rasch an und allerorts wurde der frische Sturm ausgeschenkt. In den großen Kellereien mussten oftmals die Tanks gekühlt werden, da in den Gärtanks recht viel Wärme entstand. Zu viel Wärme stoppte die Hefe und der Wein würde alkoholarm, aber zuckerreich sein! Der Geschmack der Österreicher war aber eher auf trockene Weine gerichtet, da sollte der Zucker vergoren sein. Fritzl hatte seinen Wein noch in Holzfässer gefüllt, das Problem der Wärme war in seinem kühlen Keller nicht so groß, er musste in erster Linie für die gute Belüftung des Kellers sorgen, denn jetzt war die Zeit der Gärgasunfälle, die jedes Jahr ihre Opfer forderten.

Am Ende der Gärung sinkt die abgestorbene Hefe ab. Nun musste der Wein abgezogen werden. Fritzl saugte dazu den Wein von oben ab und achtete darauf, keinen Schlamm vom Boden einzusaugen. Etwas junger Wein blieb zurück und die neu eingefüllten Fässer waren nun nicht mehr ganz so voll. Zu viel Luft über dem Wein konnte zur Oxidierung führen. Die Fässer wurden daher wieder aufgefüllt. Teilweise wurde dazu Wein aus früheren Jahrgängen hinzu gefüllt. Dann musste der Wein auch geschwefelt werden, um ihn haltbar zu machen. Das natürliche Eiweiß im Jungwein wurde mit Bentonit gebunden und damit absorbiert. Alternativ konnte auch filtriert werden. Jetzt war der Wein bereit zu reifen.

Inzwischen war auch schon die Mitte des Novembers vorbei. In Fritzls Keller waren Norbert und Michl vorbeigekommen und Fritzl bot ihnen eine Kostprobe vom neuen Wein an. Er nahm den „Tupfa", den aus Glas geblasenen Weinheber von der Wand, und ging mit ihm hinunter in den Keller. Dort stieg er neben dem Fass mit dem neuen Wein auf einen Schemel und zog den hölzernen Spund am höchsten Punkt des Fasses heraus. Er steckte den Tupfa in das Fassl und begann am Mundloch kräftig zu saugen. Blassgolden sprudelte der Wein in das weite Gefäß des Weinhebers. Als die richtige Menge im Tupfa war, hielt er den Finger rasch auf das Mundloch und zog ihn heraus. Mit der anderen Hand verschloss er nun das untere Ende des Tupfas und lehnte ihn gegen seinen Körper. So stieg er wieder aus dem Keller heraus. Oben angekommen, nahm er drei Gläser und reichte sie seinen beiden Freunden. Er hielt den Ausguss des Tupfas über ein Glas und ließ geübt ein Achterl in das erste Glas, dann ein Achterl ins nächste und zum Schluss wieder genau ein Achterl in das dritte Glas. Der Tupfa war jetzt leer und alle drei Gläser waren gleich gefüllt – es war eine Kunst für sich.

Fritzl hob sein Glas. „Riechts amoi, merkts es den feinen fruchtigen Duft? Es is fost a so, wia waun ma a Mandarine aufreißt und es aus da Schoin leicht spritzt."

Alle schwenkten die Gläser, um den Duft des Weines zu intensivieren und rochen in ihre Gläser hinein. Die fruchtigen Töne entfalteten sich und ja, es war wirklich ein Hauch von Mandarine dabei. Noch einmal wurde gerochen, dann stießen alle an und kosteten. Der Wein wurde mit Kaubewegungen im Mund verteilt. Er moussierte noch etwas, es war aber angenehm. Auch war er schon kräftig im Geschmack, nicht flach und ohne Körper, wie viele der rasch produzierten Jungweine. Michl und Norbert nickten anerkennend. „Fritzl, der is guat und wird no besser! An dem Joagong werma no unsare Freid haum!"

Es folgte noch die Zeit der Lagerung und Reifung. Nun hatte der junge Wein seine Ruhe und konnte zu einem geschmackvollen Weißwein reifen. Die alten Holzfässer in Fritzls Keller ermöglichten einen besseren Gasaustausch zwischen Wein und Außenwelt, der Wein gewann in den folgenden Wochen noch deutlich an Charakter. In der Weihnachtszeit gab es mit den diversen Adventveranstaltungen und mit dem Winzeradvent am Kellerberg noch viel Leben in der Kellergasse. Doch dann nach Weihnachten begann die ruhige Zeit des Winzerjahres. Es war eine Zeit der Meditation und der Ruhe. Unten in den Kellern war es im Winter immer warm, der Frost blieb draußen vor der Kellertür. Es war die Zeit, in der sich die Männer öfters in die Keller zurückzogen und unten in den Kellerräumen zusammensaßen. Hier wurde sinniert und philosophiert oder einfach ruhig bei einem Glas Wein zusammengesessen. Fritzl hatte seine Erntehelfer eingeladen, gemeinsam an einem kalten Samstag im Jänner den nun schon gereiften Wein zu verkosten. Alle waren gekommen, bis auf Raphael, der humorvoll mit „familiären Verpflichtungen" abgesagt hatte. Das Licht war silbern und am Himmel leuchteten die Federwolken purpurrot, als die einzelnen Männer zum Keller kamen, die angelehnte Kellertür öffneten und hinter sich wieder schlossen. Die Tür zum Kellerhals, der Verbindung zwischen dem Presshaus und der tieferliegenden Kellerröhre, stand offen. Der Weg hinunter lag im Finstern, doch unten leuchtete ein Licht. Einer nach dem anderen kamen sie jetzt an und stiegen hinunter. Unten war ein schöner Seitenraum, der von der Kellerröhre abzweigte. Hier hatte Fritzl einen großen Tisch aus Eichenholz errichtet. Die Bänke rund um den Tisch waren mit einem Isolierschaum belegt, so saß man warm und gemütlich. Kerzen standen am Tisch und in Nischen, der Raum hatte auch eine Barbara-Nische an seiner Stirnseite. Die Heilige Barbara war als eine der Vierzehn Nothelfer schließlich Schutzpatronin einer fast unglaublichen Anzahl von Berufsständen. Bergleute, Hüttenleute, Gießer, Geologen, Glöckner, Glockengießer, Schmiede, Maurer, Steinmetze, Zimmerleute, Dachdecker, Elektriker, Architekten, Artilleristen, Kampfmittelbeseitiger, Pyrotechniker, Feuerwehrleute. Für alle war sie die Schutzheilige und fast jede Kellerröhre hatte eine kleine Nische, die ihr geweiht war. Langsam füllte sich der Raum. Die Stimmung war ruhig, gar nicht ausgelassen wie im Herbst bei der Lese und dem Pressen. Gemächlich unterhielt man sich, genoss den Wein und ließ Vergangenes Revue passieren.

„Jo, des wor in manchn Punktn wirkli ein ereignisreiches Joahr, muss i schun sagn ...", erinnerte sich Erich. „Des wor jo wirkli was Bsunders, als ihr eich verlobt habt, Thomas, und glei drauf der Raphl und die Tina. Wos wohl die ‚familiären Verpflichtungen' von Raphl sind, dass er ned kummen kann?" Alle begannen zu lächeln. Thomas warf ein: „Oder will, weil ganz ehrlich, wenn ich hier so in die Runde sehe und mir dann Sabine vorstelle ... Das dürft ihr schon sehr schätzen, dass ihr heute meine Priorität genießt." „Junger Mann, wirst scho no gnug Johre mit ihr verbringen, so wies aussieht. Hobt ihr eich eigentli schu an Termin für de Hochzeit überlegt?" „Ursprünglich haben wir gedacht, das hat Zeit. Hätt es auch. Andererseits wird sich an unserem Zusammenleben in absehbarer Zukunft nicht so viel ändern, da spielen wir schon mit dem Gedanken, bald einmal zu heiraten. Wir haben bereits an eine Hochzeit im Mai gedacht, aber wir werden sehen. Und ehrlich gesagt, glaube ich, dass Raphl und Tina recht konkret am Planen sind. Bei denen tickt die biologische Uhr schon etwas lauter. Sie sind inzwischen liebe Freunde von uns beiden, haben selbst wenig Familie und wer weiß, vielleicht gibt es auch eine Hochzeit im Doppelpack."

„Na, des sind jo Aussichten, auf de man sich freun kann. Des Jahr hots jo a bei mir in sich. Erst de Tote in da Au, dann der Überfall. Michl und Andi, ich mog gar ned dran denken, wos euch da hät passieren können. Sind alle Verfahren inzwischen abgeschlossen, Andi?" „Jo, es war schließli Notwehr und es ging ums Überleb'n. Trotzdem, das Gefühl, an Menschn getötet zu hobn, is a schwere Last. Des Notfallinterventionsteam hot sehr empfohlen, ane Hülfn onz'nehmen. I hob es gtan und es is richtig gwesen. Es bleibt a schlimmes Erlebnis, ober i werd' i bleibn."

„Bei mir war es nur eine Fleischwunde. Einfach eine Narbe mehr. Als Lausbub bin ich oft genug vom Unfallarzt geflickt worden. Ich hatte schon ein paar Mal in meinem Leben knappe Situationen, ich war früher gelegentlich in Krisengebieten unterwegs. Es ist nie schön, so eine Situation zu erleben, aber auch in der Vergangenheit ist es mir immer gelungen, es nicht zu einer Belastung anwachsen zu lassen. Und mit Helga an meiner Seite habe ich immer jemanden, die mich rasch wieder in die Realität unserer Welt zurückholt."

Alle saßen still und schwiegen nachdenklich, als manche der Ereignisse wieder in Erinnerung gerufen wurden. Fritzl schenkte nach und hob sein Glas. „Prost Mauna, schee is, dass ma so zsamm san!" Sie stießen an und tranken einen Schluck. In der Stille danach wandte sich Erich zu Martin und sah ihm wortlos in die Augen. Martin wirkte einen Moment verstört, doch dann bekam sein Gesicht einen ruhigen Ausdruck und er nickte ganz leicht.

„Ja Martin, gell, auch du hast einen Verlust erlitten. Dein Physiotherapeut, wie hat er noch geheißen? Der Mann, der zur Pension in die Ostslowakei zurück ist?"

Martin blickte in die von Kerzenschein erleuchtete Männerrunde. Er spürte die aufmunternden Blicke, die Unterstützung der anderen. Er senkte seinen Blick, vergrub seinen Kopf zwischen die Hände und saß still da. Keiner sprach ein Wort, bis Martin sich aus seiner Erstarrung löste und tief Luft holte.

„Marija! Sie war Marija, ein wunderbarer Mensch, und auch ihr gegenüber habe ich versagt, habe ihr nur Unglück gebracht." Jetzt, wo es gesagt war, fiel seine Beherrschung ab. Er vergrub seinen Kopf wieder zwischen den Armen und fing zu weinen an. Die anderen ließen ihn, blieben ohne zu reden auf ihren Plätzen. Als sich Martin nach ein paar Minuten gefangen hatte, richtete er sich auf, zog ein Taschentuch aus seinem Hosensack und wischte sich das Gesicht ab. Er wirkte jetzt ruhig und gefasst. Erich nickte ihm aufmunternd zu.

„Nach allem, was wir wissen, trifft dich keine Schuld im juristischen Sinn. Es ist aber klar, dass du moralisch eine schwere Last trägst. Manchmal wird es leichter, wenn man die Last mit anderen teilt. Die Kirche hat schon gewusst, wie wichtig eine Beichte sein kann. Komm, Martin, erzähl es uns, rede es dir von der Seele. Wir hören dir zu."

„Ja, ich denke, es ist an der Zeit, die Geschichte zu erzählen." Martin holte erneut tief Luft. „Thomas, du weißt, wie es war bei meinem Unfall. Was damals passiert ist, werde ich mir selbst niemals verzeihen. Ich hatte getrunken, da hat die kurze Ablenkung genügt und die Katastrophe ist passiert. Wir waren vor dem Unfall eine perfekte Familie. Barbara war und ist die Frau meines Lebens, die Kinder, beide so wunderbar. Dann, von einem Moment auf den anderen, alles kaputt, das Leben meiner Barbara zerstört, Rebecca verletzt. Und ich war an allem schuld. Ich war für meine eigenen Verletzungen dankbar, habe sie als verdiente Strafe gesehen, habe mich gefragt, wieso ich nicht mehr verletzt hätte sein können. Ich wäre damals am liebsten gestorben, habe aber bald beschlossen, die Verantwortung für die Familie zu übernehmen. Ich war schuld, jetzt war ich auch für alles verantwortlich, damit es meiner Familie an so wenig wie möglich fehlen sollte. Barbara hat nie ein Wort über Schuld verloren, sie hat mir niemals Vorwürfe gemacht. Sie, die immer schon bildhübsch und sportlich war, hat ihr Leben im Rollstuhl akzeptiert. Sie hat sich nie beklagt, immer nur geschaut, dass sie mit neuen Situationen zu Rande kommt. Wenn ich in dieser Zeit am Verzweifeln war, hat sie mich aufgebaut. Wir haben alle rasch gelernt, mit der neuen Situation zu leben. Ich habe mich auch zur Gänze dankbar in die neuen Aufgaben gestürzt. Es war für mich eine Wiedergutmachung.

Im Zusammenleben mit Barbara hat sich natürlich auch einiges verändert. Wir haben neue Formen der Zärtlichkeit füreinander gelernt. Auch Sex gibt es bei uns, aber anders als früher. Ich habe niemals daran gedacht, unzufrieden zu sein. Was war, das war und schließlich hatte ich mir alles selbst zuzuschreiben.

Nach einiger Zeit waren wir sowohl nach außen als auch nach innen eine perfekte Familie, mit harmonischen Beziehungen zueinander. Die neue Situation war zum Alltag geworden, eine gewisse Normalität war eingekehrt. Natürlich begegneten wir Schwierigkeiten aller Art. Wir lernten rasch kennen, was es heißt, wenn Zugänge nicht behindertengerecht waren. Schlimmer war aber oft die Einstellung der Menschen. Manche sahen Barbara und begannen neben ihr so zu reden, als sei sie mit ihrer Querschnittslähmung auch nicht fähig zu sehen, zu hören und vor allem zu fühlen. Aber Barbara war immer souverän, niemals aggressiv oder ungehalten. Mit Humor hat sie den Leuten den Spiegel vorgehalten und ihnen ihr Verhalten aufgezeigt. Eigentlich habe ich nicht das Gefühl gehabt, etwas zu vermissen. Es war alles gut, so wie es war und besser konnten wir es nicht mehr machen.

Ich habe immer wieder Behandlungen für meinen verletzten Rücken gebraucht. Meistens habe ich mit einer Zuweisung einige Einheiten bekommen und war danach oft nachlässig in den Phasen, wo es mir besser ging. Dann sind die Schmerzen bald wieder da gewesen. Im Frühjahr hat mir ein Kollege eine slowakische Physiotherapeutin empfohlen. Sie war von Hohenau aus leicht erreichbar und preislich günstig. Ich habe begonnen, mich von ihr behandeln zu lassen. Von Anfang an war es für mich wie eine neue Welt. Ich war die Normalität schon nicht mehr gewöhnt. Marija war fröhlich und unbeschwert. Und sie war bildschön. Bald habe ich gespürt, wie es mich zu ihr hingezogen hat. Ich war verwirrt, wusste nicht, wie ich damit umgehen sollte. Einerseits wollte ich, andererseits wollte und sollte ich nicht! Aber irgendwann im Frühjahr, da hat sie die Initiative ergriffen. Da war es mit meiner

Beherrschung zu Ende. Ich habe die Zeit irrsinnig genossen. Ich war fasziniert von ihrer ungestümen Lebensfreude, genoss die erotischen Momente. Danach packten mich aber immer die Schuldgefühle Barbara gegenüber. Sie war die Frau meines Lebens, zu der ich in guten und schlechten Zeiten stehen sollte. An den schlechten Zeiten war ganz alleine ich schuld. Sie verdiente nicht nur meine Treue, sie hatte in meinen Augen einen absoluten Anspruch darauf. Ich war hin- und hergerissen zwischen den leidenschaftlichen Erlebnissen mit Marija und der Verbundenheit und Verpflichtung Barbara gegenüber."

Martin stoppte in seiner Erzählung und schwieg. Man merkte ihm an, dass seine Gedanken bei den Erlebnissen dieser Zeit waren. Alle anderen teilten sein Schweigen, gaben ihm die Zeit, die er jetzt brauchte. Nach einigen Minuten der Stille atmete er wieder tief durch und fuhr fort:

„Ich habe wie ein Verdurstender von der Lebensfreude und der Erotik mit Marija getrunken. Trotzdem war es für mich zu keinem Zeitpunkt fraglich, wo mein eigentlicher Platz war. Solange ich beides haben konnte, wollte ich es genießen. Ich habe mich in dieser Zeit wie der berühmte Vogel Strauß verhalten und trotz der drohenden Gefahr meinen Kopf in den Sand gesteckt. Ich wollte mich nicht mit den unvermeidlichen Konsequenzen beschäftigen. Doch dann kam der Tag im Frühsommer. Ich war beim Einteilen meiner Außentermine geschickt geworden, erfand kreativ berufliche Verpflichtungen, um Zeit mit Marija zu verbringen. An dem Nachmittag waren wir in der Au beim Hufeisenteich. Wir sind absichtlich nach hinten zum großen Baum gegangen. Dort merkt man lange vorher, ob jemand kommt und kann immer noch nach hinten ungesehen weggehen. Zu diesem Teil des Teiches kommt sehr selten jemand, dort ist man wirklich ungestört. Wir haben uns unter dem Baum geliebt, es war wie immer wunderschön und intensiv. Danach sind wir die paar Meter vor zum Teich zum Abwaschen und Abkühlen. Im Wasser haben wir noch miteinander gespielt. Marija ist dann zu mir und hat sich im Wasser in meine Arme gelegt. Es war schön, ihren ausgestreckten Körper vor mir zu haben. Sie hat mich so glücklich angestrahlt. Und dann kam der Moment, vor dem ich mich schon gefürchtet hatte. Marija begann von ihren Träumen zu erzählen, Träume, in denen ich zusammen mit ihr die Hauptfigur war. Marija wollte mit mir zusammenbleiben, für immer. Sie wollte Kinder mit mir. Sie wollte auf immer glücklich mit mir sein …"

Martin verlor sich wieder in seinen Gedanken, konnte auch momentan nicht weiterreden. Im Keller war es gänzlich still. Es war ein Moment, in dem der Keller zu einer eigenen Welt wurde, weitab aller anderen Einflüsse. Als Martin sich wieder gefasst hatte, sprach er weiter.

„Ich wusste, ich war zu weit gegangen, war völlig egoistisch Marija gegenüber gewesen. Ich musste jetzt gestehen, ihr reinen Wein einschenken. Sie merkte sofort, dass ich mich mit ihren Worten verspannte, dass eine unsichtbare Grenze aufgegangen war. ‚Was ist, Martin, was ist nur?' Niemals werde ich ihren Blick vergessen. Gerade noch voller Glück und dann voller Angst und Sorge. Als ich dann zu reden begann und sagte, wir könnten nicht zusammenbleiben, als sie erfuhr, dass ich eine Familie habe, brach für sie alles zusammen. Sie war zornig und verletzt. Sie schrie mich an, brach in Tränen aus, war wahnsinnig aufgeregt und beschimpfte mich. Ich wusste, ich hatte es verdient. Trotzdem floh ich erst einmal, stieg aus dem Wasser und lief zurück zum Baum. Ich wollte selbst wieder zur Ruhe kommen. Anfangs hörte ich noch ihr heftiges Weinen. Als es dann vorbei war, wartete ich noch etwas. Wollte ihr und mir etwas Zeit geben, uns zu beruhigen. Als ich nach einiger Zeit zurückging, habe ich sie nicht gesehen. Erst war ich verwirrt, wunderte mich, wohin sie gegangen war. Ihr Gewand war ja noch beim Baum. Erst nach ein paar Minuten kam ich auf die Idee, dass etwas passiert sein könnte. Dann packte mich schlagartig die Panik. Ich sprang ins Wasser und ging zu dem Punkt, wo wir zuletzt waren. Nichts. Ich begann kreisförmig den Bereich abzusuchen. Ich stieß an einen Ast unter Wasser und spürte etwas Weiches. Im trüben Wasser sah ich schemenhaft ihre Form. Ich tauchte unter und griff nach ihrem Körper, zog fest und brachte sie an die Oberfläche. Sie war bereits tot, ihre Augen weit aufgerissen. Ich habe sie aus dem Wasser gezogen und am Ufer mit Erste-Hilfe-Maßnahmen begonnen. Aber ich musste rasch erkennen, dass Marija nicht mehr zu helfen war. Es war einer der entsetzlichsten Momente meines Lebens. Schon einmal hatte ich einer geliebten Person das Leben zerstört und jetzt wieder. Ich hob Marija auf und trug sie nach hinten zum Baum. Hinlegen wollte ich sie nicht, das schien mir falsch. Ich wollte sie auch nicht nackt dort zurücklassen. Ich zog ihr das Kleid über und setzte sie an den Baum. Ich streichelte ihr Gesicht, hielt ihre Hand, schloss ihr die Augen. Ich weiß nicht, wie lange ich noch dort geblieben bin, es war schon gegen Abend. Ich packte alles zusammen, gab ihre Sachen in einen Sack und ging. Der letzte Blick zurück war furchtbar schmerzhaft. Ich fuhr in den Ort und entsorgte den Sack mit ihren Sachen. Dann rief ich zu Hause an und gab eine Autopanne vor. In der Nacht fuhr ich hinaus auf die Felder, schlief im Wagen. Danach hatte ich mich so weit gefasst, dass ich nach Hause konnte. Nachdem man sie gefunden hatte, habe ich noch einen Blumenstrauß als Abschied an den Baum gelegt. Es war mir einfach wichtig, dieses Zeichen zu setzen.

Ob Barbara mitbekommen hat, dass ich eine Affäre hatte, weiß ich bis heute nicht. Ich glaube, sie hätte auch dann nie etwas gesagt. Sie hätte Verständnis für mich gehabt. Hätte meine Bedürfnisse verstanden. Sich vielleicht sogar für mich gefreut, dass ich einen Anteil an einem anderen Leben habe. Ich weiß es nicht, ich kann es nur erahnen, weil ich sie so gut kenne. Das hat es mir nicht leichter gemacht. Ich war verzweifelt darüber, dass abermals ein Leben an mir zerbrochen war. Auch wenn ich nicht ,Schuld' an ihrem Tod hatte, machte ich mich sehr wohl dafür verantwortlich. Manchmal war ich knapp vorm Durchdrehen. Ich flüchtete in die vertraute Welt meiner Familie und von Woche zu Woche kam ich besser klar. Trotzdem war die Zeit danach ein Alptraum. Ich hatte das Gefühl, man müsste es mir doch ansehen, dass ich mit dieser Geschichte verbunden war. Mir selbst schien es so offensichtlich, da mussten doch auch andere gleich sehen, wie es um mich stand. Wann immer ich dich gesehen habe, Erich, war ich mir sicher, du sagst es mir direkt ins Gesicht. Du warst es doch! Du hast an ihrem Tod Anteil, du warst derjenige, der bei ihrem Tod dort war ..."

Martin verstummte, doch nun blieb er aufrecht sitzen, mit erhobenem Kopf. Er schaute in die Runde, suchte Blickkontakt zu jedem Einzelnen. Die Männer hielten seinem Blick stand, gaben mit einem leichten Nicken ihre Zustimmung. Fritzl begann die Gläser wieder einzuschenken. Die Männer hoben ihre Gläser und prosteten sich wortlos zu. Erich räusperte sich: „Ich möchte nicht in deiner Haut stecken, Martin, und das meine ich nicht im Negativen oder als Vorwurf. Du bist eine starke Persönlichkeit, nur wenige hätten die Kraft und den Charakter, mit deiner familiären Situation so umzugehen, wie du es tust. Dafür hast du meine Achtung." Die anderen nickten bestätigend.

„Martin, was ich dir sagen will, ist, wir sind alle nur Menschen. Und als Menschen sind wir niemals fehlerfrei, das ist das Urmenschliche an uns. Wenn wir einen Fehler begehen, hat das manchmal nur geringe Auswirkungen, manchmal aber große und nachhaltige. Für deinen Unfall damals bist du schwer gestraft worden, aber du und deine Familie seid daran gewachsen. Was die Sache mit Marija angeht, so sind deine Gefühle, deine Bedürfnisse und Sehnsüchte auch menschlich. Dass du mit Marija ein Verhältnis begonnen hast, ist etwas, das du mit dir selbst ausmachen musst. ‚Nur wer ohne Fehler ist, der werfe den ersten Stein‘, heißt es so treffend. Ich will und kann nicht darüber urteilen. Dass Marija im Teich ertrunken ist, darfst du dir nicht vorwerfen. Was hier passiert ist, ist zwar eine Tragödie, aber auch unabänderliches Schicksal. Martin, ich will dir den Rat geben, quäle dich nicht mit der Frage nach einer zu sühnenden Schuld. Manches in unserem Leben, ob es jetzt vorherbestimmt oder von Zufällen bewirkt wurde, entzieht sich unserer persönlichen Entscheidungsfreiheit. Wir alle werden vom Leben mitgerissen und da geht es oftmals heftig zu. Du musst loslassen können und dir nicht mehr selbst die Frage nach einer Mitschuld stellen. In allen Kulturen gibt es dafür Ausdrücke. Kismet, Karma, Schicksal – dem kannst du nicht entgehen. Marija ist ertrunken und alle Überlegungen über ‚was wäre wenn gewesen‘, werden daran nichts ändern. Marija war Asthmatikerin und ihre Lunge war vorbelastet. Dass sie ertrunken ist, ist ihr Schicksal und damit passiert. Füge dich und quäle dich nicht mit Selbstvorwürfen, das bringt jetzt nichts mehr. Das wird der erste Weg zurück zu einem inneren Frieden sein.

Martin, du hast eine schwere Phase deines Lebens hinter dir. Wenn ich jetzt sage, du hast es hinter dir, so soll das auch ausdrücken, dass alle Krisen zeitlich begrenzt sind und vorübergehen. Du darfst optimistisch sein und daran glauben, dass es auch wieder bergauf geht. Akzeptiere das Unvermeidliche und richte dich danach, was jetzt kommt. Du hast immer Lösungen gefunden für die Situationen deines Lebens, das wirst du jetzt auch wieder tun. Du warst nie ein willenloses Opfer, du warst immer derjenige, der agiert hat und zu seiner Verantwortung gestanden ist. Ich bin überzeugt, du hast deine Werte und Positionen für dich selbst neu bestimmt, aus dem, was du erlitten hast, dich und dein Leben teilweise neu ausgerichtet. Und wir alle haben gesehen, wie du an deiner letzten Krise gewachsen bist, wie du mit positiver Energie zu einem Vorbild für viele geworden bist."

Thomas brachte sich jetzt ein: „Da kann ich für mich nur zustimmen. Auch wenn Sabine und ich erst am Beginn eines gemeinsamen Lebens stehen, sind Barbara und du für uns ein Sinnbild für wahre Partnerschaft. Ich habe dich die letzten Jahre oft beobachtet und immer bewundert. In Zeiten wie diesen, wo so viele Partnerschaften zerbrechen, seid ihr wie der Fels in der Brandung gewesen. Egal, was euch entgegengeworfen wurde, ihr habt es gemeistert und das fast immer mit einem gemeinsamen Lächeln. Ich habe das immer als außergewöhnlich empfunden und mir oft gedacht, so soll es auch einmal bei mir sein. Und wenn es mich jetzt überrascht hat, dass du eine Beziehung zu einer anderen Frau gehabt hast, bin ich nicht so naiv zu glauben, dass es im Leben nicht Situationen gibt, die dazu führen können. Auch ohne dass es willentlich angestrebt wird. Mein Vater hat einmal eine Beziehung zu einer anderen Frau gehabt. Als Mama davon erfahren hat, war sie zwar sehr aufgebracht und gekränkt, aber die beiden haben es damals miteinander ausgesprochen. Ich glaube, da zählt das gemeinsame Leben und Erleben mehr. Es stellt die Basis dar, auch gemeinsam Krisen durchzustehen."

„Erinnerst du dich, als wir uns kennengelernt haben?", fragte Michl. „Damals schon habe ich deine Familie und eure offensichtliche Verbundenheit bewundert. Und auch jetzt, nachdem ich euch über den Sommer besser kennengelernt habe, sind diese Verbundenheit und der Zusammenhalt eurer Familie für mich bewundernswert."

Andi und Norbert blieben still, nickten aber beide bestätigend dazu. Martin schaute sich in der vom goldenen Kerzenschein beleuchteten Kellernische um. Die Stimmung war eine besondere, das Licht, die gemauerte Ziegelwölbung über ihren Köpfen, gestapelte Weinflaschen an der Wand und in der Mitte der massive Tisch aus Eiche, hochglänzend in seiner Lackversiegelung. Die Flasche mit dem bernsteinfarbenen Wein, die aus Draht gedrehten Kerzenhalter in Blechschalen. „De Mauna" saßen eine Weile wortlos da, bis Fritzl zur Flasche griff und mit einem neuerlichen Einschenken die Erstarrung löste. Martin wandte sich an Erich.

„Und, was jetzt?"

„Was meinst du mit, was jetzt?"

„Muss ich jetzt auch offiziell aussagen, muss das jetzt amtlich werden?"

„Martin, du kennst unsere Bräuche: Was in den Tiefen der Keller gesagt wird, bleibt unter uns. Das geht aus dem Keller nicht heraus. Und außerdem sehe ich keinen Anlass für einen offiziellen Abschluss. Man kann dir weder unterlassene Hilfeleistung noch Vorsatz noch sonst etwas vorwerfen. Niemandem ist gedient, wenn das jetzt noch publik wird. Du wirst sehen, von jetzt an beginnt deine Heilung. Es war gut, es heute herauszulassen, es dir endlich einmal von der Seele zu reden. Jetzt wird die Last von dir abfallen und mit der Zeit wirst du auch diese schwierige Phase überwunden haben."

„Ich danke euch allen dafür, mir heute zugehört zu haben. Ja, ich fühle mich erleichtert, dass es endlich heraus ist, dass ich es nicht mehr alleine mit mir herumtragen muss. Danke nochmals ..."

Norbert wandte sich an Andi: „Ich habe gehört, dein Sohn probiert sich an einem Barrique-Ausbau beim Riesling? Wie wird es denn? Ich hätte Bedenken, den typischen Eindruck damit wegzunehmen, also die kräftige Säure, die starke Primärfrucht."

„Ja, ich weiß, was du meinst. Aber das sind die Jungen von der Weinbauschule. Mut zu Neuem! Es sieht so aus, dass ein Riesling mit Holzeinfluss genauso gut funktioniert wie Sauvignon Blancs von der Loire oder woanders. Wir sind es hier nur nicht gewöhnt. Und du weißt ja, was man uns Alten nachsagt. Was der Bauer ned kennt, das frisst er nicht! Es ist auch eine Frage des Gleichgewichts beziehungsweise des Ziels, das mit dem Fassausbau verfolgt wird. Der Heini hat ein getoastetes Holz für den Ausbau genommen. Ich glaube, es wird interessant, und ‚verholzen' wird er ihn schon nicht lassen."

Der Themenwechsel war damit nahtlos vollzogen und die weiteren Gespräche drehten sich um Themen wie Wein, geplante Abfülltermine, Urlaubspläne und die Gegenwart und Zukunft generell.

Es ist ein typisches Merkmal der so genannten „Köllastund", dass sie erst nach vielen Stunden zu Ende geht. Und als zu später Stunde die Kerzen heruntergebrannt waren, machten sich „de Mauna" auf den Weg nach Hause. Auf der steilen Rampe den „Köllahals" hinauf, da half man sich schon gegenseitig. Vor der Tür wirkte die frische, kalte Winterluft ernüchternd. Die Männer zogen ihre Jacken fest zu, während Fritzl bereits etwas umständlich zusperrte. Die Kellertür hatte drei Schlösser, die alle mit großen Schlüsseln versperrt werden mussten. Zweimal, dreimal wurden die Schlüssel jeweils gedreht und mit einem lauten Knacken schob sich der mächtige eiserne Türriegel Stufe für Stufe vor. Wohl war der letzte Weindiebstahl schon einige Jahrzehnte, wenn nicht sogar ein Jahrhundert her. Aber auch die alten Schließanlagen der Presshäuser waren ein Teil der Authentizität und des Brauchtums im Weinviertel. Der erste Abschied fand vor dem Presshaus statt. Fritzl hatte nur wenige Meter zu sich nach Hause. Der nächste etwas lautstärkere Abschied fand etwa zweihundert Meter weiter statt, als die Partie von „drüben" sich auf den steilen Weg über den Berg machte. Und schließlich „tröpfelten" die einzelnen „Mauna" bei sich zu Hause ein.

Zarte Schleierwolken waren aufgezogen und der volle Mond hatte sich mit einem leuchtenden Hof geschmückt. Die Luft war beißend kalt und trug in sich bereits die Ahnung der bevorstehenden Wandlung des weiten Landes.

Epilog

In dieser Nacht begegneten sich ein ausgedehntes Balkantief, das in einem weiten Bogen entgegen dem Uhrzeigersinn vom Mittelmeer heraufzog, und ein polarer Kaltluftstrom über dem Weinviertel. Das Rendezvous der beiden Luftmassen, der feuchtigkeitsgesättigten Luft des Mittelmeeres und der subarktischen Luft, die aus dem Hohen Norden herunterstieß, wurde begleitet von alles lähmenden Schneemassen. In Serbien und Ungarn waren der Verkehr und das öffentliche Leben am Weg des Geschehens weitestgehend lahmgelegt. Und was kaum eine der vorherrschenden Westströmungen hier in den trockensten Gefilden Österreichs schaffte, nämlich für reichlich Niederschlag zu sorgen, konnten diese heimtückischen, quasi von hinten in den Rücken fallenden Wettergeschehnisse vortrefflich.

Die zarten Schleier vor dem Vollmond waren dichter geworden, bis schließlich der leuchtende Hof verblasste und verschwand. Eine Weile noch hielt sich der helle Fleck des Mondes in den Wolken, bis auch er sich verdunkelte. Pechschwarz wurde die Nacht, bis zögerlich die ersten kleinen tanzenden Flocken den Schein der Straßenlaternen reflektierten. Es waren kleine Schneeflocken, jede einzelne ein perfekter sechszackiger Stern, individuell verziert. Sie tanzten über dem kalten Boden. Der Wind wirbelte sie auf, erweckte den Anschein, zarte Rauchwolken vor sich her zu treiben. Rasch wurde der Schneefall dichter und obwohl man in der Schwärze der Nacht kaum etwas davon sehen konnte, war es gegen das Licht der Laternen ein fast undurchdringliches Treiben. Der Schnee bedeckte die Straßen und Wege, die Felder und Weinberge, die Häuser, Kellergassen und Wälder. Von Stunde zu Stunde wuchs die weiche Decke des flaumigen Schnees. Im Grau des Morgens war alles in einer einheitlichen Erscheinung, fast sah man keine Grenzen zwischen Land und Himmel. Es schneite den ganzen Tag intensiv weiter und die ohnehin harmonisch gewellte Landschaft dieses weiten Landes wurde noch ausgeglichener und sanfter. Spät in der Nacht ließ der Schneefall endlich nach und das Spektakel endete fast genau vierundzwanzig Stunden nach seinem Beginn so leicht und sanft, wie es angefangen hatte. Und schon sah man auch wieder den hellen Fleck der Mondscheibe zwischen den aufreißenden Wolken. Rasch verschwanden die Wolken und in der klaren, jetzt trockenen Luft fiel die klirrende Kälte erbarmungslos ein. Kristallklar war der spektakuläre Sternenhimmel. Der Jäger Orion, mit seinem prägnanten Gürtel und Schwert, wachte von oben herab.

Als die Sonne aufging, erleuchtete ihr pastellfarbener Schein eine Landschaft unendlicher Schönheit. Die weiten Hügel waren von einer tiefen Decke daunenartigen Schnees verhüllt, die mit ihren sanften Formen in ihrer Zartheit fast erotisch wirkten. Wie geometrische Muster zogen sich die Rebzeilen an den Hängen entlang. Und hier und da war die erratische Spur eines ob der plötzlichen Veränderung seines Umfeldes verwirrten Tieres über die ansonsten makellosen Flächen der Felder zu erkennen. Als die Sonne über den Gipfelsaum der Kleinen Karpaten stieg, zog ihr flaches Licht lange graphische Schatten und gab der Landschaft ein Relief.

Der Schneefall hatte die Gewässer der March-Altarme stark abgekühlt und nun in der bitteren Kälte froren sie spiegelglatt zu. In ihren erstarrten Oberflächen hatten sich Gasblasen aus dem Schlamm des Bodens gefangen und bildeten weiße Flecken in den ansonsten kristallklaren Flächen. Die Sonne zog ihren Bogen über das Land, das an diesem Tag menschenleer blieb. Zum Abend hin bedeckte ihr orangener Schein die Hügel und Täler, brachte die Schneedecke zum Glühen, als sei heißes Eisen aus der Kälte geboren worden. Am Rand eines Weinberges stand eine einsame „Hiatahittn", deren Dach wild und struppig mit kargem Gebüsch bewachsen war und so den Eindruck eines zottigen Geistes erweckte.

In der Nacht begann die March Eis zu führen. Erst einzelne abgerissene Eisstücke, die sich jedoch rasch verdichteten. Bald war der Fluss voller Eisschollen. In ihrer Bewegung stießen sie aneinander, rieben sich. Der Fluss fing an zu grollen, klang bedrohlich und be-ängstigend. Doch im warmen Licht des Mondes wurde die unheilschwangere Stimmung wieder harmonisch ausgeglichen. Hell spiegelte sich der Mondschein im Wasser, hüpfte tanzend von den Eisschollen bewegt hin und her.

Der Winter hatte das Weinviertel fest im Griff!

Jetzt war die Zeit der Ruhe, der Verinnerlichung und der Erneuerung da. Die Straßen und Wege waren leer. Die Arbeit auf den Feldern, in den Weingärten und Kellern ruhte. Es war die Zeit, in der Mensch und Natur wieder Kraft schöpften für ein weiteres Jahr im Kreislauf der Jahreszeiten. Sehr still wurde es nun hier, unter der dichten daunenartigen Schneedecke. Wie die Puppe eines Schmetterlings erwartete man nun die Zeit der Wiederbelebung, aus der man umgewandelt und erneuert wiederkehrte. Es war auch eine Zeit der Heilung und des Wiederaufbaus. Diese Zeit war wohltuend und stärkend. Was vergangen war, wurde endgültig zu Vergangenem. Es wurde abgelegt, wie man die Straßenkleidung vor dem Schlafengehen ablegte.

Und wenn man wieder erwachte, so legte man sich neue, frische Kleider an.

Es barg in sich das Versprechen: Alles wird wieder gut, der Weg ist frei für Neues.

Und so durfte es auch sein.

In dieser Zeit zogen sich die Winzer der Region oftmals stundenlang alleine in ihre Keller zurück. Hier wurde im Schein einer Lampe oder Kerze gelesen oder nur still mit seinen Gedanken die Zeit verbracht. Die Landschaft war einsam, nur wenige kamen in diesen Tagen ins Freie. In den Haushalten wurden die Dinge aufgearbeitet, zu denen man das ganze Jahr über nicht gekommen war. Gemacht wurde nur das Allernotwendigste. Am Abend gab es nun häufig eine Weinviertler Zwiebelsuppe am Tisch, die so richtig wohlig wärmend an kalten Tagen war.

Erich war einer der wenigen, der auch in diesen Tagen unterwegs war. In seiner Wachstube war es eine ruhige Zeit, in der Ordnung geschaffen und die Ablage gepflegt wurde. Nur jetzt brach Erich mit seiner eisernen Regel, niemals beruflich alleine unterwegs zu sein. Er, der sich immer über Fernsehserien ärgerte, in denen Polizisten gewagte Alleingänge vollführten (so fernab der Realität im Polizeialltag!), fuhr nun solitäre Runden im Revier. Doch in einer Zeit, in der eine Landschaft sich in die Ruhephase zurückgezogen hatte, bestand für Erich kein Wagnis, ohne Beistand in der Alltagsarbeit unterwegs zu sein. Er fühlte sich als Hüter der heiligen Ruhe, als Wächter ihrer Ungestörtheit. Er zog seine Runden durch das Revier und blieb immer wieder auf den Anhöhen zwischen den Ortschaften stehen. Dort stieg er auch aus, drückte seine Winterjacke fest an sich und schaute weit über das Land, seine Wälder und Weinberge, seine Kellergassen und Dörfer.

Das war sein Reich, sein ureigener Zuständigkeitsbereich. Niemals sonst im Jahr war das Gefühl so präsent, Verantwortung für all das zu tragen. Hier ging es nicht um die Erfüllung eines polizeilichen Dienstauftrages, hier ging es um Verbundenheit und Verständnis. Mit den Menschen dieser Region verbanden ihn Liebe, Geduld und Nachsicht. Und wenn seine Geduld zu sehr strapaziert wurde, dann stand ihm die Rolle zu, als Primus inter Pares ein Machtwort zu sprechen, dem dann gefolgt wurde. Diese ruhige Zeit war auch seine persönliche Zeit des sich Erneuerns und Kraftschöpfens, seine Zeit der Selbstbestätigung und Reflexion. So habe ich es gut gemacht! Und: Das kann ich beim nächsten Mal besser!

Häufig blieb er auch an den Hügelkämmen zur March hin stehen. Er studierte den Gipfelzug der Kleinen Karpaten, kannte die Namen der wichtigsten Erhebungen. Der stolze pyramidenartige Spitz des Vysoká, einer der höheren Gipfel der Bergkette, stach schon durch seine ebenmäßige Form hervor. Kaum fünfundzwanzig Kilometer entfernt und den meisten so fremd! Er schaute über die dichten Wälder der Marchauen, die unter ihrer Schneedecke wie die Mugelpiste einer Skiabfahrt wirkten. Er stellte sich die Sanddünen der Borská Nížina im Nordosten der Záhorie vor. Jetzt, unter der Schneedecke, wären sie wie die erstarrten Wellen eines Meeres. Wechten in ihrem Kamm gäben ihnen den Anschein sich brechender Schaumkronen. Von hier heroben gab es nichts, was die Grenze zwischen den Nachbarländern hervorhob und bemerkbar machte. Alles floss in einer zusammengehörenden harmonischen Landschaft zusammen. Und ohne den so oft in ihm aufsteigenden Groll über das Trennende der beiden Nachbarn, spielte er mit dem Gedanken, dass die in den Köpfen der Hiesigen gezogenen Grenzen und Barrieren fallen würden, wie einst die Berliner Mauer. Es waren positive Gedanken, mit denen er sich gut fühlte und Mut für die Zukunft schöpfte.

So wie er in diesen ruhigen Tagen seine Runde durch sein Reich drehte, so fiel von ihm der gelegentliche Unmut ob einzelner Situationen oder Ärgernisse ab. Wie ein langsames Durchatmen war es, ein sich Füllen mit frischer Luft und Energie. Fast baute sich schon eine leichte Ungeduld auf, die Bereitschaft zu neuen Erlebnissen und Taten. Und Erich fühlte sich dafür jetzt bereit.

Bei diesen einsamen Fahrten in seinem Revier erlebte Erich die Verantwortung, die er für seine Heimat in sich spürte. Er wusste, er spielte eine wichtige Rolle im Leben seiner Bewohner. Er spürte auch, wie er in dieser Rolle aufging, dass hier sein Platz war. Die Selbstbestätigung, die er hierbei gewann, stärkte ihn. Sie brachte ihm auch die Bestätigung, die erforderliche Energie zum Weitermachen aufbringen zu können.

Und auch für ihn durfte es so sein.

Danksagung

Mein Dank geht an meine fleißigen Korrekturleser, allen voran Mag. Georg Lobner, der für die Authentizität der mundartlichen Passagen gesorgt hat! Ich danke auch meinen Nachbarn am Kellerberg, die mit Humor und einigen Glaserln Wein G'schichtln erzählt haben, wohl wissend, dass alles, was man mir erzählt, auch niedergeschrieben werden kann. Und natürlich danke ich auch meiner Frau Christine, mit der ich die meisten Köllastunden am Kellerberg verbracht habe.

Fachausdrücke bzw. mundartliche Bezeichnungen rund um die Welt der Kellergassen*

Akazi: Falsche Akazie, eigentlich Robinie (robinia pseudoacacia), ist ein in Kellergassen häufig vorkommendes Gehölz. Die Robinie wurde als Zierpflanze im 17. Jahrhundert von Jean Robin (deshalb der Name) aus Nordamerika eingeführt und in Parks und Gärten gepflanzt. Von dort breitete sie sich aus. Sie fühlt sich besonders im warmen und trockenen Klima des Weinviertels wohl. Im Kontext von Kellergassen und Weinbau wird sie vielseitig genutzt. So werden etwa Robinienstämme in den Weingärten zur Stütze des Kulturdrahtes verwendet oder sie dienen als Rohstoff zur Herstellung von Weinfässern.

Amper: Eine Art Eimer, einseitig mit Haltegriff versehen; wurde zum Nachfüllen von Weinfässern verwendet. Es ist ein Behältnis, in welchem der gepresste Most zum Fass in den Keller transportiert wurde. Zuvor wurde er mit dem „Sechterl" von der Presse bzw. dem „Grand" in den „Amper" gefüllt.

Ausstecken: Einen Föhrenbuschen vor dem Heurigen aufhängen, um den offenen Betrieb anzuzeigen (siehe auch „Heuriger").

Beri, Biri: Mundartliche Bezeichnung für den Berg und damit auch für den Weinberg. Ein bekanntes Beispiel im

---

* Quelle (auch für viele weitere Tipps und typische Rezepte zum Nachkochen rund ums Weinviertel): www.weinviertel.at

Weinviertel ist der Golingbiri (Galgenberg) in Wilden-dürnbach, der auch die Kellergasse beherbergt.

Beu, Beil: Ein Stück Holz – „Spundholz", mit welchem das „Spundloch" der Weinfässer verschlossen wurde; in späterer Zeit auch häufig aus Gummi, Plastik oder Glas gefertigt.

Böhmisches Platzl: Besondere Form eines Weinkellers als kuppelartiges Kellergewölbe. Viele solcher Keller wurden von Wandermaurern aus dem Gebiet der Tschechischen Republik errichtet.

Bottich, Boding: Ein großes Holzschaff zum Transport oder zum Sammeln von Trauben bzw. Maische vor dem Pressen.

Brustmauer: Stützmauer des Presshauses, welche selbiges zum Hang bzw. zum Kellerabgang oder Kellerhals hin stützen sollte.

Buttn, Lesebüttel: Großer Holzbehälter (später auch aus Kunststoff), in welchen die abgeschnittenen Weintrauben bei der Lese geleert werden. Meist mit Tragegurten versehen, um sie auf dem Rücken zum Fuhrwerk oder Traktoranhänger tragen zu können.

Dachpfeife: Die Dachpfeife ist der Abschluss der Dampf-röhre – ein Lüftungsschacht, der aus dem Keller nach oben ins Freie führt.

Dampfröhre: Lüftungsschacht, der aus dem Keller nach oben ins Freie führt und der Entlüftung der Kellerröhre dient. Ihren oberen Abschluss bildet die Dachpfeife. Es soll vorgekommen sein, dass über die Öffnung auch so manche brisanten Gespräche belauscht wurden.

Doppler: Doppelliterflasche Wein; war früher im Weinviertel die häufigste Flaschenform im Weinhandel. In Wirtshäusern und beim Heurigen wurde darin oft der Schankwein angeboten.

Erdstall: Ein Erdstall ist ein unterirdisch angelegtes Gangsystem. Weder der ursprüngliche Zweck noch die genaue Entstehungszeit konnten bislang wissenschaftlich eindeutig geklärt werden. Durch Funde konnte festgestellt werden, dass diese Anlagen zumindest zeitweise als Zufluchtsorte gedient hatten. Für längere Aufenthalte waren sie nicht geeignet. Sie sind vor allem in Lössgebieten wie dem Weinviertel zu finden. Durch das Graben von Kellerröhren im 19. und 20. Jahrhundert stieß man mitunter auf solche Erdställe. Beispiele hierfür finden sich in Kronberg (Kellerlabyrinth unter dem Kreuzberg) oder in Althöflein (unter dem Kapellenberg mit Erdstallmuseum).

Fassgeschirr: Sammelbegriff für Behälter, in welche Wein oder Most gefüllt werden konnte.

Fassl, Weifassl: In der Regel ein hölzernes Fass, in welchem der gepresste Most im Keller zum Wein gärte und dieser gelagert wurde. Es gab unterschiedliche Größen. Als Maßeinheit fasste es meist um 800 Liter.

Fasslrutsch'n: Brauchtum um „Leopoldi", den Feiertag des Landespatrons von Niederösterreich (Heiliger Leopold, der Babenberger Markgraf Leopold III.). Die Entstehung dieses Brauchtums ist nicht eindeutig geklärt, könnte aber seine Wurzeln in einer Form der Ablieferung des Zehentweines haben.

Fiata, Fürta, Fürtuch: Schürze des Weinhauers; eine blaue Schürze gilt als Standeszeichen.

Fuhrfassl: Die „Fuhrfassln" waren die Fässer zum Transport des Weines mittels Fuhrwerken. Das Fass konnte ca. 800 Liter fassen. Ein Weinviertler Fuhrwerk konnte im Normalfall zwei solcher Fässer transportieren.

Gait, Schoßkoa: Rinne aus starken Pfosten (Brettern), die durch das Gaitloch verlief; wurde seitlich am Wagen verankert; die Maische lief über den Gait durch das Gaitloch in einen Bottich im Presshaus. Siehe auch unter „Schoßkoa".

Gaitloch, Gaittürl, Schoßkoa-Türl: Meist rechteckige Öffnung in der Presshauswand in Bodennähe, durch die die Maische mittels einer Rutsche (Gait, Schoßkoar) in das Presshaus eingebracht wurde.

Gärgitter: Das Gärgitter ist ein meist an einer Türhälfte der Kellertür angebrachtes Gitter aus Holz oder Metall, welches es ermöglichte, während der Gärzeit trotz verschlossenem Keller/Presshaus die Gärgase entweichen zu lassen. Das Gärgitter ist vor allem in Kellergassen des südlichen Weinviertels verbreitet.

Gießkar: Trichter (zumeist am Amper) zum Einfüllen in das Weinfass.

Grand: Trog, in dem sich der Most nach dem Pressen sammeln konnte.

Grea, In d' Grean gehn: Traditioneller Spaziergang ins Grüne zu Ostern (Ostermontag). Abgeleitet vom kirchlichen Brauch des Emmausganges (Flurbegehung mit Gebet und Gesang, angelehnt an den „Emmausgang" aus dem Lukas-Evangelium, nachdem zwei Apostel nach Jesus' Tod nach Emmaus zurückkehren wollen und der auferstandene Jesus ein Stück mit ihnen geht). Oftmals findet dieser Spaziergang im Weinviertel durch die – aus dem Ort führenden oder außerhalb des Ortes gelegenen – Kellergassen statt und endet mit Speis und Trank ebendort.

Hauer, Weinhauer: Der Name leitet sich vom „Hauen", der häufigsten Arbeit im Weingarten, ab. Die Bezeichnung Winzer hat heute die alte Berufsbezeichnung weitgehend verdrängt.

Hetscherl: Bezeichnung für die Früchte (Hagebutten) der Wildrosenarten (Hundsrose oder Heckenrose/rosa canina), welche zum typischen Bewuchs in Kellergassen gehören.

Heuriger: Der Heurige geht zurück auf eine Verordnung Kaiser Josefs II. aus dem Jahre 1784. Seit damals bestehen zwei wesentliche Merkmale, die den ursprünglichen Heurigen bis heute kennzeichnen: Verkauf ausschließlich von Eigenbauwein; ein Föhrenbuschen zur Kennzeichnung der genehmigten Ausschank. Eine Buschenschank anmelden und in einer definierten Heurigenzone „ausstecken" dürfen nur jene Betriebe, die selbst ihren Eigenbauwein produzieren und sich an das Buschenschankgesetz halten.

Hiata: Die Weingartenhüter sollten die reifen Weintrauben vor Diebstahl und Schäden durch Vögel (Stare) und

Wild schützen. Sie bewohnten für mehrere Wochen (ca. 2–3 Monate) zwischen August und Oktober einfache Hütten in den Weingärten (Weingartenhütten, Hiatahittn). Ihr Auszug in die Weingärten und ihr Wiedereinzug ins Dorf wurden traditionell gefeiert.

Hiatahittn, Weingarthittn: Die Weingartenhütte oder Hüterhütte hatte zweierlei Funktion. Einerseits war sie Unterstand für die lange Zeit bis in die 1950er Jahre eingesetzten Weingartenhüter, zum anderen dienten sie auch als Unterstand bei den Lesearbeiten. Sie konnten verschiedene Formen haben. Manche (darunter auch die ältesten) wurden in die Lössböschung gegraben, andere wurden aus Holz errichtet. In späterer Zeit wurden sie auch gemauert. In der Wachau wurden solche Hütten auch aus Natur- bzw. Bruchsteinen errichtet.

Hohlweg: Durch die Zusammenwirkung von witterungsbedingter Erosion und langjähriger Benutzung als Viehtrift schnitten viele Wege tief in den Löss. Dadurch entstanden Hohlwege, die von seitlich aufragenden Lösswänden gesäumt aus den Ortschaften bzw. zu den ehemaligen Weiden und Weingärten führen. In die Lösswände wurden bevorzugt Kellerröhren gegraben. Im Weinviertel gibt es viele solcher Hohlweg-Kellergassen.

Holler: Bezeichnung für den Schwarzen Holunder (Sambucus nigra), eine weitere wichtige Pflanze neben der Robinie, welche in den Kellergassen bzw. an deren Rändern und Böschungen vorkommt. Sehr anpassungsfähige und schnell nachwachsende Pflanze. Beeren und Blüten lassen sich zu Säften, Tee und anderem verarbeiten.

Kalmuck: Bezeichnung für ein Baumwoll-Doppelgewebe. Der Name leitet sich der Überlieferung nach von den Kalmücken ab, welche den Stoff als Satteldecken verwendet hatten. Es wurde zunächst hauptsächlich von Schiffsleuten und Flößern an der Donau getragen und erlebte dank seiner Robustheit und Strapazierfähigkeit eine weitere Verbreitung. Der Kalmuck-Janker (Jacke aus diesem Stoff) wurde von der Wachau ausgehend zur traditionellen Tracht der Weinhauer.

Kellerhals: Verbindung zwischen Presshaus bzw. dem Kellereingang und der tieferliegenden Kellerröhre.

Kellerröhre: Der eigentliche Keller, wo die Gärung vollzogen bzw. der Wein gelagert wurde. Die Röhren wurden nach dem Graben des Kellerhalses in den Löss getrieben. Den Kellern ist entweder ein Presshaus oder ein „Vorkappl" vorgelagert. Manche Keller wurden gewölbt und mit Ziegeln ausgekleidet.

Kellertür, Presshaustür: Die oft zweiflügelige Tür besaß in der Mitte einen Pfosten (Türgrad), der herausgenommen werden konnte, wenn dies von der Tätigkeit im Keller her notwendig war. Weiters wurden auf ihr mit Kreide verschiedene Notizen festgehalten, die für die Kellerarbeit wichtig waren. Oft sind an einer Türhälfte auch Gärgitter zu finden.

Kölla: Das Herzstück der Kellergassen, welches diesen seinen Namen gegeben hat. Es ist die Bezeichnung für die Räume und Röhren, die in den Löss gegraben wurden und wo einerseits die Gärung des Traubenmostes vollzogen wurde und andererseits auch die Lagerung des Weines stattfand. Den Kellern kann ein Presshaus vorgelagert sein.

Köllagatsch: Traditioneller Brotaufstrich, der vornehmlich bei „offenen Kellertüren" und Heurigen angeboten wird. Die Zusammensetzung variiert zwischen den Weinbauregionen des Weinviertels. So wird neben Essiggurken und Pfefferoni im Osten Surbraten, Eier und Käse mit Salz und Pfeffer und im Westen (Pulkautal) Speck und/oder Schweinsbraten, Zwiebel, Knoblauch und Topfen mit Pfeffer, aber ohne Salz fein zerhackt und mit Mayonnaise, Senf und Ketchup bzw. nur mit Ketchup verrührt und auf das Brot gestrichen.

Köllakotz, Kellerkatze:
(1) Es heißt, dass sich in jenem Fass, auf welches sich die Katzen legten oder setzten, der beste Wein befand – der Inhalt des Fasses gärte am längsten. Somit wurde es zu einem Brauch, eine aus Holz geschnitzte Kellerkatze auf das Fass mit dem besten Wein zu setzen.
(2) Ein weicher, meist schwarzer Kellerschimmel, der sich wie Katzenfell anfühlt. Durch die Luftfeuchtigkeit und Dämpfe in vielen Kellern bildete sich an den Kellerwänden häufig schwarzer Kellerschimmel, der ideal zur Luftfilterung beitrug und gleichzeitig ein Indikator für optimale Lagerbedingungen ist.

Köllamauna: Männer (Hauer, Winzer, Käufer, Händler etc.), die sich in den Kellergassen und Kellern trafen, um Geschäftliches und anderes zu besprechen (Köllapartien). Frauen waren davon ausgeschlossen.

Köllapartien, Köllastund: Die Keller und Presshäuser dienten nicht nur der Weinproduktion, sondern häufig auch den Weinhauern und ihren Bekannten als Aufenthalts- und Rückzugsort. Wenn sich Leute zum Weinverkosten und Gedankenaustausch in den Kellern und

Presshäusern treffen, spricht man von den „Köllapartien"
oder der „Köllastund" (die Dauer war freilich zumeist
um ein Vielfaches länger als eine Stunde).

Köllaschließl, Kellerschlüssel: Meist ziemlich großer
Metallschlüssel, manchmal verziert, welcher die Tür
zum Keller und/oder zum Presshaus davor sperrte.
Der Schlüssel hatte nicht nur eine praktische Funktion,
sondern besaß auch einen hohen Symbolgehalt. Er war
quasi das „Zepter" des Weinhauers. Das Überreichen
des Kellerschlüssels an den Sohn des Weinhauers hatte
eine wichtige Bedeutung und hob die soziale Stellung
des Sohnes.

Köllazöga, Köllazega, Köllakörbl: Zumeist aus Leder
oder fallweise auch Stroh gefertigtes, verschließbares
röhrenförmiges Behältnis, in welchem ein oder zwei
Flaschen Wein – häufig „Doppler" (Doppeliterflasche) –
transportiert werden konnten. Eine zusätzliche Trans-
portiermöglichkeit für Weinflaschen befand sich häufig
als Tasche an der Innenseite des Jankers (Jacke) des
Weinhauers.

Lettn: Toniger Untergrund, Meeresablagerungen aus
dem Tertiär.

Loadfassl: Ladefass für die Maische – wurde mit Fuhr-
werk/Wagen zum Presshaus gebracht.

Löss: Löss ist ein vorherrschendes Sediment im Weinviertel, dessen Entstehung in den quartären Kaltzeiten
(Eiszeit) anzusiedeln ist und durch Wind verbreitet
wurde. Es besteht größtenteils aus Schluff und weist
einen variablen Tongehalt auf. Die Bezeichnung leitet

sich vom mundartlichen Ausdruck „Lösch" für „lose" oder „locker" ab. Durch die Beschaffenheit des Materials eigneten sich Lösswände besonders gut zum Graben von Kellerröhren.

Lüftungsöffnungen: Kleine Öffnungen zusätzlich zu den Presshausfenstern, um das Presshaus bzw. den Dachboden mit Frischluft zu versorgen.

Most: Der gepresste Traubensaft, der sich durch Gärung in den Weinkellern über den „Sturm" zum Wein entwickelt.

Presshaus: Dem eigentlichen Weinkeller vorgelagertes, ursprünglich mit ungebranntem Lehm errichtetes Gebäude, welches die Weinpresse beherbergte und wo die Pressarbeiten durchgeführt wurden. Je nach Größe beherbergten die Presshäuser Baum-, Spindel- oder Schüsselpressen. Mehrere aneinandergereihte Presshäuser geben neben den „Vorkappln" den Kellergassen ihr charakteristisches Aussehen und machen letztendlich eine Kellergasse aus.

Schlossblech: An der Presshaus- oder Kellertür angebrachtes Blech über dem Schlüsselloch, welches in vielfältigen Formen existiert.

Schoßkoa, Gait: Hölzerner Trog oder Rutsche, die am Lesewagen befestigt wurde und durch das Gaitloch oder Schoßkoa-Türl geführt wurde, um die Maische in das Presshaus zu befördern.

Seihtenn: Eine – zumeist gemauert – Erhöhung, auf welcher die Presse und der Bottich standen, in welchen die Trauben bzw. die Maische nach dem Entleeren über das „Gaitloch" wanderten.

Staubiger: Als „Staubigen" bezeichnet man den „Sturm" kurz vor Abschluss der Gärung. Diese ist gegen Mitte November (Martini, 11. November) vollzogen. Ab da spricht man vom Wein bzw. Jungwein.

Sturm: Bezeichnung für den vergärenden Traubensaft im Stadium zwischen Traubenmost und Wein.

Trift: Leitet sich von „treiben" ab und kann eine Holz- oder Viehtrift bezeichnen. Viehtriften sind Pfade, auf welchen Weidetiere zu ihren Weiden getrieben wurden. Aus jahrhundertelang benutzten Viehtriften entstanden im Zusammenspiel mit witterungsbedingter Erosion Hohlwege. Nicht selten wurden in den Lösswänden solcher Hohlwege im Weinviertel die Weinkeller angelegt. Siehe auch unter Hohlweg.

Tupfa, Weinheber: Ein aus Glas geblasener Gegenstand (früher auch aus Kupferblech) zur Weinentnahme aus Weinfässern.

Untersatzl: Runder, flacher Behälter aus Holz zum Auffangen von Geläger und Schmutzwasser während des Reinigens von Weinfässern.

Viertelschaffel: Behältnis, welches das Viertel eines „Eimers" (56 Liter) fasst.

Vorkappl: Das „Vorkappl" ist der gemauerte Eingang zum Keller bzw. der gemauerte Kellerhals oder ein gemauerter Vorbau, wenn kein Presshaus vorhanden ist.

Weinbeerratschen: Traubenquetsche oder Trauben-mühle. Steht in der Kellergasse vor dem Gaitloch.

Weinpresse: Die Weinpresse war das zentrale Arbeitsge-rät des Weinhauers im Presshaus. Nachdem die Maische über die „Gaitrutsche" in den Bottich bzw. auf den Seih-tenn neben der Presse befördert worden war, konnte mit der eigentlichen Pressarbeit begonnen werden. Neben den bekannten großen Baum- oder Hengstpressen, die heute häufig als Wahrzeichen in den Kellergassen stehen, existierten auch Spindel- und Schüsselpressen. Letztere kamen vor allem in kleinen Presshäusern zum Einsatz. Besonders die großen Baumpressen ehemaliger Herr-schafts- und Zehentkeller sowie jene von Großbauern wiesen oft eine reichhaltige Verzierung durch Bemalung und Schnitzereien auf, die Symbolcharakter hatte. Ein häufig anzutreffendes Detail waren dabei die „Verschrei-feigen" – die geschnitzte Darstellung einer Faust, die böse Geister abwehren sollte. Das „Quarglkastl", welches sich in so manchen Weinpressen befand, war Aufbewah-rungsort für den Käse, für Kerzen und Kerzenhalter und manchmal auch für die Weingläser.

Inhalt